L'ARPENTEUR DE RÊVES

Du même auteur

Aux éditions De Borée

Compagnons de fortune
Des nerfs d'acier
Gus
La Belle Absente
La Forêt des violons
La Soureillade
Le Chemin de poussière
Le Crépuscule des chimères
Les Vendanges de Lison
Il était une fois la châtaigne

Autres éditeurs

Cévennes au cœur
Étonnantes histoires de Lyon (avec Muriel Lemaire)
La Mélancolie du renard
Le Chant du feu
L'Enfant des silences
L'Oiseau de passage
Mathilde
Rue de la Côte-Chaude

TERRE DE POCHE
45, rue du Clos-Four – 63056 Clermont-Ferrand cedex 2

***Philippe Lemaire** a été présentateur du journal télévisé de France 3 Rhône-Alpes Auvergne. Il est aussi auteur de chansons et réalisateur de documentaires. Il se consacre aujourd'hui à l'écriture. Il a notamment publié* La Forêt des violons *et* Des nerfs d'acier.

PHILIPPE LEMAIRE

L'ARPENTEUR DE RÊVES

de Borée
TERRE DE POCHE

1

La jolie Clémence Fourquet avait des rêves plein les mollets. Chaque coup de pédale la grisait en la propulsant dans une liberté imaginaire. La même chanson se répétait chaque matin. L'idée même de liberté est un alcool qui enivre quand on a tout juste dix-sept ans. Son rêve ? Un truc tout simple. Un matin, elle se lèverait, rassemblerait tout son fourbi dans une valise, y compris sa trousse de maquillage qui avait rendu sa mère furieuse, et salut la compagnie ! Elle s'évaderait grâce à l'autocar de 8h43 qui la mènerait en ville et, à partir de là, le grand large. Elle en avait sa claque des baies d'églantier, des cavalcades de saules le long du moindre ruisseau, des champs qui s'étendaient à perte de vue, du canal gris et sombre qu'écrasait un ciel de plomb. Pas possible qu'une vie se réduise à un vol de corneilles au-dessus d'un trait de labour luisant comme une lèvre mouillée. On la disait belle avec ses mèches blondes qui folâtraient au-dessus de son regard de pervenche. Mais à quoi pouvait bien servir cette beauté s'il n'y avait que des corbeaux en vadrouille pour s'en régaler ? La buse variable devant laquelle elle passait chaque matin était en sentinelle sur son piquet. Elle ne bougea même pas une serre alors que Clémence passait à quelques mètres seulement d'elle tandis que la chaîne de son vélo grinçait. Le rapace, la pâture qui avait givré pendant la nuit, la clôture de fils barbelés, tout cela était immuable et semblait la retenir prisonnière.

Après avoir contourné le kiosque à musique, elle se dirigea vers le canal des Ardennes. Les pans de son manteau de laine grise s'écartaient et un froid glacial lui gelait les jambes. Comme souvent en novembre, le canal disparaissait sous un brouillard équivoque. Seule la cime de quelques peupliers qui avaient perdu leurs feuilles semblait flotter au-dessus d'un océan de brume. Elle bifurqua. Elle roulait depuis quelque temps quand sa roue avant s'enfonça brusquement dans une terre trop meuble. Elle manqua de passer par-dessus le guidon. Elle reprit son équilibre par miracle.

— Zut de zut !

Elle réajusta son cache-nez autour de son cou pour se protéger du froid humide. Elle se remit à pédaler avec plus d'énergie. Il n'aurait plus manqué qu'elle arrive à son travail couverte de boue ! Un mince filet de buée s'échappait de ses lèvres entrouvertes. Avec le brouillard, elle faillit manquer le café de Léonie Franquin où elle travaillait depuis trois mois comme serveuse. Enfin, plutôt comme bonne à tout faire. On lui demandait même parfois de couper du bois. Elle mit pied à terre avant de se diriger vers le bûcher qui jouxtait le café.

Entre les bûches et le mur, il y avait juste assez d'espace pour qu'elle y glisse sa bicyclette. Lorsqu'elle pénétra dans le café en faisant tinter le carillon de la porte d'entrée, Léonie Franquin récurait le zinc de son comptoir avec un chiffon imbibé d'alcool. Elle leva les yeux.

— C'est à c't'heure-ci que t'arrives ?

Clémence jeta un coup d'œil à l'horloge accrochée au mur au-dessus du billard.

— Il n'est que 8h5.

— L'horloge retarde, tu le sais bien.

— Comme c'est curieux, elle ne retarde jamais quand je dois partir.

— Ne sois pas insolente !

Clémence haussa les épaules, défit son manteau et se saisit de son tablier blanc. Ce tablier blanc était une toquade de sa patronne, qui s'imaginait sans doute être à la tête d'un établissement parisien. Veuve, on ne savait pas d'où elle venait.

Les jours d'affluence, les mariniers rigolards s'entêtaient à dénouer les cordons du tablier. Ah, comme c'était drôle ! Ce matin, il n'y avait qu'un client dans la salle, un gros homme joufflu qui avait rejeté sa casquette de marinier en arrière, découvrant un début de calvitie. Il lisait son journal en attendant son café. Un gros titre s'étalait en première page : « Les chars soviétiques déferlent sur Budapest ». Clémence ne put faire autrement que de lire le titre. Elle leva les yeux au ciel. Tout cela la laissait indifférente. Budapest, c'était si loin.

De la cuisine s'échappait une odeur sucrée, pimentée d'une pointe d'acidité. « Tiens, la Léonie a fait de la tarte à la rhubarbe », songea Clémence.

— Elle est cuite à point, tu en apporteras un morceau au capitaine Van Leyden avec son café. C'est le propriétaire de *La Belle Étoile*, une péniche de trois cents tonnes. Tu ne l'as pas vue en arrivant ?

— Avec ce brouillard, une chatte ne retrouverait pas ses petits…

À ce moment-là, le marinier baissa son journal, et elle vit que la grosse face couperosée du Flamand lui souriait. Il paraissait plus jeune qu'elle ne l'aurait cru. Elle contourna le bar et entra dans la cuisine. Elle sortit la tarte brûlante du four. De près, l'odeur était encore plus capiteuse. « La Léonie a beau être une sale tête de mule, mais il n'y a pas à dire, c'est une sacrée cuisinière. » Elle découpa la tarte, en plaça une part sur une petite assiette, ramassa les miettes au fond de la tourtière et lécha ses doigts. Elle déposa tarte et café devant le marinier.

— S'il vous plaît, mademoiselle, un *beu* de lait.

Il lui sourit à nouveau d'un sourire sans lèvres. Ses sourcils étaient d'un blond si clair qu'il paraissait ne pas en avoir. La corne de brume d'un bateau retentit dans le lointain.

— Tiens, le *Southern Moon*, remarqua le Flamand. Il est au moins à trois kilomètres de l'*éclouse* !

Clémence repartait après avoir déposé un petit pot de lait devant lui quand elle sentit qu'il lui posait une main sur les fesses avant d'éclater d'un gros rire rauque. Elle s'apprêtait à le gifler quand elle fut arrêtée dans son élan par un regard dur de Léonie qui signifiait : « Tes fesses s'en remettront, pas mon tiroir-caisse. » Clémence n'en revenait pas. Elle était furieuse. Ses fesses faisaient donc partie du décor au même titre que la crédence sur laquelle les bouteilles d'apéritifs s'alignaient comme des biffins au garde-à-vous dans la caserne de Mézières, excepté celle de Ricard qui, cul par-dessus tête, semblait contempler les carreaux du sol recouverts de sciure. Les jours d'affluence, Léonie ne se donnait même pas la peine de se retourner. Elle glissait d'un geste mécanique le verre sous le bouchon doseur, attendant qu'il libère juste ce qu'il fallait de liquide opalescent.

— Et un Ricard, un ! clamait Léonie de sa grosse voix éraillée par le tabac.

Ce fut une matinée très calme. Vers midi, le *Southern Moon* fit son apparition en amont de l'écluse. Le patron jeta une passerelle formée de deux simples planches de bois qui plièrent sous son poids lorsqu'il alla capeler une amarre sur la bitte. Le brouillard s'était levé et, en jetant un coup d'œil par-dessus le brise-bise de la devanture, Clémence aperçut un petit bout de femme s'engager à son tour sur la passerelle en faisant rouler une poussette devant elle tandis qu'elle portait son gosse dans les bras.

— Ça y est, l'English a accouché, dit-elle.

— Qui ? demanda Léonie.

— La femme du *Southern Moon*.

— C'est pas trop tôt !

De son poste d'observation, Clémence vit bientôt la famille se diriger vers le *Bar de l'Écluse*, bien qu'il n'y eût nulle part sur la façade la moindre enseigne à ce nom. Pour baptiser son caboulot, Léonie Franquin s'était contentée d'inscrire son nom en lettres blanches sur la porte d'entrée.

Le patron du *Southern Moon* entra en laissant passer sa femme en premier. Elle avait laissé la poussette dehors.

— Vous feriez mieux de rentrer la poussette, dit Léonie, elle sera gelée quand vous y déposerez le gosse. Qu'est-ce que vous transportez, cette fois ?

— Des céréales.

Le marinier était un solide gaillard assez impressionnant dans son uniforme en drap bleu alors que sa femme était plutôt fluette, presque chétive. À peine assise, elle donna le sein au nourrisson. Clémence se sentit émue.

Les péniches qui s'arrêtaient transportaient aussi dans leurs cales, outre le charbon, le sable ou le blé, des paysages lointains qui provoquaient en elle une envie irrésistible d'évasion. C'étaient autant de cerfs-volants colorés qui se mettaient à tournoyer dans sa tête. Elle fut presque jalouse du nourrisson qui continuait de téter et qui les découvrirait bientôt sans se rendre compte de sa chance. Il allait traverser de grandes villes, s'arrêter dans d'autres ports, connaître d'autres gens, tandis qu'elle, elle resterait enfermée entre les quatre murs de son horizon de champs, de bois et d'abreuvoirs à vaches.

Elle se rappela ce bateau de plaisance qui, l'été dernier, avait emprunté le canal sans s'arrêter au *Bar de l'Écluse* avant de rejoindre l'Angleterre, puisque l'Union Jack était enroulé autour d'une hampe accrochée à la poupe. Le mât était couché de tout son long sur le pont. Le moteur diesel ronronnait comme un gros chat. Authentique gravure publicitaire pour un improbable musée de la Marine, le propriétaire, pipe d'écume aux lèvres, blazer bleu marine au-dessus d'un pantalon de flanelle, casquette à galons rouges, tenait sa barre d'acajou d'une main ferme, le regard vissé aux eaux sombres du canal. Sa coque, aussi blanche que les ailes d'un cygne, avait attiré la plupart des gosses, qui couraient le long du chemin de halage en saluant le voilier et son unique matelot. Elle avait eu envie de se jeter à l'eau pour l'accompagner dans son voyage.

— Qu'est-ce que t'as encore à bayer aux corneilles ! Recharge plutôt le poêle.

Clémence s'exécuta. C'était un de ces petits poêles en fonte qu'on appelait « crapaud » et qui dispensait une chaleur tiède et amicale. Elle tisonna le foyer en faisant se lever une gerbe d'étincelles.

Du guichet ouvert sur la cuisine, Léonie ordonna :

— Viens chercher l'omelette de ces messieurs-dames. Elle est bien baveuse comme ils l'aiment.

La jeune mère referma son chemisier et lui sourit quand elle déposa le plat sur la table avant de leur servir du vin en carafe.

— J'ai ajouté des cèpes ! cria Léonie. Vous allez m'en dire des nouvelles !

Une fois que ceux du *Southern Moon* furent remontés à bord et eurent donné un coup de trompe pour que Marius Gontard, l'éclusier, leur ouvre la porte du sas, un interminable après-midi d'ennui commença pour Clémence. Elle eut même le temps de jeter un coup d'œil sur un de ces romans-photos dans lesquels l'homme finit toujours par épouser après maintes péripéties la jeune fille qu'il convoitait. Inexplicablement, ces niaiseries à la guimauve lui faisaient du bien. L'apaisaient.

En fin d'après-midi, Marius Gontard fut le premier à arriver.

— Ils ne sont pas encore là, les autres ? Apporte-moi quand même le tapis avec une bière.

L'éclusier, un homme massif aux épaules de bûcheron, portait sa vareuse au-dessus d'un pantalon de velours côtelé qui tire-bouchonnait sur ses brodequins. Clémence lui apporta un tapis de cartes avec la réclame Byrrh et un demi dont elle avait raclé la mousse avec une spatule. Bientôt, l'éclusier sortit les cartes du paquet et commença à faire une réussite tout en jetant de temps à autre des regards interrogatifs vers la porte d'entrée.

— Tu veux que je te lise ton avenir en attendant qu'ils arrivent ? Pour toi, ce sera gratuit.

Elle éclata de rire.

— Je vois bien où vous voulez en venir. Je suis sûre que les cartes me diront de vous épouser. Vous me voyez avec un vieux comme vous ?

Marius Gontard se renfrogna. Combien de fois avait-il proposé à Clémence de l'emmener au bal ? Sous le ton de la plaisanterie perçait à chaque fois le même voile de tristesse.

— Je n'ai que trente-trois ans, bougonna-t-il en levant un valet de pique du paquet de cartes qu'il tenait serré dans sa main.

— Pique, c'est la carte de la mort ! s'esclaffa la jeune fille. C'est tout ce que vous avez à me proposer comme voyage de noces ? Eh bien, merci... Et puis trente-trois ans, c'est le double de mon âge. Vous n'êtes qu'un vieux satyre !

Marius Gontard avait l'impression que la carte qu'il tripotait ne lui servirait pas à grand-chose. Le hasard venait de lui faire un sacré pied de nez. Il détourna les yeux.

— Bon Dieu, qu'est-ce qu'ils fichent ?

En dehors des mariniers de passage, le *Bar de l'Écluse* avait ses habitués qui descendaient du bourg ou arrivaient parfois des fermes avoisinantes. Après la traite, ils venaient y passer un moment, le temps d'une manille. Le menuisier avait fait place nette sur son établi avant d'apparaître. Le forgeron entrait, le corps comme enveloppé de cette odeur si particulière de fer chaud. Le bourrelier avait laissé une aiguille courbe piquée dans son tablier de cuir. Le café de Léonie était un îlot de vie dans un endroit où les distractions étaient rares. Un fanal qui sauvait de l'ennui. On s'y sentait bien, même si on s'y engueulait parfois parce qu'un joueur se défaussait sans raison ou parce qu'on n'était pas d'accord sur la politique du président du Conseil, Guy Mollet. On s'y calfeutrait le cœur dans l'odeur du Picon-bière ou de la Suze-cassis. Ils s'appelaient Louis, Jules, Marcel, Germain, Gabriel, autant de noms qui sentaient bon la luzerne séchée. On parlait encore d'une certaine Suzanne qui, une fin de soirée un peu trop arrosée, était venue chercher son mari, qu'elle avait chargé dans sa brouette pour le ramener à la ferme. L'histoire, à force d'être enluminée, était devenue légende. Il arrivait qu'une femme accompagne son mari. Elle s'installait dans un coin avec son tricot. Elle se contentait d'une limonade pour être sûre de mettre une maille à l'endroit puis une à l'envers. Elle ne se mêlait jamais du jeu.

Elle n'avait le droit qu'au silence. Mais les femmes étaient rares, elles avaient autre chose à faire.

À l'occasion du couronnement de la reine Élisabeth, Léonie Franquin avait songé à acheter un poste de télévision qu'elle aurait installé dans la grande salle pour distraire ses clients. Mais elle avait reculé face à la dépense. De toute façon, l'énorme appareil aurait pris trop de place.

L'instituteur, Yvon Le Cloarec, fit son apparition. Il portait un petit cartable à la main. Il s'installa à la table la plus éloignée des joueurs de cartes pour corriger tranquillement les devoirs. C'était un garçon grand et mince, mais renfermé. Il était arrivé de sa Bretagne natale à la rentrée d'octobre. Ici, il se sentait dépaysé. Quand sa solitude lui devenait trop insupportable, il venait au café et buvait des chocolats chauds. Clémence en déposa un devant lui après qu'il eut écarté une pile de cahiers.

Il se replongea aussitôt dans ses corrections. Clémence hocha la tête. Elle avait essayé une ou deux fois de lier conversation avec lui. En vain, c'était un mur.

— Je ne crois pas qu'il viendra grand monde aujourd'hui. Tu peux rentrer chez toi. N'oublie pas, dimanche on a un baptême.

— Il n'y a pas de danger.

Clémence défit son tablier, le roula sous le bras et enfila son manteau. À cette époque, la nuit tombait vite et un jour sale et triste annonçait la neige.

La buse variable était toujours en faction sur son piquet qu'elle semblait ne pas avoir quitté de la journée. Clémence aperçut son petit groupe d'amis réunis comme d'habitude au pied du kiosque à musique. Quelqu'un lui fit un grand signe de la main. Garçon ? Fille ? Impossible à dire dans cette lumière crépusculaire d'entre chien et loup. En dépit des avertissements répétés de sa mère, Clémence décida de les rejoindre. Au centre d'un cercle attentif, Mathias Augier amusait la galerie. Ils étaient une dizaine à l'écouter. Il était assis sur la selle de sa Mobylette flambant neuve. Posséder un tel engin lui donnait indubitablement du prestige. Son père, un gros propriétaire terrien, la lui avait offerte au moment où le cours de la betterave à sucre était au plus haut. Avec ses boucles brunes ouvertement en rébellion contre le peigne, ses yeux de mirliflore couleur de châtaigne, sa bouche dédaigneuse, il était plutôt séduisant. Du moins le croyait-il.

Clémence avait pensé, un temps, en être amoureuse avant de s'apercevoir que c'était le privilège de faire un tour sur le porte-bagages de la Mobylette qui la séduisait chez ce garçon qui faisait vrombir son moteur alors qu'elle s'accrochait à lui de toute la force de ses bras. Mais peut-on être amoureuse d'une pétarade de moteur deux-temps ? Mathias avait sans doute un cœur qui battait à l'intérieur de sa poitrine. Mais elle n'en était pas sûre.

Lorsque quelques flocons de neige fondue se mirent à tourbillonner avec indolence dans l'air glacé, ils choisirent de se mettre à l'abri dans une grange qui se dressait à l'extérieur d'Attigny sur le bord de la route de Châlons. Elle appartenait à un fermier du nom de Mérat, un homme irascible qui avait toujours à portée de main un fusil de chasse chargé de cartouches de gros sel. La grange n'était pas très éloignée de la maison que Clémence occupait avec sa mère. C'était une maison basse au front têtu couverte d'ardoises de Rimogne. Sur le devant, un petit jardin se sentait à l'étroit autour de deux grands arbres.

Mathias proposa à Clémence de l'emmener sur sa Mob.

— Et mon vélo ?

— Laisse-le ici. Personne ne te le volera.

— Pourquoi pas ?

— T'en as de la chance ! s'exclama Lila qui venait d'entrer en apprentissage chez le notaire.

Elle en était verte de jalousie. Cela fit plaisir à Clémence de constater qu'elle pouvait déclencher ce genre de sentiment.

La grange, c'était histoire de poursuivre leur conversation. Ils voulaient éviter de se retrouver trop vite seuls. Chacun de son côté. Chez eux, aucune envolée fiévreuse sur la marche d'un monde qui les laissait somme toute indifférents. Certes, on continuait de se méfier des Allemands, mais davantage encore des communistes, qu'ils soupçonnaient de vouloir se partager leurs terres. En cela, ils étaient les fidèles reflets de leurs parents. Ils traînaient derrière eux des espérances en friche et des banalités déguisées en raisons de vivre. Leur avenir était une route rectiligne bordée de pommiers à cidre. C'est à tout cela que pensait Clémence tandis que Mathias essayait de la peloter. Sur cette route, difficile de faire de la place à l'imagination. Clémence avait parfois conscience de s'ennuyer au milieu d'eux. Elle, elle désirait autre chose. Le problème, c'est qu'elle ne savait pas quoi.

— S'il te plaît, enlève ta main.

— Ne joue pas ta bêcheuse. T'es pas heureuse d'être avec moi ?

— Je le serais encore plus si t'enlevais ta main.

— Il faudrait savoir ce que tu veux !

Elle fut sauvée par le gong, à savoir l'arrivée bruyante des autres, qui reprirent bientôt leur conversation. Le sujet du jour était de savoir si une certaine Solange l'avait fait et avec qui...

Un bâtard de colley et de griffon fit son apparition à l'entrée de la grange. C'était le chien du propriétaire. Il commença par grogner devant cette invasion inhabituelle. Puis il se calma en agitant la queue dès qu'il reconnut l'odeur de Rebecca, qui l'appela :

— Vasky !

Le chien vint se couler à ses pieds, levant une paupière pour guetter la caresse. Rebecca était toujours prête à déverser le trop-plein de tendresse qui l'envahissait dès qu'elle se trouvait en présence d'un animal. Tout comme elle était prête à fondre en larmes à chaque fois que quelqu'un lui témoignait un peu d'attention. Rebecca était un prénom qui ne lui allait pas. Elle n'avait rien de biblique. Elle était plutôt boulotte, ce qui la rendait très complexée, avec des cheveux presque noirs taillés à la serpe qui donnaient à son crâne une allure de hérisson roulé en boule. Elle était myope et les gros verres de ses lunettes semblaient mettre à nu la moindre de ses émotions. Son prénom ne s'accordait pas davantage avec ce pays de taillis et de vergers ourlés de collines et de prairies, d'où s'échappait en permanence une sourde mélancolie dès que l'été avait tourné le dos.

Rebecca, fille d'Abraham, comme l'appelait parfois Mathias, était son souffre-douleur. D'une pichenette, il fit jaillir une cigarette de son paquet d'américaines et l'alluma. La flamme du briquet se refléta un bref instant dans les verres épais de l'adolescente, lui donnant l'air d'un rapace apeuré. Il tira sur sa cigarette et, quand le bout se mit à brasiller, il la glissa entre les lèvres de Rebecca, qui n'osa pas refuser. Quoi qu'il lui en coûtât, elle avait besoin d'imiter les autres pour se faire accepter. Elle tira une bouffée, une seule, une minuscule bouffée, mais ce fut suffisant pour déclencher une violente quinte de toux qui lui déforma le visage. Mathias éclata de rire.

— Ben, ma vieille, t'as rien du soudard !

Rebecca avait les larmes aux yeux. D'un geste rageur, elle jeta la cigarette. La conversation, un instant interrompue, reprit son cours. On philosophait sur la rondeur des nénés de Solange, comme si Rebecca n'existait même plus. Soudain, quelqu'un demanda :

— Qu'est-ce que ça sent ?

Pierre avait à peine fini sa phrase qu'une flamme orangée accompagnée d'un tourbillon de fumée jaillissait au cœur d'une botte de foin.

— Merde, on va foutre le feu à la grange ! La conne ! s'écria Mathias en se tournant vers Rebecca pour l'accuser.

— Vite, de l'eau, dit une fille.

— Où veux-tu qu'on trouve de l'eau ?

Et pendant ce temps, la botte de foin était comme rongée par un feu intérieur. Vasky commença à aboyer.

— La ferme !

Pierre fit mine de balancer un coup de pied au chien.

— Non, Pierre, implora Rebecca.

Tous sentaient la panique les gagner. Le chien détala.

— Aux grands maux les grands remèdes. Les filles, si vous voulez profiter du spectacle, dit Mathias en ouvrant sa braguette.

Il se mit à pisser sur la botte de foin, qui libéra une odeur âcre en même temps que s'élevait un nuage de fumée noir et acide.

— Pas de temps à perdre, à votre tour, dit-il en s'adressant aux autres.

Tous s'exécutèrent. Bientôt, il n'y eut plus qu'un vaste cratère calciné au milieu duquel tournoyaient des flocons de cendre aussi légers que du duvet de moineau.

— On l'a échappé belle, soupira Pierre.

Soudain, la façade de la ferme s'éclaira.

— Merde, le père Mérat !

— Bande de petits salopards, qu'est-ce que vous foutez chez moi ?

— Il n'a pas l'air de plaisanter, remarqua Mathias.

Le fermier avançait à larges enjambées vers sa grange. Il portait son fusil. Il s'arrêta et tira en l'air.

— Les gars, une retraite s'impose.

Tous prirent leurs jambes à leur cou. Clémence entendit la Mobylette démarrer. Plus personne ne se souciait d'elle. Elle était furieuse. Demain matin, elle devrait se lever encore plus tôt que d'habitude pour récupérer sa bécane. La neige fondue avait cédé la place à de véritables flocons. Lourds. Obstinés.

Sa mère l'attendait sur le pas de la porte, les deux poings sur les hanches, signe annonciateur d'orage. Sa silhouette se découpait dans un carré de lumière jaunâtre telle une Némésis en sabots.

— C'est à cette heure-ci que tu rentres ?

Décidément, où qu'elle se tournât, il y avait toujours une horloge pour lui empoisonner la vie.

— Où as-tu encore été traîner ?

Elle se contenta de hausser les épaules.

— Je te parle !

— Fiche-moi la paix.

Sa mère lui barrait l'entrée de la maison.

— Laisse-moi passer.

— Ce n'est pas une auberge ici. Mais viens un peu ici... Qu'est-ce que tu sens ? Mais tu as fumé !

— Je n'ai pas fumé.

— Encore un mensonge. On dirait ton père.

— Mon père, parlons-en...

— Qu'est-ce que tu veux dire ?

— Tu le sais bien.

— Non.

Sempiternelle allusion à ce père qu'elle n'avait pas connu. Elle n'en conservait le souvenir qu'à travers un halo aux contours indécis, puisqu'il les avait quittées alors qu'elle venait d'avoir deux ans. Depuis, sa mère s'accrochait à la légende du départ en Algérie pour y faire fortune. Mais elles n'avaient jamais vu la couleur des économies qu'il avait emportées. Clémence n'avait eu aucun mal à se persuader que ce père dont elle n'avait eu aucune nouvelle, même pas une carte postale le jour de son anniversaire, était parti avec une autre femme. Dans ce cas, on fait table rase de son passé et on ne s'embarrasse pas d'une gamine. Ce père absent, lâche, elle le haïssait, ce qui ne l'empêchait pas de se mettre à pleurer dès qu'il lui manquait trop. Elle était comme ça, pleine de contradictions. Toutes les photos de son père avaient disparu. Clémence soupçonnait sa mère de les avoir brûlées. Un grand autodafé pour se purifier de toute passion. De tout souvenir. Elle n'en avait retrouvé qu'une, coincée au milieu d'une pile de linge. On y voyait son père en uniforme de soldat, mal à l'aise devant l'objectif, esquissant un sourire. Elle n'était pas vraiment certaine qu'il s'agissait d'un sourire, et encore moins de son père. Mais elle n'avait rien d'autre à quoi se raccrocher que cette photo qu'elle serrait contre sa poitrine certaines nuits où l'absence devenait une douleur. Était-ce en Algérie, avant que n'éclate la guerre, que la photo avait été prise ?

Elle bouscula sa mère pour entrer.

— Tu pourrais au moins t'essuyer les pieds !

— Tu crois que je n'ai que ça à penser ? Qu'est-ce qu'il y a à manger ?

— Rien. Tu devras te contenter d'un quignon de pain. Je ne suis pas ta bonne.

— Une bonne ne pique pas l'argent de sa fille !

Les jours de paie, sa mère prenait l'enveloppe, comptait les billets et ne lui laissait que quelques francs, comme si elle lui faisait l'aumône. Clémence se sentait à chaque fois humiliée.

— Continue comme ça, ma fille, et tu finiras mal.

— Tu m'as donné l'exemple, non ?

Sa mère se figea sur place, comme fouettée jusqu'au sang. Son visage était devenu livide. Elle siffla entre ses dents :

— Petite garce… Tu n'es qu'une sale petite garce.

Et comme d'habitude, sa mère, préférant mettre un terme à l'affrontement, se réfugia dans sa chambre. Bientôt, Clémence l'entendit pleurer. De longs sanglots déchirants qui ne réussirent pas à l'émouvoir. Parfois, elle se faisait l'effet d'être un monstre de dureté. Mais était-ce sa faute si sa vie ressemblait à un bal sans accordéon ?

Clémence dédaigna la salade de pommes de terre et de cervelas préparée par sa mère. Elle préféra faire frire deux œufs dans la poêle. D'un geste nerveux, elle brouilla le blanc encore liquide pour accélérer la cuisson. Sans réussir à se calmer. Sa colère formait dans sa gorge une boule compacte qui l'étouffait. Elle en était arrivée au point où elle pensait que sa mère aurait dû suivre son premier mouvement et la noyer à sa naissance dans une bassine d'eau, sort qu'on réserve dans les campagnes aux portées de chatons indésirables. Toute son enfance, elle s'était épuisée à courir après la tendresse de sa mère. En vain. Et elle traînait depuis des années le souvenir de cette rentrée d'octobre 1947. L'institutrice était nouvelle. Pour faire la connaissance de sa classe, elle avait demandé à chaque enfant de remplir une feuille de papier quadrillée avec le nom et le prénom du père, le nom de jeune fille de la mère, la date de naissance de l'élève. En examinant ses réponses, l'institutrice s'était exclamée : « Tiens, tu portes le nom de ta mère… Ah, je vois ce que c'est ! »

L'institutrice ne pensait pas à mal, mais Clémence s'était mise à trembler avant de s'effondrer en larmes sur son pupitre, jetant par terre crayons et porte-plume. Autour d'elle, les élèves s'étaient mises à ricaner et, dans la cour de récréation, les filles en blouse grise avaient fait une ronde autour d'elle en l'appelant « la bâtarde ». Depuis, ce souvenir n'avait cessé de tourner dans sa tête comme un écureuil dans sa cage. Ce n'est que peu après ses quatorze ans qu'elle avait compris la signification du mot et établi un lien entre l'absence d'amour de sa mère et sa situation de gosse non désirée. Jamais elle n'avait osé en parler à sa mère, et voilà qu'elle venait de lui jeter à la figure une vérité qui l'avait crucifiée sur place. « Bah, elle s'en remettra ! »

Elle creva le jaune de l'œuf avec un cube de pain rassis. Dans cette maison, le pain était toujours rassis, car il n'était pas question d'en perdre un morceau. Elles étaient trop pauvres. Et pourtant, cette pauvreté ne l'accablait pas. Au contraire, elle en tirait une espèce de fierté. À quatorze ans, elle avait réussi si brillamment son certificat d'études qu'on avait voulu la proposer au concours général, mais elle avait refusé de mettre les pieds dans un collège. Elle allait chercher du travail. Bien que sa mère ait insisté, assez mollement à vrai dire, pour qu'elle poursuive ses études, Clémence avait senti qu'au fond elle était soulagée de sa décision. Sans conviction, elle avait erré d'un travail à un autre, s'engageant dans les fermes en été pour les moissons, se faisant embaucher, l'hiver, à la sucrerie pour surveiller le lavage des betteraves. On l'avait beaucoup bécotée. Quelques mains de commis de ferme s'étaient égarées sous sa chemise. Elle s'était offert une fugue magnifique à Namur. À son retour, sa mère l'avait accueillie d'un lapidaire : « Tiens, tu n'es pas morte. » Ainsi était-elle arrivée cahin-caha jusqu'à ses dix-sept ans et au *Bar de l'Écluse*.

Elle creva le second jaune. Une goutte d'eau puis une seconde vinrent s'y diluer. Clémence s'aperçut qu'elle pleurait. Sa mère sortit de sa chambre. Elle s'était déshabillée, avait passé par-dessus sa chemise de nuit une robe de chambre élimée et tachée au col. Elle traîna ses pantoufles jusqu'à l'évier. Tout en lui jetant des coups d'œil en biais, elle s'abîma dans la contemplation des verres, de l'assiette et de la casserole qui baignaient dans un fond d'eau sous le bec de la pompe comme s'il s'agissait d'œuvres d'art. « Ma mère se délabre, songea Clémence. Mon Dieu, et si je lui ressemblais un jour ! Vite ! Vite ! Il faut que je fuie cet endroit. » Mais toujours cette lancinante question : pour aller où ?

Elle était coutumière de ces décisions définitives jamais suivies d'effets. La cendre des jours ordinaires finissait par éteindre sa colère, étouffer la révolte dans la douceur apaisante des habitudes. Savonnage du corps dans l'air glacé du petit matin, vêtements enfilés dans un frisson, le bol de café pris debout dans lequel elle trempait son pain, col de son manteau relevé et sortie dans le vent mouillé de neige pour ponctuer un nouveau jour d'ennui. Un nouvel élan qui l'emporterait jusqu'au *Bar de l'Écluse*. Et en plus, demain, elle devrait faire la route à pied. Au moins jusqu'au kiosque. Quelle guigne ! Était-ce possible de continuer à vivre sans avoir aucune raison de vivre ? Sa mère cessa de contempler l'évier et se tourna en fronçant les sourcils vers sa fille.

— On a frappé, dit-elle, soudain inquiète.

— Je n'ai rien entendu.

Sa mère traîna les pieds jusqu'à la porte d'entrée.

— Qui est-ce ?

— Moi.

La voix était colérique. Désagréable et impétueuse. Elle entrebâilla la porte avec méfiance. Le battant fut repoussé violemment. Un chien bondit à l'intérieur du vestibule. Clémence reconnut Vasky. Tel le destin en bottes de caoutchouc, le père Mérat apparut dans l'encadrement de la porte, des flocons de neige agglutinés sur sa casquette, d'autres collés à ses épais sourcils. Il lâcha sa bordée de colère :

— Ta cinglée de fille a voulu mettre le feu à ma grange avec sa bande de vauriens. Ah ! On peut dire qu'elle promet, celle-là…

— Je t'interdis d'insulter ma fille.

— Il ment, protesta Clémence.

— Si tu le prends comme ça, j'irai aux gendarmes. Ils sauront bien vous mettre au pas.

— On dirait que tu n'as rien d'autre à faire que de chercher des noises aux autres… Hé, rappelle ton chien, je ne voudrais pas qu'il pisse chez moi !

L'homme siffla le chien, qui vint se frotter joyeusement contre ses bottes. Tous deux s'évanouirent dans la nuit, où d'épais flocons poursuivaient leur indolente sarabande.

— Il nous a glacé la maison, ce malotru, dit la mère en claquant la porte. Ce n'est qu'un gros cochon.

— Pourquoi dis-tu ça ?

Sa mère ne répondit pas. Elle éclata de rire.

Cela faisait des mois que Clémence n'avait pas entendu sa mère rire. Et ce rire clair, limpide, effaça comme par miracle les marques du temps et de la résignation sur son visage. Sa peau semblait plus lisse, plus fraîche, et une petite lueur malicieuse dansait au milieu de ses prunelles. Clémence regardait sa mère, incrédule. Elle avait apprécié que sa mère prenne sa défense, mais elle ne s'attendait pas à la voir reprendre pied dans l'existence.

— Tu n'as pas mangé ta salade.

— J'ai préféré deux œufs sur le plat.

— Tu as bien fait.

Elle ne l'avait jamais vue aussi conciliante. Elle aurait aimé s'approcher d'elle, la serrer dans ses bras, mais elle n'osa pas.

— Tu sais que ce M. Mérat me fait la cour ?

— Quoi ?

— Oui, depuis plus d'un an. Il m'a apporté la charbonnée quand il a tué le cochon.

Clémence n'aurait jamais imaginé que sa mère puisse encore plaire, même si elle n'avait que trente-quatre ans. Elle la voyait terne, fanée, perdue pour le désir. Elle l'avait en quelque sorte condamnée à la solitude. Et voilà que sa mère se penchait devant le morceau de miroir accroché au bec de la pompe pour arranger quelques boucles brunes collées à son front. Le geste furtif, d'une coquetterie inattendue, émut Clémence.

— Que penses-tu de lui ?

— Ce n'est qu'un pingre.

— Mais il a des hectares.

— Pour cultiver de la betterave, pouah !

— Mais aussi du blé et du seigle.

— Il a aussi un tracteur…

— Un Renault de vingt-deux chevaux, oui, je sais.

— Tu ne vas pas me dire…

— Si.

Cette fois, la mère et la fille éclatèrent de rire de concert.

Selon Clémence, il n'y avait rien de pire qu'un baptême en hiver. Non pas qu'elle se souciât de la santé du petit pioupiou gigotant à moitié nu au-dessus de la vasque en pierre de l'église Notre-Dame, impossible à chauffer. Mais en été, les parents du nouveau petit chrétien qui reprenait lentement ses esprits, noyé dans ses langes, jetaient des dragées et des pièces de monnaie à la marmaille dissipée qui attendait au pied du perron de l'église la fin de la cérémonie. Et il n'y en avait pas deux comme elle pour se précipiter dans la poussière afin de ramasser le maximum de dragées et de monnaie, quitte à distribuer au passage quelques horions ou à tirer une queue-de-cheval. Plus d'une fois, elle était rentrée à la maison fière de son butin, mais avec sa robe déchirée, ce qui lui avait valu quelques paires de claques. Néanmoins, cela faisait partie de ses meilleurs souvenirs d'enfance.

Quand elle entra, Léonie Franquin l'attendait, sur son trente-et-un. Elle avait revêtu son tailleur gris perle qu'elle ne sortait qu'aux grandes occasions, mariages, enterrements ou baptêmes. Elle était chapeautée d'un bibi sombre à voilette. Son manteau d'hiver était plié dans le creux de son bras. Elle s'impatientait.

— Un jour comme aujourd'hui, tu aurais pu faire l'effort d'arriver un peu plus tôt.

— Qu'est-ce qu'il a de si particulier ?

— Je vais à un baptême. Je suis la marraine. Tu prépareras la table pour douze. Mets la nappe blanche. Pour le reste, je t'ai laissé des instructions.

« En clair, tout le boulot va être pour ma pomme », songea Clémence.

Un marinier, dans le coin le plus sombre de la salle, tournait sa cuillère dans son café sans perdre une miette de la conversation.

Léonie Franquin enfila son manteau et sortit.

— Voulez-vous la goutte avec votre café ? demanda Clémence. C'est de la quetsche qui nous reste de l'an dernier.

— Volontiers, ça rincera la tasse. Vous avez le téléphone ?

— Derrière le comptoir.

— J'ai des problèmes avec mon diesel.

Et il pointa du doigt à travers la vitre la péniche amarrée au quai. Elle était recouverte de neige. Clémence ne l'avait pas remarquée en arrivant, comme si elle faisait partie du paysage. Du linge accroché à une corde tendue entre les deux bords était raide de gel.

— Vous auriez dû rentrer votre lessive, regardez dans quel état elle est.

— T'as raison, petite, mais avec ce foutu moteur…

Après son coup de fil, le capitaine du *Birken* reprit sa place.

— Fameuse, ta quetsche !

Comme il ne faisait pas mine de partir, Clémence le laissa seul pour aller éplucher les légumes de la blanquette de veau que Léonie avait prévu de servir à ses invités. À charge pour elle de s'occuper de la cuisson.

Vers 11 heures, l'instituteur entra. Il se cala contre le comptoir. Elle lui servit un ballon de blanc. Elle fut étonnée de le voir la regarder d'une drôle de façon, mi-narquoise, mi-admirative. Puis, comme prenant son élan, il lui dit :

— Alors, comme ça, c'est toi, la pyromane ?

C'était la première fois qu'il lui adressait la parole pour autre chose que pour passer une commande ou réclamer une addition.

— Qu'est-ce que c'est que cette histoire ?

— Il paraît que la grange de Mérat a failli brûler cette nuit, et il se répand dans tout le village en t'accusant.

— Quel salaud ! Je ne suis pour rien dans ce soi-disant incendie. En plus, c'est faire beaucoup d'histoires pour quelques brins de paille…

Elle laissa sa phrase en suspens. Elle venait de se rendre compte que, pour la première fois, l'instituteur la tutoyait. Elle en fut troublée.

Le Cloarec l'observait en plissant les yeux, attendant qu'elle poursuive. Sa colère l'amusait. Il ajouta :

— Il prétend aussi qu'il n'aura plus assez de fourrage pour nourrir son bétail pendant l'hiver.

Peut-être vit-elle de l'ironie dans le ton. Elle répondit assez sèchement :

— Il en achètera… Bon, il faut que je retourne à mes fourneaux.

La corne d'une péniche retentit pour réclamer l'ouverture de l'écluse. Par la fenêtre, ils virent

Marius Gontard courir tout en enfilant une veste de laine.

— C'est la *Nelly* qui va charger à la sucrerie, observa l'instituteur.

La petite troupe du baptême fut de retour vers midi. La matinée avait été calme au *Bar de l'Écluse*. La famille fit une entrée bruyante, alors que Clémence achevait de poser quelques brins de houx sur la nappe. À voir les visages cramoisis, il était facile de deviner que le cortège avait emprunté le passage du Dôme au lieu de venir directement ici. Il s'était arrêté dans plusieurs cafés, et le baptême n'avait pas été arrosé qu'au vin de messe.

Sous son chapeau cloche, Léonie rayonnait. Elle se débarrassa de son manteau et prit l'enfant dans ses bras. Il avait l'air d'un ange silencieux. Les jeunes parents jetaient des regards timides autour d'eux, comme si l'événement les dépassait. C'est à peine si la mère osa tremper ses lèvres dans la coupe de champagne que Clémence lui tendit. Le beau-père de la jeune mère prit ses aises. Il posa sa veste sur le dossier de sa chaise et s'esclaffa :

— Ah ! Léonie, je sens d'ici l'odeur de ta célèbre blanquette dont la réputation s'étend jusqu'à Anvers.

— Quel flatteur tu fais !

Clémence ne tarda pas à s'apercevoir qu'on forçait la voix autour d'elle tout en lui jetant des regards méfiants. Elle sentit la main osseuse de la Franquin se poser sur son bras.

— Pose le champagne, ils se serviront eux-mêmes, et suis-moi à la cuisine.

Sa patronne fut comme aimantée par le fourneau. Elle souleva le couvercle en fonte, sous lequel la blanquette roucoulait de bonheur. Elle trempa un doigt dans la sauce.

— Parfaite. Elle est absolument parfaite.

Et, sur le ton d'une confidence qu'on fait à une amie :

— Pour réussir une bonne blanquette, il faut rajouter dans l'eau de cuisson deux cuillères d'un grand bourgogne, c'est ça, le secret.

Elle se retourna brusquement. Son visage n'avait plus aucune bienveillance.

— Paraît que t'as encore fait des tiennes.

— Je ne vois pas ce que vous voulez dire.

— Et en plus, tu me prends pour une idiote. Dans tout le bourg, on célèbre tes exploits. Il paraît que t'as essayé de mettre le feu à la grange du Jules Mérat.

— Personne n'a voulu mettre le feu ! C'était juste un mégot tombé par mégarde, et en plus ce n'est même pas moi qui fumais.

— Et tu te figures que je vais te croire ?

— Que vous me croyiez ou pas, ça me fait une belle jambe !

Clémence crut que sa patronne allait la gifler.

— Va les servir, ils s'impatientent, on reparlera de ça plus tard.

« Un jour ou l'autre, je lui clouerai son bec, à cette vieille chipie. Quand je pense qu'elle s'est offert le *Bar de l'Écluse* en s'allongeant sous les Allemands, et elle vient me donner des leçons de morale ! » Clémence était furieuse. Tout en faisant le service, elle se demanda pourquoi cette histoire insignifiante avait pris de telles proportions. Quel était l'intérêt du père Mérat à répandre de tels bobards ? Est-ce que c'était lié à ce qui s'était passé entre sa mère et lui ? Faisait-elle les frais de leur brouille ? Elle ne pouvait croire qu'ils aient couché ensemble. Elle n'était pas à ce qu'elle faisait. Elle renversa du café sur la nappe.

— Hé, t'as voulu m'ébouillanter ! s'écria le parrain.

« Quelquefois, je voudrais les voir tous morts », songea Clémence. Peut-être que le Jules Mérat s'ennuyait. Et comme la plupart des hommes que l'ennui ronge, il arrive un moment où on a besoin d'inventer des histoires. « La rumeur a dû gonfler comme une voile dans un mélange d'absurdité et de méchanceté », se dit-elle. En bout de table, sa patronne avait pris un ton sentencieux pour imaginer l'avenir de son filleul. De café en pause-café, l'après-midi se traînait et l'air devenait rubicond dans la fumée des cigarettes. Il faisait presque nuit lorsqu'un jeune garçon fit irruption dans le bar en laissant s'engouffrer un vent glacial. Il cria :

— La grange de la ferme Mérat est en train de brûler !

2

L'OFFICIER DE POLICE éprouva quelque chose qui ressemblait à de la pitié face à cette gamine qui lui tenait tête avec insolence mais qu'il sentait prête à fondre en larmes. « Quel drôle de petit bout de femme, songea-t-il. Un mélange de feu et de glace. » C'est la première comparaison qui lui vint à l'esprit, mais il n'en fut pas satisfait. Il referma le dossier ouvert devant lui.

— Je sais que tu n'es pour rien dans l'incendie de la grange Mérat, puisqu'au moins une douzaine de personnes ont certifié que tu étais présente au *Bar de l'Écluse* au moment où le feu s'est déclaré. Mais tu ne me facilites pas la tâche en refusant de me donner les noms de ceux qui étaient avec toi le soir de… euh, disons, l'accident.

— Ça vous servirait à quoi ?

— Suppose que l'un d'eux soit revenu pour finir le travail.

— C'est complètement idiot.

— On prétend aussi avoir vu une jeune fille blonde rôder autour de la grange à plusieurs reprises.

— Si c'était moi, on aurait été trop heureux de me dénoncer.

— Tu connais les habitudes des gens d'ici. Ils ne disent jamais que la moitié des choses. Ils parlent par allusions, ils se réfugient dans les non-dits.

Clémence haussa les épaules. Elle n'aimait pas la maréchaussée, et encore moins la façon cauteleuse qu'avait celui-ci de vous embobiner pour vous ferrer comme une vieille truite. Qui croyait-il tromper ?

— Si toutes les blondes se mettaient à flanquer le feu, il n'y aurait plus une ferme debout de Vouziers à Rethel !

— Enfin, si tu changes d'avis, la porte de mon bureau t'est grande ouverte.

— Ce n'est pas la peine de risquer d'attraper une fluxion de poitrine, vous ne me verrez pas de sitôt. Je peux y aller ?

— Personne ne te retient.

— Encore heureux. Mais qui va me payer ma matinée perdue ?

— Ça, ma petite, c'est ton affaire.

S'il n'avait pas été amidonné dans sa fonction, l'officier de police aurait été plutôt pas mal. En entrant dans le bureau, elle lui avait trouvé une vague ressemblance avec Le Cloarec. Elle avait crâné mais elle avait les jambes flageolantes. Quand elle se retrouva dans la cour, elle respira à pleins poumons un air glacé qui lui fit du bien. De la fenêtre de son bureau, l'officier l'observait. Il la suivit des yeux jusqu'à ce qu'elle disparaisse sur la route, en redoublant de vigueur sur ses pédales.

« Ces gens-là ont vraiment le don pour faire de vous des coupables. » Et elle s'en voulut d'avoir cédé à la panique pendant l'interrogatoire. Mais sa curiosité avait été piquée au vif. Elle aurait aimé connaître le fin mot de l'histoire. Tandis qu'elle longeait le kiosque à musique, elle reconnut le bruit du moteur de la Mobylette. Arrivé à sa hauteur, Mathias lui fit signe de s'arrêter. Il était anxieux.

— Alors, qu'est-ce qu'il voulait savoir ?

— Connaître le nom de tous ceux qui étaient avec moi le soir où le père Mérat nous a surpris.

— Tu leur as dit ?

— Ne fais pas une tête pareille. Tu sais bien que j'ai toujours su tenir ma langue.

— Merci. Oh, merci. Tu es une chic fille. Tu comprends, avec mon paternel... Il est persuadé que ça pourrait avoir un rapport avec les trois fusillés du bois de la Forge. Quand les vieilles histoires se mettent à ressurgir, on ne sait jamais quand ça s'arrête...

— Pourquoi ? Il a quelque chose à se reprocher ?

— Ne dis pas n'importe quoi.

Il remit les gaz avant de disparaître dans une rue enneigée.

Quand elle entra, la Franquin lui cria sans se retourner :

— Je croyais qu'ils allaient te garder ! Je me suis déjà mise en quête d'une autre fille pour te remplacer. Pyromane plus le reste, j'en ai par-dessus la tête.

— Vous avez bien fait ! Moi aussi, j'en ai ma claque de vous servir de bonniche.

— En attendant, porte ça au capitaine de *La Collinière.*

Léonie lui désigna le porte-bouteilles qui contenait six litres de vin rouge.

— Il ne peut pas venir les chercher lui-même ?

— Un sac de ciment lui serait tombé sur le pied. Il m'a envoyé un gamin pour me prévenir.

Clémence dut se retenir de rire. Elle prit les bouteilles et se dirigea vers la péniche amarrée en amont de l'écluse. *La Collinière* était un joli bateau avec sa ligne de flottaison peinte en bleu outremer. À force d'être piétiné, le chemin de halage s'était transformé en une boue grisâtre. L'éclusier roulait une cigarette. La manivelle qui servait à ouvrir ou fermer les portes du sas contre lequel il était appuyé lui rentrait dans les reins. Il la salua avec son paquet de tabac à la main. Un héron cendré dissimulé dans un bosquet qui bordait l'autre rive s'envola sous ses yeux. Elle sursauta. Quelques lourds battements d'ailes lui suffirent pour se fondre avec l'eau du canal d'un gris ardoise. Au loin, un pommier solitaire se dressait au milieu d'un champ. Ses branches nues, pareilles à de grosses veines fatiguées, étaient piquetées de touffes de gui. Le porte-bouteilles commençait à lui tirer sur les bras. Elle ne pensait pas que *La Collinière* était amarrée aussi haut.

Enfin, elle s'engagea d'un pied prudent sur la passerelle, une simple planche qui reliait la péniche à la terre ferme. La planche émit un petit couinement de protestation sous son poids. À moins que ce ne soit sous celui des six litres de vin. Elle avança un pied puis l'autre. Elle n'avait pas envie de se retrouver dans l'eau glacée. Le vin serait perdu et la Franquin serait capable de le lui retenir sur sa paye.

Elle trouva le marinier, Jeff de Voos, dans sa cabine en train de feuilleter le *Guide officiel de la navigation intérieure*. C'était un gros homme jovial et affable. Il aurait pu être son père. « Merde, il faut que tu arrêtes de voir ton père partout, sinon tu vas devenir folle, ma cocotte ! »

— Ah, te voilà ! Si ça ne te dérange pas, descends prendre deux verres. J'évite de trop bouger à cause de cette maudite cheville. J'ai envoyé le gamin chercher le rebouteux, mais je ne sais pas ce qu'ils fichent.

Le marinier avait relevé le bas de son pantalon. Une bande Velpeau entourait la cheville blessée. Elle remarqua tout de suite qu'elle n'était guère serrée et qu'elle ne servait pas à grand-chose.

— Si vous voulez, je peux refaire votre pansement.

— Tu t'y connais ?

— Quand j'étais aux Jeannettes, j'ai pris des leçons de secourisme.

— Bon... Va d'abord chercher les verres. La douleur m'a donné une soif de hussard.

Elle ne fut pas étonnée. Elle connaissait sa réputation de soiffard. Elle empoigna l'échelle pour descendre. C'était la première fois qu'elle pénétrait dans la cambuse d'un marinier célibataire. En dépit du hublot entrebâillé, ça sentait le fauve. L'endroit tenait davantage de la tanière d'un ours en hibernation que d'une suite cinq étoiles. Des caleçons traînaient sur la couchette aux draps défaits. Un chandail pendait comme un pavillon en berne sur le dossier d'une chaise. Une superbe paire de bretelles était suspendue à l'abat-jour en porcelaine. La cloison était tapissée de plantureuses pin-up à demi nues découpées dans *Paris-Hollywood*. Elle savait au moins à quoi le marinier occupait ses rêves. Deux verres traînaient sur le bord du petit évier. Elle les rinça du bout des doigts. Elle remonta. Elle eut à peine passé la tête dans le poste de pilotage qu'il lui dit :

— Sers-nous du vin.

— Je ne bois pas, ce vin me brûle l'estomac.

— Tu préférerais du champagne ?

— Sans doute, oui.

— Alors, tu devras attendre mon prochain voyage.

Il éclata de rire avant de vider son verre d'un trait.

— Ah, ça fait un sacré bien !

— Je vais remettre votre bande en place.

Elle s'agenouilla et commença à dérouler la bande. Le pied avait pris une vilaine couleur bleue et il était enflé. Elle appuya sur la chaire marbrée. Il poussa un petit cri.

— Désolée si je vous ai fait mal. Mais, si je peux me permettre, vous devriez faire venir le médecin.

— Pour qu'il m'interdise de bouger ! Et qui livrera le ciment ? Tu vois, on n'a guère le temps de se préoccuper de soi. Flâner, c'est un luxe qu'on ne peut s'offrir quand on n'a ni Dieu ni maître. C'est le revers de la médaille.

— Moi, ce que je vous en disais…

— T'es une bonne petite…

Il lui paya le vin et les consignes.

Il n'y eut pas grand monde à midi. Elle reconnut le patron d'un petit yacht de plaisance qui aimait naviguer l'hiver sur les canaux de l'Aisne et de la Marne. Il multipliait les escales en route pour rejoindre des groupes de chasseurs. D'après ce que l'on disait, c'était l'ancien propriétaire d'une brasserie du Nord. Il lui laissait toujours un bon pourboire. Ce n'est pas lui qui aurait essayé de dénouer son tablier ou de lui mettre la main sur les fesses. C'est pour toutes ces raisons qu'elle l'aimait bien. Elle l'appelait « le jeune retraité », car il profitait de sa fortune pour ne rien faire, alors qu'il avait à peine dépassé la quarantaine. On ne l'avait jamais vu avec une femme. Sans doute préférait-il la virile compagnie des chasseurs.

— Ma jolie Clémence, apporte-moi du vinaigre pour assaisonner ma salade de lentilles.

Elle s'empressa de le satisfaire avant d'aller prendre la commande de deux journaliers assis au fond. Ils parlaient à voix basse en se penchant pardessus la table. Que pouvaient-ils bien se dire de si important ? Elle ne les connaissait pas. Elle les dérangea pour donner un coup de lavette.

— Vous prendrez du vin ?

— Une carafe.

Ils avaient un accent étranger qu'elle n'arrivait pas à identifier. Des Polonais ?

Avant que ne retentisse la cloche de l'école primaire, Yvan Le Cloarec vint prendre son café « sur le pouce », comme il disait. Il la gratifia d'un sourire qui la toucha. Combien avaient-ils d'années de différence, déjà ?

L'instituteur sorti, l'après-midi se déroula dans une espèce de langueur amollissante, bercée par le ronflement du poêle qu'elle rechargeait régulièrement. La Franquin dit :

— Je vais faire une petite sieste, j'ai tellement mal au dos et aux jambes.

Elle monta chez elle dans le petit deux-pièces qu'elle occupait au-dessus du bar. Clémence l'entendit bientôt déplacer des meubles. À moins que ce ne fût des malles qu'elle traînait sur le plancher. « Drôle de façon de faire la sieste. Peut-être qu'elle prépare un numéro de contorsionniste », songea-t-elle.

Tous, que ce soit le marinier ou le propriétaire du yacht qui s'appelait – « Comment déjà ? Ah oui ! Jean-Basile Lambret, curieux prénom, je n'aurais jamais dû l'oublier » –, la regardaient d'une curieuse manière. Même l'instituteur, au moment où il posait la main sur le bec-de-cane de la porte, s'était retourné et avait eu un petit mouvement du coin de la bouche qui l'avait déconcertée. L'enquête avait provoqué comme une fêlure dans le défilement routinier des jours. Une bavure d'encre sur une phrase parfaitement calligraphiée. Et puis il y avait surtout l'attitude de la Franquin. À aucun moment de la matinée elle n'avait eu ces sautes d'humeur tapageuses auxquelles elle s'était habituée.

Elle dut attendre la fin de l'après-midi pour avoir enfin l'explication. Quand elle vit descendre Léonie Franquin revêtue de son manteau gris perle et coiffée d'un chapeau qu'elle ne connaissait pas, elle sut que son intuition ne l'avait pas trompée.

— Vous sortez ?

— Non, je pars en voyage. Ça s'est décidé au dernier moment.

— Vous voulez que je ferme ?

— Qui te parle de fermer ? Sers-moi plutôt un café avec un pousse-café. Il reste de la quetsche ?

— Oui, un fond

Sa patronne se laissa choir sur une chaise en poussant un soupir.

— Ah, mes pauvres jambes ! Tu prendras aussi un verre. L'alcool te fera du bien, surtout après ce que j'ai à te dire.

Clémence se raidit. Elle s'attendait au pire. Bien sûr, elle détestait se lever chaque matin aux aurores. Elle détestait l'odeur de graisse brûlée qui s'échappait parfois de la cuisine. Elle détestait les remarques acides de la Franquin, mais elle avait du boulot. Elle ne serait pas allée jusqu'à prétendre qu'elle l'aimait ce boulot, cependant il l'empêchait de sombrer dans la dépression. Et voilà qu'elle allait tout perdre. Sur le tapis vert de la vie, on ne pouvait pas dire qu'elle ait jamais misé le bon numéro. Elle revint avec la bouteille et les deux verres.

— Assieds-toi et sers-toi aussi.

Cette soudaine sollicitude était encore plus déroutante. Qu'est-ce qu'elle tramait ? Qu'elle vide son sac et qu'on en finisse !

— Tu as un amoureux ?

La question était tellement saugrenue que Clémence éclata de rire.

— Ça ne vous regarde pas.

Léonie Franquin ne se démonta pas. Elle poursuivit son idée.

— Je dois aller à Paris consulter un spécialiste… Mes jambes… Ah, j'en connais une qui va avoir une sacrée surprise !

— Qui ça ?

— Ma sœur.

— Vous avez une sœur ?

— Je ne t'en ai jamais parlé ?

— Non.

— C'est vrai que je ne l'ai pas vue depuis plus de quinze ans. La dernière fois, les Allemands défilaient sur les Champs-Élysées…

Clémence ne voyait toujours pas le rapport entre son amoureux et le voyage à Paris. Alors elle attendit en rongeant l'ongle de son petit doigt. Léonie reprit :

— Je ne peux pas me permettre de fermer pendant une dizaine de jours. L'argent est trop difficile à gagner.

Cette fois, Clémence dut se pencher vers elle pour entendre ce qu'elle disait.

— Alors, j'ai pensé…

— Oui ?

— J'ai pensé que tu pourrais me remplacer et t'occuper de faire tourner le bar en mon absence.

— Moi ? s'exclama Clémence.

— Oui, toi. Tu t'en sens capable ?

— Je n'y ai jamais réfléchi, et c'est tellement inattendu ! Il y a encore deux jours, vous vouliez me renvoyer.

— Oublie ça. Alors ?

— Vous me prenez de court.

— Même si je ne suis pas riche, je te paierai davantage. Au lieu de rentrer chez toi le soir, tu pourras dormir ici. Je t'ai installé un lit-cage dans la petite pièce en face de ma chambre.

Elle fouilla dans son sac et en tira une lettre qui n'était pas cachetée.

— J'ai écrit cette lettre pour ta mère afin qu'elle ne se fasse pas de souci. C'est pour cela que je t'ai demandé si tu avais un amoureux, pour qu'elle ne s'imagine pas... Enfin, tu me comprends. J'ai toujours veillé à la respectabilité du bar.

« Ah, la respectabilité, parlons-en ! C'est comme le tablier blanc qu'elle me force à porter. Ce n'est que de la poudre aux yeux. »

— Alors, tu te sens capable de prendre les choses en main ? J'ai un compte chez le boucher et chez le boulanger, ça te facilitera la tâche.

Clémence prit une longue inspiration et, sans savoir si elle ne faisait pas une terrible bêtise, elle dit :

— C'est bon, j'accepte.

Bien sûr, elle casserait quelques assiettes, briserait quelques verres, laisserait brûler un rôti ou gâterait une sauce, mais chacun est bien obligé un jour ou l'autre de faire ses classes.

— Tu vois, je te fais confiance.

— C'est ce qui me surprend le plus.

Clémence se demanda si Léonie avait saisi toute l'ironie de sa remarque.

— Tu amèneras tes affaires demain matin... S'il te plaît, monte chercher ma valise, mes jambes, tu comprends. Je dois attraper le car pour Charleville. J'ai réservé une chambre à l'*Hôtel de la Gare* pour être certaine de ne pas manquer le premier train pour Paris.

En haut, tout en s'emparant de la valise sur le palier, Clémence tourna la poignée de la porte de la chambre de sa patronne. Elle était fermée. « Drôle de façon de me faire confiance. »

La Franquin était à peine montée dans le car que les premiers habitués arrivèrent, comme s'ils s'étaient donné le mot. Ils réclamèrent leur Picon-bière et le tapis de cartes. En fin d'après-midi, il y avait une ambiance inhabituelle au *Bar de l'Écluse*, comme si chacun pressentait qu'il s'était passé quelque chose d'important. Un nouvel arrivant commença par parcourir la salle des yeux, étonné de voir autant de monde, puis il gagna sa place. Quant à Clémence, elle n'eut pas le temps de se poser des questions. Il fallait servir tout ce monde. Seul le maréchal-ferrant demanda :

— Elle n'est pas là, Léonie ?

— Elle est partie pour quelques jours.

Clémence était un tourbillon. Libérée de la présence soupçonneuse de sa patronne, elle était, sans s'en rendre compte, devenue plus affable. Elle gratifiait chacun d'un sourire ou d'un petit mot gentil. Elle demanda au secrétaire de mairie des nouvelles de son fils qui avait contracté une mauvaise fièvre. Et à un contremaître de la sucrerie qu'on ne voyait jamais au bar :

— Ah ! Monsieur Paul, je suis heureuse de vous voir.

C'était encore un sentiment diffus, mais chaque client sentait qu'il prenait sa petite importance aux yeux de Clémence. Elle se glissait entre les tables avec une élégance de ballerine, portant bien haut son plateau chargé de consommations. Et quand la main du bourrelier se posa comme par inadvertance sur ses fesses, au lieu de se mettre en colère, elle se déroba avec un « Allons, allons, monsieur

Arsène, on nous regarde », qui ne vexa personne. Et à un autre : « Vous êtes un vrai bourreau des cœurs. Ah, si j'étais libre ! »

Elle tenta à plusieurs reprises d'imiter Léonie Franquin en glissant le verre de pastis sous le bec verseur sans se retourner, mais elle n'avait pas encore le coup de main. Le patron de *La Belle Étoile* lui demanda :

— Sers-moi un bock vite fait. Faut pas que je traîne.

Une heure plus tard, il était toujours là, passant d'une table à l'autre pour observer les joueurs de cartes enveloppés dans la fumée bleutée des Gitanes. Elle profitait d'un moment de répit dans le service pour laver les verres qui s'entassaient dans l'évier. Corvée qui l'avait toujours rebutée mais qu'elle supporta sans déplaisir cette fois. Il était environ 20 heures quand elle cassa son premier verre.

— Ça porte bonheur, c'est du verre blanc ! cria un des joueurs de manille sans quitter son jeu des yeux.

Elle ressentit le poids de la fatigue lorsqu'elle se mit à retourner les chaises sur les tables avant de passer la serpillière et de répandre la sciure sur le sol. Elle s'étira et se massa les reins.

— Ah, mon pauvre dos ! dit-elle à voix haute avant d'éclater de rire.

Elle venait de se rendre compte qu'elle avait imité inconsciemment sa patronne. Elle fit la caisse, s'aperçut que le bocal à cornichons dans lequel elle glissait ses pourboires était à moitié plein. « À ce rythme, je vais bientôt pouvoir m'acheter une nouvelle robe ou un chapeau. Ou une autre bécane », pensa-t-elle. Il lui restait encore à faire l'inventaire de l'armoire glacière pour savoir ce qui lui manquait pour préparer les quelques repas du lendemain.

— Il y a des biftecks, de la salade et du fromage, ça suffira.

Elle avait pris l'habitude de parler à voix haute pour meubler sa solitude. Elle éteignit les lumières. Elle éprouva de la fierté en accrochant les volets de bois à la devanture.

Avant d'aller reprendre son vélo dans le bûcher, elle resta un long moment à contempler les eaux sombres du canal, comme pour y lire son avenir. Soudain, elle eut l'impression qu'on l'observait. Elle se retourna. Mais l'obscurité était trop profonde pour distinguer quoi que ce soit. Elle crut cependant apercevoir le bout rougeoyant d'une cigarette. Elle n'était pas très rassurée. Pour conjurer le sort, elle se parla à elle-même, une habitude sortie tout droit de l'enfance, quand elle n'avait qu'une pauvre poupée de chiffon à qui confier ses angoisses de la nuit.

— Cette fois, il faut que j'y aille, sinon ma mère va piquer sa crise, même si cette fois j'ai de bonnes raisons de rentrer tard.

En remontant le chemin de halage, elle chercha une silhouette, une présence. En vain.

La sucrerie, qui tournait en continu, répandait une odeur de miel grillé sur la nuit. Une voiture la dépassa. Les décombres de la grange brûlée avaient quelque chose d'effrayant. À la maison, elle s'attendait à une orageuse demande d'explications et se tenait prête à brandir la lettre de la Franquin sous le nez de sa mère. Or la nouvelle avait déjà emprunté quelque circuit mystérieux et sa mère l'accueillit avec un large sourire. Elle lui tendit la lettre. Sa mère y jeta à peine un coup d'œil.

— Je suis déjà au courant. Je crois que c'est beaucoup mieux pour toi de dormir là-bas. Revenir chaque soir autour de minuit n'aurait rien eu de très rassurant. Comme ça, je suis plus tranquille.

— Tu crois qu'on pourrait s'attaquer à une petite fille esseulée pour la violer ?

— C'est plus fort que toi, il faut que tu persifles…

Clémence avait l'impression que ça arrangeait plutôt sa mère qu'elle reste à *L'Écluse*. Y aurait-il du Jules Mérat sous roche ?

À peine étendue sur son lit, elle sombra dans un sommeil sans rêves. Lorsqu'elle se réveilla, il faisait à peine jour. Le papier peint défraîchi de sa chambre la frappa comme une anomalie. Elle finit par reprendre ses esprits, bercée par le tic-tac moqueur du gros réveil.

Elle se leva pour entasser quelques vêtements dans sa petite valise en carton bouilli, vestige d'un séjour en colonie de vacances. Quel âge avait-elle quand elle courait à perdre haleine sur la plage de Quiberon ? Neuf, dix ans ? Elle rangea soigneusement sa jupe plissée, deux amples chandails de laine, ses culottes, une paire de bas achetés en cachette de sa mère. Sans oublier sa trousse de maquillage, dissimulée derrière la tête de son lit. Elle sortit sans perdre de temps. Désormais, elle prendrait son petit déjeuner au *Bar de l'Écluse*, perspective réjouissante. À la maison, il n'y avait jamais de croissants. Quand le boulanger ou son commis les livrait au bar, il paraît qu'ils étaient encore chauds.

Sa valise ficelée sur le porte-bagages, elle vogua avec bonheur vers cette liberté toute neuve. C'était une ivresse sans alcool, une traversée par mer calme. Toute à son exaltation, elle se rendit compte trop tard que sa roue dérapait sur une longue traînée de boue qu'un tracteur avait abandonnée sur la chaussée avant qu'il ne gèle durant la nuit. Elle se retrouva le cul par terre, chute sans gravité avec juste une estafilade sur le dos de la main et des gravillons qui s'étaient incrustés dans son genou. Elle grimaça en se relevant avant d'être obligée de redresser son guidon.

Dès l'aurore, une noria d'engins convergeait de toutes parts vers la sucrerie, bennes remplies à ras bord depuis les silos de betteraves dressés comme des môles à la lisière des champs. Ils mêlaient leur odeur de gasoil à celle plus entêtante et sirupeuse qui s'échappait de l'usine. Parfois, un tombereau tiré par un puissant cheval se glissait au milieu des tracteurs et de leur remorque comme un rappel nostalgique d'une autre époque. Il fallait bien nourrir l'ogre jamais repu. À l'intérieur de sa panse, les betteraves étaient pesées, lavées pour éliminer toute trace de terre, découpées en fines lanières afin que l'eau chaude puisse extraire plus facilement le sucre de la pulpe avant qu'il ne cristallise dans des centrifugeuses. On supportait l'appétit du monstre, car il faisait vivre la région, donnait du travail aux hommes. On le supportait d'autant plus facilement qu'à la nuit tombée il se transformait en cathédrale de lumière. Aux derniers jours de décembre, l'ogre sombrait dans un demi-sommeil avant une nouvelle campagne.

De loin, Clémence aperçut le sac gris qui contenait les baguettes et les croissants que le commis avait déposés et, dans l'encoignure de la porte, une jeune fille qui battait la semelle pour se réchauffer. Elle avait relevé le col de son manteau, si bien que son visage était à moitié dissimulé. Clémence ne la reconnut qu'en mettant pied à terre.

— Ah ! C'est toi, dit-elle à la jeune fille qui s'appelait Julieta. Elle avait à peine deux ans quand elle était arrivée d'Italie avec ses parents, originaires des Pouilles. Son père prétendait avoir fui la famine et Mussolini.

— Qu'est-ce que tu fais ici ?

— Comment ça ? Tu n'es pas au courant ? Je vais travailler avec toi le matin pour faire la cuisine. Avant de prendre son autocar, Léonie est passée voir mon père. Elle lui a expliqué que seule, tu n'y arriverais pas. Il a été d'autant plus facile à convaincre qu'il m'a toujours encouragée à devenir cuisinière. « C'est un métier où on ne meurt jamais de faim, même au milieu des pires cataclysmes. » Ça ne te contrarie pas, au moins ?

— Pourquoi veux-tu que ça me contrarie ? Mais elle aurait pu au moins me prévenir.

— Je crois que tout cela s'est fait dans une telle précipitation qu'il ne faut pas que tu t'en formalises.

Clémence connaissait Julieta, mais elles n'étaient pas amies. Elles se saluaient de loin, ne s'intéressaient pas à ce que faisait l'autre, et le fait de devoir travailler ensemble les prenait de court.

Julieta était une jolie brune, plutôt piquante, avec des yeux marron pétillants de vie, des lèvres gourmandes et sensuelles. Un début de rondeur trahissait son penchant pour la bonne chère. Elle était d'une argile dont on fait une bonne épouse. Clémence se rappela que son père travaillait à la briqueterie quand on pouvait extraire l'argile des carrières et à la sucrerie quand la terre était gelée. Jamais elle ne l'avait vu au *Bar de l'Écluse*.

Elle était certaine que la Franquin lui avait joué un mauvais tour. Elle était trop méchante pour qu'il en soit autrement.

— Tu verras, on va bien s'entendre, dit Julieta pendant qu'elle l'aidait à décrocher les volets de bois.

— On a rajeuni le personnel, dit l'éclusier, qui buvait son café au bar en contemplant Julieta qui passait un chiffon sur les tables. Deux belles filles comme vous, ça va tourner la tête aux gars.

Une corne de brume retentit.

— *La Providence* arrive… Tu mets ça sur ma note.

Clémence avait perdu sa belle humeur, si bien que Julieta lui demanda :

— Tu fais la tête ?

— Non, non. Qu'est-ce qui te fait dire ça ?

— Je ne sais pas. Une impression…

— Alors, occupe-toi des verres, dit-elle sèchement.

Elle ne réussissait pas à dissimuler son animosité alors qu'elle le savait, Julieta faisait de son mieux. Vers 11 heures, elle disparut en cuisine et Clémence l'entendit remuer des casseroles et des plats. Elle fut distraite par une péniche qui glissait lentement sur les eaux sombres du canal. À la proue, un gamin en culottes courtes essayait d'attraper avec une lourde gaffe de marinier quelque chose qui flottait à la surface de l'eau.

Toute la matinée, une équipe de débardeurs déchargea à dos d'homme une péniche belge qui livrait des sacs d'engrais à la coopérative. Vers midi, ils firent une irruption bruyante pour réclamer qu'on leur serve à manger. Clémence dut admettre en son for intérieur qu'elle n'aurait jamais pu faire face sans le secours de Julieta, qu'elle envoya sur-le-champ chez le boucher. Elle avait vu trop juste. Julieta revint chargée comme une mule. Bientôt parvint de la cuisine l'odeur du beurre qui grésillait dans la poêle. Les débardeurs burent beaucoup. Julieta l'aida à faire le service, aimantant le regard des hommes dans son sillage. Était-ce pour impressionner la jeune Italienne ? Un des débardeurs, celui qui avait les épaules les plus musclées, plia son bras pour faire jaillir ses biceps et lança un défi à son voisin. C'était une rivalité de flambards aiguillonnée par l'alcool.

— Alors, que dis-tu de ça ?

— On mesure ?

— À condition que tu ne triches pas.

— Voilà le juge de paix.

Et il tira de sa poche un mètre de couturière.

— Hé, la petite, tu vas nous départager, demanda le premier à Julieta.

— Le vainqueur aura droit à un baiser de la jolie princesse. Vous êtes d'accord ?

— Ce serait un crime de refuser un baiser à un aussi joli garçon, dit Julieta en esquivant la main qui se tendait vers elle.

Cafés. Alcools puissants qui déteignaient sur ces trognes de forts des halles enivrés de rires et de ruses. Chauffée à blanc, l'atmosphère ne tarda pas à tourner à la plaisanterie égrillarde. Clémence savait que, derrière la plaisanterie, il y avait le désir. Sans rien faire pour le provoquer, elle aimait le désir des hommes. Tandis qu'elle passait entre les tables pour les servir, elle jouissait du trouble qu'elle faisait naître en sentant leurs regards brûler dans son sillage.

Julieta aussi était à son affaire. Il n'était qu'à voir la façon dont elle se penchait vers Le Cloarec en lui offrant une vue effrontée sur la croix en or qui brillait entre ses seins. Clémence ne put s'empêcher d'être jalouse. À ce moment-là, un costaud au crâne rasé, une femme nue tatouée sur l'avant-bras, se mit à parler fort de façon que tout le monde l'entende. C'était un ancien légionnaire qui avait fait l'Indochine.

— Trois ans d'enfer, et maintenant les troufions ont droit à l'Algérie.

Il avait les yeux injectés de sang, la bouche amère.

— Quand on rentrait de mission, je prenais un cyclo-pousse et je me faisais conduire dans le plus grand bordel de Cholon.

— Cholon ? demanda un de ses compagnons.

— Le quartier chinois de Saigon. Je demandais toujours la même fille. Je m'étais attaché à elle. Quand elle se déshabillait, la lampe accrochait des reflets d'ambre sur son corps.

Tous l'écoutaient.

— Il n'y en avait pas deux comme elle pour chauffer la petite boule d'opium en la faisant tourner avec l'aiguille.

— Tu as fumé l'opium ? interrogea, admiratif, son voisin.

— Là-bas, tout le monde fumait l'opium. C'était le seul moyen d'en être quitte avec la peur... La peur et la honte. Enfin, on faisait l'amour, et coucher avec une Annamite, c'est comme coucher avec le mystère.

— Tu en as eu de la chance ! dit un autre.

— Il n'y en a pas deux comme toi pour dire des conneries, Serge... De la chance !

Mais l'homme était heureux, il avait réussi à capter l'attention des autres et, pendant quelques minutes, il avait l'impression d'exister. Il rejeta la tête en arrière et ferma les yeux. Peut-être reprit-il le cours de son voyage au milieu de ses souvenirs où des gamins chevauchaient des buffles au milieu des rizières et où des filles en pantalon de soie mauve ne demandaient qu'à lui sourire.

Même avec la peur au ventre, Clémence aurait bien aimé connaître l'Indochine. La sonnerie du téléphone interrompit sa rêverie. C'était la Franquin qui voulait savoir si tout s'était bien passé, si elle s'entendait bien avec Julieta et surtout si la recette était bonne. Elle lui demanda aussi de lui envoyer un mandat poste restante dans un bureau du 15e arrondissement de Paris.

— Et votre sœur ?

— Ah ! Je n'ai pas encore eu le temps de la voir.

Les mots grésillaient dans l'appareil comme des mensonges.

— Je compte sur toi pour le mandat.

La salle s'était vidée. Le Cloarec tenait la main de Julieta pour lui montrer comment on lançait une fléchette sur la cible.

— Tu ne crois pas que tu as mieux à faire que jouer aux fléchettes ? Débarrasser les tables, par exemple, et nettoyer.

— Je vois ce que c'est, dit Julieta en lui adressant un regard chargé d'ironie.

— Je vais vous laisser, de toute façon, il est l'heure que j'y aille, dit l'instituteur.

— Quel hypocrite ! siffla Clémence entre ses dents, une fois que Le Cloarec eut refermé la porte.

— Je ne savais pas que tu en pinçais pour lui, remarqua, perfide, Julieta.

— Moi ! En pincer pour lui ! Il est maigre comme un barbelé. Il n'y a qu'une Italienne pour avoir des idées pareilles. C'est tout simplement…

— Tout simplement quoi ?

— Oh, fiche-moi la paix !

Le travail se poursuivit dans un silence pesant émaillé de regards circonspects. À 15 heures passées de quelques minutes, Julieta défit son tablier et passa son manteau. Elle semblait avoir chassé de son esprit toute idée de rivalité.

— On s'est bien débrouillées toutes les deux, pas vrai ?

— Oui, on s'est bien débrouillées.

— Alors à demain.

« Combien de temps va durer cette comédie ? » s'interrogea Clémence. Bientôt, ce fut l'heure creuse, ce moment de répit où l'on peut laisser vagabonder sa pensée dans l'éclat terni du vague à l'âme. C'est ce qu'elle nommait parfois l'heure triste. « J'aurais dû lui flanquer une paire de gifles à cette aguicheuse. » Elle regretta de ne pas l'avoir fait.

Elle prit une liasse de billets en faisant tinter le tiroir-caisse puis les compta. Elle s'apprêtait à fermer le bar pendant une demi-heure, le temps de faire l'aller-retour jusqu'à la poste, quand un marinier qu'elle ne connaissait pas tapa ses chaussures sur le seuil pour les débarrasser de la neige, avant d'entrer. Il était grand, blond avec des yeux d'un bleu liquide qui se posèrent sur elle avec une curiosité amusée.

— Ze ne vous ai encore zamais vue, dit-il avec un drôle d'accent.

Hollandais ?

Il portait une vareuse bleu foncé qui avait vieilli sous elle ne savait trop quels horizons. Ses manches étaient garnies de galons argentés.

— Ze foudrait un bock.

Elle posa la bière devant lui en jetant un coup d'œil à l'horloge. La poste ne tarderait pas à fermer. Il dégusta sa bière par petites gorgées avec une application quasi enfantine, puis en commanda une autre.

— Z'est de la bière belge ?

— On se sert à l'abbaye de Maredsous.

Quand il se décida à partir, la poste était fermée depuis longtemps. « Bah, que son mandat parte aujourd'hui ou demain, quelle différence ? »

Lorsque les premiers habitués entrèrent pour s'installer autour des tapis de cartes, elle s'enfonça avec délice dans la routine des phrases aimables et des sourires convenus comme on se calfeutre sous l'édredon de plumes les nuits de grand froid. Elle avait oublié Julieta. Une sorte de péquenot barbu, plutôt mal fichu, qui faisait office de cantonnier dans le bourg, gagna trois parties coup sur coup. Un de ses adversaires observa, perfide :

— Je ne sais pas comment il s'y prend, mais il triche.

L'autre le prit mal. Ils firent semblant de vouloir en venir aux mains. Tout se calma comme par enchantement autour d'une nouvelle tournée. Vers 20 heures, la salle se vida peu à peu. De la lumière brillait à l'intérieur de la timonerie d'une péniche qui s'était amarrée pour la nuit. Elle s'était attendue à voir entrer le patron de la *Bellona* avec sa femme, mais personne n'était venu. Elle savait qu'il serait le premier à partir demain matin et il faudrait qu'elle soit prête à le servir.

Quand elle se retrouva devant la salle vide, elle pensa : « Encore une journée de passée ! Combien je vais devoir en vivre de semblables ? » Elle était au bord des larmes, une tristesse sans raison.

Elle accrochait le premier volet quand un homme surgit de l'ombre. Elle poussa un cri.

— Je vous ai fait peur ?

Elle reconnut le père de Julieta. Ses vêtements étaient imprégnés de l'odeur de la sucrerie. Cela faisait au moins deux ans qu'elle ne lui avait pas adressé la parole. C'était à la sortie de l'église, où elle n'avait pas remis les pieds depuis combien de temps déjà ? Elle ne s'en souvenait plus. Dieu l'ennuyait.

— Rosaria m'accompagne.

Une petite femme au visage de belette, tout en noir, sortit à son tour de l'ombre. Une silhouette se découpa dans la lumière jaunâtre qui éclairait le roof de la *Bellona* et les observait.

— J'allais fermer.

— Nous ne venons pas boire, juste te parler de Julieta.

Clémence poussa un soupir et se résigna à les laisser entrer.

— Vous buvez quelque chose ?

L'homme se tourna vers sa femme. Le visage de belette donna son consentement d'un clignement d'yeux.

— Une bière pour moi, un petit verre de limonade pour Rosaria, si ce n'est pas trop t'obliger.

Elle n'aimait pas sa façon de faire des phrases. Elle les servit tout en restant debout pour leur signifier qu'ils ne devaient pas s'éterniser.

— Comment s'est passée cette première journée ?

— Bien.

— C'est la première fois que Julieta travaille. Nous sommes inquiets.

Il se tourna vers sa femme pour quêter son approbation. C'était sans doute elle qui l'avait poussé à faire cette démarche qui le mettait mal à l'aise. Comme si elle avait répondu à un signe du ciel, Rosaria se mit à égrener un rosaire imaginaire entre ses doigts secs et noueux.

— On s'est bien entendues, si c'est cela que vous voulez savoir. Cela dit, je ne vois pas la différence entre l'école et le travail.

— Ici, il y a les hommes.

Clémence fut surprise d'entendre la voix de la mère de Julieta. Une voix à la fois aigre et hargneuse. Chaque mot tombait de sa bouche comme une goutte d'acide.

— Je ne voudrais pas qu'un homme l'entraîne dans sa péniche ou, pire, dans une grange. Elles sont ouvertes à tout vent. Il suffit de pousser une porte pour se damner. Le curé nous a mis en garde.

Clémence songea qu'il fallait avoir l'esprit sacrément tordu pour voir un lupanar derrière une bien innocente grange. Les doigts cessèrent de s'agiter.

— Qu'attendez-vous de moi ?

Le père de Julieta reprit la parole :

— Que tu nous préviennes si un homme tourne autour d'elle.

— Je ne crois pas que je puisse faire ça. Ce serait la trahir.

— Tu vois, je t'avais dit que c'était inutile, dit le père.

Ils se levèrent, mécontents, et sortirent.

« Avec ces drôles de paroissiens, Dieu ne doit pas rigoler tous les jours… Ils ont bien une tête à foutre le feu à une grange. »

Le chien se mit à aboyer en tirant sur sa chaîne. Clovis Bastiani leva la tête. « Qui est-ce qui vient m'emmerder à une heure pareille ? » Il se leva, tourna la molette de la lampe à carbure suspendue à la poutre qui servait de faîtière à la bicoque. Un halo de lumière verdâtre se mit à trembler dans la pièce. On pouvait à peine distinguer les peaux qui séchaient, tendues sur des fourches de noisetier. Il sortit sur le pas de sa porte, une simple tôle qu'il se contentait de cadenasser la nuit. Il tenait à la main le crochet qui lui servait à fouiller les entrailles des décharges pour y récupérer les métaux, en particulier le cuivre. Le chien vint se coller contre ses jambes, le museau pointé vers l'obscurité du chemin. Bastiani avait installé sa bicoque et ce qu'il appelait son chantier au milieu d'une clairière à laquelle on ne pouvait accéder que par un chemin défoncé d'ornières. Il n'était pas vraiment chez lui. On ne faisait que le tolérer. C'était un petit homme tout en nerfs avec des jambes arquées, une allure qui faisait rire les gamins.

Le chien gronda. Une bourrasque arracha un paquet de neige à la branche d'un chêne. Bastiani plissa les yeux pour fouiller l'obscurité. La bicoque régnait sur un univers de rouille. Vieux vélos, sommiers éventrés, jantes de camion, carcasse de side-car, orgueil de l'armée allemande qu'on avait repeint à la hâte sans parvenir à camoufler entièrement son vert-de-gris d'origine. Après un nouveau bond en avant, le chien s'étrangla dans son collier.

— Du calme, Masque ! Ah, c'est vous ! Qu'est-ce que vous voulez encore ?

— Tu ne m'invites pas à entrer ?

— J'y suis bien obligé.

Bastiani précéda l'officier de police à contrecœur. À l'intérieur, deux sièges d'automobile se faisaient face autour d'une ancienne bobine de câble qui servait de table basse. Clovis tourna la molette de la lampe pour faire davantage de lumière. Des ombres se mirent à danser sur les murs en planches. L'officier de police eut du mal à trouver une bonne position sur le siège de la voiture.

— Je sais, ce n'est pas très confortable.

Le visiteur s'empara d'un livre posé sur la table.

— Tu lis, toi ?

— Parce que, pour vous, un chiffonnier n'est pas capable d'ouvrir un livre ? C'est bien ça ? Vous avez des petites cases bien rangées dans votre cerveau. Chacun a la sienne et, pour vous, un chiffonnier est juste bon à vider des chopines et à vivre de ce que les autres jettent…

Bastiani marqua une pause.

— Ou à brûler des granges.

— Parlons-en. Tu ne m'as pas dit que tu avais failli te battre avec Jules Mérat.

— Vous ne me l'avez pas demandé.

— Ne me prends pas pour un idiot ! Qu'est-ce qui s'est passé ?

— Le salaud a refusé de me payer ce qu'il me doit. J'ai débarrassé un de ses champs de toutes les vieilles charrues qui l'encombraient, celui de Montjoie.

— Eh bien, voilà un mobile !

— Je lui aurais mis volontiers mon poing sur la gueule, mais vous ne vous figurez quand même pas que j'ai été assez con pour foutre le feu à sa grange ? Ce n'est pas ça qui m'aurait donné mes sous… Si vous n'avez pas peur de trinquer avec un malfrat, j'ai une petite prunelle sauvage, vous m'en direz des nouvelles.

— Si tu veux, après tout.

Bastiani fouilla l'ombre pour en extraire deux petits verres et une bouteille d'eau-de-vie. Il remplit les verres.

— Vous n'êtes pas d'ici, vous ne pouvez pas savoir… Mais avant que ce beau monsieur se pavane au conseil municipal et intrigue pour sa Légion d'honneur, il a fait pas mal de saloperies…

— De quel genre ?

— Du genre qui ne se raconte pas.

— Ah, vous êtes tous pareils ! Pour faire des allusions, vous êtes forts mais, quand on vous demande des précisions, c'est motus et bouche cousue.

— Le silence est un bon conseiller. Au fait, elle avance, votre enquête ?

— Comment veux-tu qu'elle avance, puisque tout le monde se tait ? Ah, vous êtes de sacrées têtes de mule par ici !

— On ne refait pas un Ardennais.

L'officier de police se leva, de mauvaise humeur.

— On ne peut pas dire que ce soit le grand confort chez toi.

— À la différence d'autres, je me contente de peu.

Dehors, l'obscurité était totale. L'officier de police s'enfonça dans les ornières du chemin en faisant craquer la glace. Il poussa un soupir de soulagement en retrouvant sa voiture.

De retour dans les locaux qu'on lui avait affectés à la gendarmerie, il ne put manquer le message posé au milieu de son bureau. Quelqu'un venait de mettre le feu à la 4 CV de la fleuriste. Il se rendit sur place. Le feu avait accompli l'essentiel de son travail. Ne restait plus qu'une carcasse calcinée d'où s'échappaient quelques flammèches. L'odeur d'essence brûlée supplantait celle de la sucrerie. Des curieux s'étaient regroupés autour de ce qui restait de la voiture en déplorant une situation qui commençait à les inquiéter. On avait passé une couverture sur les épaules de la jeune fleuriste, qui tremblait encore sous le choc. Elle prenait les gens à témoin.

— Vous vous rendez compte, à deux minutes près ma gosse était dans la voiture.

Une fois dissipé l'éblouissement provoqué par l'ampoule au magnésium du flash, il reconnut le localier qui s'avançait vers lui, son appareil à la main.

— Ah, Jason, toujours le premier sur la scène du crime ! plaisanta l'officier de police.

— Après une grange, une voiture ! Cela commence à faire beaucoup, et on ne sait pas quand cela va s'arrêter.

— Dieu seul le sait !

— Vous pensez que les deux affaires sont liées ?

— Trop tôt pour le dire. Je ne vois pas pourquoi il y aurait forcément un rapport entre elles. Il s'agit peut-être tout bonnement d'un accident.

— On a retrouvé sur la carcasse du siège avant une bouteille éclatée qui avait contenu de l'essence.

— Vous en savez plus que moi.

— Voilà monsieur le maire ! s'exclama le localier qui se précipita vers lui, main tendue.

Le maire, un homme plutôt replet, compensait sa petite taille par un ton autoritaire. Ancien maître d'école, il avait enfilé un lourd pardessus sur son pyjama, ce qui semblait indiquer qu'on l'avait tiré de son lit, bien qu'il ne fût pas très tard, à peine 20 h 30. Ses pantoufles étaient couvertes de boue. S'adressant à la fois au localier et à l'officier de police :

— On a toujours été une petite ville sans histoires, et voilà que tout ça nous tombe dessus.

Et plus spécialement à l'inspecteur :

— J'espère que votre enquête avance.

Il n'attendit pas sa réponse. Il s'éloigna pour aller serrer des mains dans la nuit. Jason se saisit brusquement de son appareil et déclencha son flash. Il venait de surprendre Clémence au milieu de la foule de curieux. Elle tourna aussitôt les talons pour se diriger vers le pont de l'écluse, d'où s'élevait un voile de brume.

— Et elle, vous la soupçonnez toujours ? demanda le localier à l'officier de police.

3

CLÉMENCE N'AVAIT PAS ATTEINT l'âge des résolutions définitives. La part d'enfance qui subsistait en elle la préservait de ces tentations. Néanmoins, après ces nuits passées à *L'Écluse*, elle savait qu'elle ne regagnerait pas sa cage. Reprendre sa vie d'avant était un non-sens. Quelque chose s'était brisé en elle. C'était davantage une libération qu'une tragédie. Des changements importants étaient intervenus en elle, à commencer par le soin méticuleux avec lequel elle remit de l'ordre dans son cagibi à peine éclairé par une lucarne, elle qui laissait tout traîner dans sa chambre. Elle sifflota en se mettant à moudre le café, le moulin serré entre ses genoux. Dehors, l'aube ne tarderait pas à se lever, mais pour le moment une nuit épaisse et silencieuse continuait d'envelopper le canal. Quand elle sortit pour décrocher les volets, quelque chose l'intrigua. *La Collinière* avait levé ses amarres pendant la nuit.

Elle avait trouvé choquante l'indifférence de sa mère. Celle-ci ne s'était même pas donné la peine de descendre jusqu'au *Bar de l'Écluse* pour prendre de ses nouvelles. Voir si elle était bien installée. Si elle ne manquait de rien. Si elle se montrait à la hauteur de sa tâche. Chaque fois que le carillon de la porte d'entrée avait sonné, son cœur s'était mis à battre plus vite. Chaque fois, elle avait été déçue. Il avait suffi d'un jour et de deux nuits pour que la distance entre sa mère et elle s'agrandisse. Cette fois, elle était guérie de sa mère. Bien guérie.

Elle prépara le percolateur, une splendide machine tout en chrome que la Franquin avait fait installer juste avant son arrivée et qui pouvait remplir trois tasses en même temps. Elle tournait le dos à la salle quand elle l'entendit entrer. Il s'installa sur un des tabourets du bar. Elle ne fut pas surprise, elle s'attendait à cette visite, mais pas à une heure aussi matinale.

— Je vous sers un café ?

— Bonne idée.

Il fut pris d'une violente quinte de toux qui le plia en deux.

— Vous ne préféreriez pas que je vous fasse un grog ?

— Non, merci. Un café suffira, avec un peu d'eau-de-vie de prune.

Allait-il l'interroger sur l'incendie de la voiture ? Elle se dit qu'elle n'avait pas été très maline de se mettre à courir comme une coupable au moment où le localier avait déclenché son flash.

— Que pensez-vous de tout ça ? se contenta-t-il de demander et, chose incroyable, il lui sourit.

Un sourire fatigué. Elle remarqua sa barbe naissante, ses traits tirés, ses yeux rouges, presque larmoyants. Les coins de sa bouche s'affaissaient en plis pleins d'amertume.

L'officier de police avait passé la nuit à consulter des dossiers, aidé par Jason, le localier, qui avait jeté l'éponge vers 3 heures du matin. Lui avait continué. Il avait fouillé dans le passé des uns et des autres, à la recherche du mystérieux lien qui pourrait rattacher Jules Mérat à la petite fleuriste, car il était persuadé que les deux incendies étaient liés et que, s'il ne trouvait pas rapidement ce lien, d'autres incendies auraient lieu, avec le risque que quelqu'un y laisse sa peau. Il faisait l'expérience du découragement. Il était venu sans arrière-pensée, juste pour se réchauffer avec un café et un alcool fort. Pourquoi pariait-il sur son innocence ? À cause de sa jolie frimousse ? Enfin, ce ne serait pas la première fois qu'une jolie frimousse glisse un peu de mort-aux-rats dans la tasse d'un vieux barbon.

L'arrivée de Julieta interrompit le cours de ses pensées qui dérivaient vers de drôles de contrées. La jolie Italienne avait le bas du visage enfoui sous un cache-nez et portait un béret rouge enfoncé jusqu'aux sourcils.

— Tiens, vous êtes là, vous !

Il prit conscience de ce que sa présence avait d'incongru à une heure aussi matinale.

— Moi aussi, je prendrais bien un café avant de me mettre au boulot.

Puis elle brandit avec un air de triomphe l'enveloppe qu'elle venait de tirer de la poche de son manteau.

— Regarde ce que je te rapporte.

— L'argent du mandat ! Zut, j'ai oublié de l'envoyer à la vieille !

— Je suis repassée par ici et je t'ai vue partir comme une folle sans penser à enlever le bec-de-cane. N'importe qui aurait pu entrer et prendre l'enveloppe dans la caisse. J'ai voulu t'appeler, mais tu étais déjà loin.

— Je croyais que tes parents te mettaient sous cloche.

— Ah ! C'est vrai, tu as fait leur connaissance. Ils ne te portent pas dans leur cœur. Par contre, ils m'autorisent à aller chez les Verdier pour aider à la traite du soir. Après, on joue aux dames avec Agnès. C'est leur fille, on a le même âge.

— Tu sais jouer aux dames ?

— Non, mais ce mensonge m'offre quelques moments de répit.

Elle ponctua sa phrase d'un petit rire rusé. L'officier de police écoutait, mine de rien. Voilà qui lui ouvrait d'autres horizons. Il déposa quelques pièces sur le zinc avant de sortir.

Tout en servant un premier marinier qui émiettait son croissant dans son café crème, Clémence éprouva une peur rétrospective et beaucoup de gratitude envers Julieta. Sans elle, quelqu'un aurait pu voler l'argent. Qu'aurait-elle dit à la Franquin ? Jamais celle-ci ne l'aurait crue. Et tout cela au moment où elle avait l'intention de lui demander de conserver son cagibi quelque temps de plus. Elle s'y sentait déjà comme chez elle, malgré le jour terne qui tombait de la lucarne. Dès qu'elle pourrait, elle achèterait un bouquet de fleurs. Ah, la fleuriste ! Qu'est-ce qui s'était passé ?

Un peu plus tard, elle sortit, la précieuse enveloppe serrée contre sa poitrine, affrontant sur sa bécane la pluie glaciale mêlée de neige, indifférente au froid qui lui râpait le visage. Elle ne reprit une respiration normale que lorsqu'elle vit l'argent disparaître derrière le guichet de la postière et sentit le reçu au fond de sa poche. Deux jours plus tard, un télégramme arrivait, annonçant qu'à la suite de contretemps la Franquin devait rester à Paris au moins pendant une semaine supplémentaire. Elle demandait à nouveau qu'on lui envoie de l'argent. « Bon sang, qu'est-ce qu'elle peut bien fiche à Paris ?... Ma parole, elle entretient un gigolo ! » C'était un mot des bas-fonds qui souriait aux oreilles de Clémence. Elle l'avait découvert dans le dernier *Cinémonde*.

Le ciel charbonnait. Les rumeurs tapies dans l'ombre des étables commençaient à s'épuiser, de sorte qu'on pouvait penser que la vie reprenait un cours normal. On ne vit plus l'officier de police frapper aux portes. Il s'était comme volatilisé. Peut-être avait-il été rappelé par ses supérieurs. Seule la jeune fleuriste, entre la préparation de bouquets de jacinthes ou d'asphodèles, s'entêtait à enjoliver le récit de « la peur de sa vie ». On ne l'écoutait plus que d'une oreille distraite, comme on essaie d'effacer ce qui dérange d'un trait de gomme.

Puis Le Cloarec réapparut à *L'Écluse*. Il s'installa à sa table habituelle. Il sortit de son cartable une pile de cahiers qu'il commença à annoter en attendant qu'on lui serve son demi. Les deux filles se regardèrent. Julieta esquissa un sourire, l'air de dire : « Tu vois, tu avais bien tort de t'inquiéter. » Elle eut le tact de disparaître en cuisine, laissant le champ libre à Clémence. Il ne leva même pas les yeux de la page qu'il corrigeait quand elle déposa devant lui son bock de bière, dans lequel il trempa machinalement les lèvres.

Il ne cessa d'y avoir du monde toute la matinée. Un marinier entra avec son chien qui se mit à secouer la neige accrochée à son pelage.

— Il aurait pu faire ça dehors, maintenant il faut que je nettoie.

Vers midi, la salle commença à se remplir. L'instituteur avait terminé ses corrections, mais il était toujours là. Clémence vint lui demander :

— Vous déjeunez ici ?

— Oui, si ça ne te dérange pas.

C'était la première fois que cela arrivait et elle ne put s'empêcher d'observer :

— Décidément, vous m'étonnerez toujours.

Il lui adressa son plus désarmant sourire. Julieta lui donna un coup de coude et lui glissa :

— Je suis sûre qu'il est amoureux.

— De toi ?

— Non, idiote, de toi !

Se servait-il de sa beauté tranquille pour mieux étourdir ses victimes ? Mieux, les capturer au milieu de la toile de son apparente indifférence ? Cette attitude à la fois distante et orgueilleuse lui avait valu quelques ennuis avec la mère d'une de ses élèves dans un poste précédent, et seule une mutation précipitée et salvatrice avait empêché l'affaire d'aller plus loin. Il aurait fallu être aveugle pour ne pas comprendre qu'il s'agissait d'une sanction, ce qu'il était loin d'être. À son arrivée, il était bien décidé à se tenir sur ses gardes. Il avait multiplié les longues balades dans une campagne mélancolique faite d'une succession de vallonnements paisibles d'où jaillissaient parfois la masse sombre de bosquets de saules ou l'élan joyeux d'un ruisseau avec ses hérons sculptés dans le silence. Envoûté par cette mélancolie, il avait même songé à écrire. Il avait gribouillé sur des pages volantes le début d'un roman.

Sa timidité jointe à une réserve naturelle l'avait tenu éloigné des autres. Et des femmes, jusqu'à ce qu'il franchisse le seuil du *Bar de l'Écluse* et découvre Clémence derrière son comptoir avec ce sourire hypnotique posé comme un tableau de maître sur le frémissement de ses lèvres. Dès le premier échange de regards, il avait su qu'elle lui plaisait et qu'il lui plaisait. Il avait eu l'intention de faire durer ce petit jeu, se contentant de coups d'œil furtifs pour nourrir sa passion. Quand il avait vu les deux gamines prêtes à se crêper le chignon à cause de lui, ça l'avait effrayé. Il avait décidé de ne plus remettre les pieds à *L'Écluse*. Était-il poursuivi par la malédiction rimbaldienne de la séduction ? Il avait tenu trois jours. Trois malheureux jours pendant lesquels aucune des deux gamines n'aurait pu imaginer les efforts qu'il avait dû faire, jusqu'à cette pitoyable reddition et cette comédie du déjeuner, lui qui la plupart du temps se contentait d'avaler à midi un quignon de pain avec trois ou quatre tranches de saucisson, arrosés de ce qu'il avait sous la main. Parfois, un simple verre de lait. Il avait été comme un demi-sang qui s'élance sur l'obstacle et qui bronche au dernier moment avant de s'élancer à nouveau. Voilà qu'il était à présent au milieu de ces gens qui prenaient tout leur temps pour manger le coq au vin préparé par la plantureuse Julieta, qui se terrait dans sa cuisine. Il en était réduit à compter les clients qui se présentaient en caisse, dont il retranchait le nombre de ceux qui restaient en salle pour meubler son impatience.

Enfin, la porte se referma derrière le marinier au chien, qui demanda à Julieta un petit morceau pour son clebs avant de sortir. Il attendit encore que Julieta prenne son manteau et sorte pour se retrouver seul avec Clémence.

Celle-ci était intriguée, curieuse de savoir ce qu'il lui voulait. Elle finit par venir camper devant sa table, un torchon à la main.

— Ce n'était pas bon ?

— Si, pourquoi ?

— Vous avez à peine touché à votre assiette !

— Le midi, je mange peu. Tu ne dois pas le prendre mal. Julieta est une excellente cuisinière.

— Qu'est-ce que vous voulez au juste ?

Il se troubla. Elle aurait juré qu'il rougissait. Il balbutia d'une voix à peine audible :

— Je voudrais que tu m'accompagnes au cinéma. Au *Stella*, à Vouziers, il présente *La Traversée de Paris*, avec Gabin et Bourvil.

Elle s'attendait à tout sauf à ça. Elle ne put s'empêcher de s'esclaffer.

— Et c'est pour me dire ça que vous avez mijoté dans votre jus toute la matinée et que vous n'avez pas touché à votre assiette comme si je vous avais coupé l'appétit. Ah, on peut dire que vous êtes un drôle de type !

— Alors ?

— Évidemment, j'accepte. Pourquoi pas dimanche ? On ferme plus tôt.

Ce fut au tour de l'instituteur d'arborer un large sourire qui la subjugua.

Jusqu'à présent, le cinéma ne l'avait pas beaucoup intéressée, même si elle conservait un souvenir attendri du jour où elle avait découvert ses premiers films à la grande fête de Charleville qui avait lieu en octobre. Une voisine l'avait emmenée avec son fils Boris, qui avait le même âge qu'elle. Un forain tenait une loterie où l'on pouvait gagner des poupées habillées de tulle, des ours en peluche, des carillons, des montres ou des batteries de cuisine. Pour retenir les badauds, il avait installé un petit appareil de cinéma sur le devant de sa loterie. Il y projetait des films muets qui faisaient s'écrouler la foule de rire. Boris et Clémence avaient découvert le petit vagabond avec sa canne de jonc, son melon et son pantalon bien trop large pour lui qu'il remontait sans cesse au-dessus de ses drôles de tatanes. Après avoir rossé quelques policemen, tenté quelques métiers qui tournaient vite à la catastrophe, il disparaissait vers un horizon radieux en compagnie de l'orpheline qu'il avait arrachée à la convoitise d'un bourgeois à montre à gousset. C'est ce jour-là que Clémence était tombée amoureuse de Boris. Sur la route du retour, la mère de Boris s'était arrêtée dans une papeterie pour leur acheter à chacun un cahier de brouillon avec les tables de multiplication imprimées au dos. Elle leur avait demandé de décrire ou de dessiner ce qu'ils avaient vu. Boris avait noirci sa page. Elle avait été incapable d'écrire une ligne. Elle avait connu son premier chagrin d'amour lorsque

Boris et sa mère avaient quitté Attigny sans donner d'explications et sans même se donner la peine de venir lui dire au revoir. Ils avaient dix ans.

Plus tard, elle avait connu le cinéma paroissial. Un curé faisait la tournée des bourgs et villages avec sa camionnette. Il lui était arrivé, avec Mathias ou Pierre, d'aider le curé à décharger le lourd projecteur et les bobines de film avant d'installer les chaises et l'écran dans la salle communale. Elle découvrait le cinéma parlant. Mais elle s'était très vite lassée de ces films édifiants, seuls autorisés par une censure ecclésiastique soucieuse de la vertu de ses ouailles. La moindre image de baiser était impitoyablement coupée pour les protéger de la damnation éternelle, ce qui rendait parfois le film incompréhensible.

Une fois passé son étonnement, elle se trouva à attendre dimanche avec impatience, se demandant s'il n'allait pas changer d'avis. S'il n'allait pas se produire un événement qui allait tout remettre en question. Est-ce qu'il allait l'embrasser dans l'obscurité complice de la salle ? Est-ce qu'il oserait la peloter ? Elle en avait entendu des histoires sur ce qui se passait dans la pénombre tandis qu'imperturbable *La Chevauchée fantastique* se poursuivait sur l'écran. Même *Cinémonde* racontait que de tendres histoires d'amour avaient débuté pendant la projection de *Quai des Brumes* ou des *Quatre filles du docteur March*. Elle se retrouva dans un état d'inquiétude et d'exaltation qui lui fit commettre quelques erreurs dans son service. Servir une bière à la place d'un café, un céleri rémoulade au lieu de carottes râpées, apporter l'addition de la table 5 à la table 3, si bien que Julieta ne put s'empêcher de lui demander :

— Qu'est-ce qui t'arrive ?

Elle lui répondit avec un petit air de triomphe :

— Il m'a invitée à l'accompagner au cinéma.

— Pour voir quel film ?

— J'ai oublié le titre, et de toute façon ça m'est égal.

— Tu devrais faire attention. Un vieux, ça a des audaces de vieux avec les filles.

— Il n'a que vingt-quatre ans. Ce n'est pas vieux !

— Enfin, je t'aurai mise en garde.

— Mais tu es jalouse ! Surtout, ne dis rien à personne, je ne suis pas sûre qu'il aimerait que ça se sache.

— C'est vrai, détourner une gamine du droit chemin, ça peut faire mauvais effet.

Et Julieta se mit à pouffer de rire.

— Tu te moques de moi.

Julieta répondit d'un air rêveur :

— Qui sait ? J'aimerais peut-être bien être à ta place.

Le véritable supplice commença quelques heures avant celle du rendez-vous. Comment allait-elle s'habiller ? Une question vite tranchée, elle n'avait qu'une robe à peu près présentable et son manteau gris. Dès qu'elle eut raccroché le dernier volet et refusé de servir un café à un client, que Julieta l'eut saluée en lui faisant signe qu'elle était folle, elle se retrouva perplexe devant sa glace, prête à se maquiller, sans bien savoir comment s'y prendre.

Pour défier sa mère, elle avait acheté sur un coup de tête tube de rouge à lèvres, fard à paupières, fond de teint, poudre, et le mascara à poser sur ses cils avec une petite brosse après l'avoir humecté de salive, lui avait expliqué la vendeuse. Elle ne s'en était jamais servi. Cependant, elle comptait sur le maquillage pour la rendre plus belle, plus attirante, et aussi pour la vieillir.

Elle tripotait ses tubes, ses pots, en se demandant par lequel commencer. Elle se décida pour le fond de teint. Quand elle l'étala, sa main tremblait. Elle trembla aussi pour appliquer le fard à paupières. Elle trembla pour la poudre. Elle trembla pour le mascara. Pour le rouge. Le plaisir du maquillage s'était transformé en une épouvantable corvée. Elle se rappela que son instituteur lui avait appris que, sous Louis XIV et Louis XV, les hommes se maquillaient. N'auraient-ils pas pu continuer et épargner aux femmes ce supplice ? Elle poussa un cri quand elle rencontra dans le miroir la figure d'une inconnue qui la dévisageait avec ironie. Elle n'était plus qu'un clown triste au milieu de la piste du cirque Medrano. De quoi faire fuir tout homme normalement constitué. Pour un peu, elle en aurait pleuré de rage. Et c'est ce qui se produisit. Deux grosses larmes creusèrent deux sillons parallèles dans l'épaisse couche de fond de teint, entraînant dans le naufrage des traces sombres de mascara... Hébétée, elle contempla le désastre. En plus, elle était en retard ! Le Cloarec devait déjà l'attendre à la sortie du bourg, où elle devait le rejoindre pour plus de discrétion. D'un gant rageur, elle effaça tout ce qui pouvait l'être, passa un rapide coup de brosse dans la blondeur ensoleillée de sa chevelure et, enfin, fit glisser sur ses jambes des bas de soie, ce qui lui procura une agréable sensation de volupté. Elle décida de remonter le chemin de halage pour gagner quelques minutes avant de se retrouver sur la départementale. Elle s'apprêtait à bifurquer quand elle entendit le bruit d'une Mobylette dans son dos. « Oh non, pas lui ! »

Mathias s'arrêta à sa hauteur, et d'une voix à la fois ironique et méprisante :

— Tu es perdue ?

— Pas vraiment.

— Où cours-tu comme ça ?

— Ça te regarde ?

— Voyez-moi ça, elle a mis des bas de soie ! C'est pour ton amoureux ? Tu sais que je suis tout prêt à te les enlever ?

— Tu es tellement adroit que tu les filerais.

— Chiche !

— Je t'en prie, fais demi-tour et laisse-moi tranquille.

Elle devina une menace dans la façon dont Mathias cabra sa machine en s'éloignant. Elle savait qu'il était furieux. Ce n'était pas la première fois qu'elle l'éconduisait, mais cette fois, il était vraiment en colère.

À la sortie de la ville, il n'y avait qu'une voiture grise garée sur le bas-côté. Bien qu'elle ne s'intéressât pas aux voitures, celle-ci avait vraiment l'air d'une antiquité. Elle jeta un regard prudent aux alentours avant de monter. Le Cloarec l'attendait en pianotant sur son volant.

— Ah, te voilà enfin !

— Qu'est-ce que c'est, cette drôle de voiture ?

— Une Simca 8.

— Avec son avant écrasé, on dirait une face de hibou.

— C'est la seule que j'ai pu m'offrir avec mes émoluments d'instituteur.

Il descendit, une manivelle à la main. Il dut s'y reprendre plusieurs fois avant que le moteur démarre.

— On va passer par Roche, c'est le chemin le plus court pour aller à Vouziers. Tu connais Roche ?

— De nom.

— Tu sais que la mère de Rimbaud y possédait une ferme ? Jeune, Rimbaud venait y passer ses vacances d'été. Il avait déjà le goût du vagabondage. Il battait la campagne pendant des heures à rêver de gloire littéraire.

— Ah bon ?

— Tu connais Rimbaud au moins ?

— Oh, sans plus.

— On n'est pas sérieuse quand on a dix-sept ans.

— C'est quoi ?

— Le premier vers du poème *Roman*, que j'ai mis au féminin pour toi.

— Pourquoi prenez-vous cet air supérieur avec moi ? Connaître votre Rimbaud changerait-il quoi que ce soit à ma vie ? Est-ce que ça me dispenserait de passer la serpillière ? Est-ce qu'on me donnerait davantage de pourboire ?

— Je ne voulais pas te vexer. Pardonne-moi.

Elle se rencogna, l'air boudeur, au fond du siège, dans lequel elle se sentait à l'étroit. Elle s'attendait à ce qu'il lui parle de ses jambes, de ses cheveux, de sa taille. Elle aurait aimé l'entendre dire : « Je suis fasciné par tes seins », au lieu de quoi il continuait de disserter sur ce Rimbaud « qui avait en réalité quinze ans quand il avait écrit ce poème, un poème qui donnait un sentiment extrême de liberté ». Il ne s'était même pas rendu compte qu'elle avait passé une délicate touche de rouge sur ses lèvres pour lui plaire.

La voiture, dont le moteur cliquetait de façon inquiétante, déboucha à Roche après une série de virages. Roche était un hameau d'une dizaine de maisons, des fermes pour la plupart qui se coulaient avec aisance le long d'une colline en pente douce. Un ruisseau gelé était bordé de saules nus hérissés de boules de gui et de corneilles posées comme des notes de musique sur les branches. Le paysage avait quelque chose de triste, de désolé qui lui noua la gorge. Elle ne se souvenait pas avoir jamais mis les pieds à Roche. Comment aurait-elle pu y rencontrer son Rimbaud ?

Il désigna sur sa droite un petit édifice en pierre avec un toit recouvert d'ardoises.

— Le lavoir où on suppose que Vitalie Rimbaud venait laver son linge. Il ne reste de la ferme qu'un pan de mur et une carte postale où l'on voit l'imposant porche d'entrée… Le directeur d'école, qui voue un véritable culte à Rimbaud, collectionne tout ce qu'il peut trouver qui se rapporte à la vie et à l'histoire du poète. C'est une passion dévorante et une tâche ingrate. Qu'en penses-tu ?

— Oh, vous avez sans doute raison !

— Tu veux qu'on s'arrête un instant ?

— Pour quoi faire ?

— Pour s'imprégner de la présence de Rimbaud. Se dire qu'il a marché dans ce sentier que tu aperçois là-bas. Taillé avec son canif une branche de noisetier. Remonté du lavoir la brouette chargée de linge mouillé sous le regard courroucé de sa mère… Vitalie Rimbaud était une vraie virago. Elle menait la vie dure à ses métayers, qu'elle soupçonnait de la voler. Elle cherchait querelle à tous ses voisins, étouffant son fils à force de sévérité… Pas étonnant qu'il soit devenu homosexuel.

— Parce qu'il était homosexuel ?

— Tu ne le savais pas ?

— Non.

— Toutes les mères abusives qui élèvent seules leur fils en font parfois des homosexuels.

— Ah bon ?

Tournant la tête à droite puis à gauche comme s'il allait surprendre la silhouette de Rimbaud dans ces ruelles étroites et ces chemins boueux, il avait ralenti. Il roulait au pas.

— À cette allure, on va manquer la séance de cinéma.

— On arrivera à temps, ne t'inquiète pas.

Ce fut à son tour de se réfugier dans un silence désabusé. « Avec ces oh et ces ah, cette gamine ne manifeste aucune curiosité », se dit-il, ce qui le plongea dans un abîme de perplexité. Et pour la première fois, l'idée lui effleura l'esprit qu'il faisait fausse route avec elle. Ils n'avaient rien en commun. Courir autant de risques pour une écervelée inculte, est-ce que ça en valait la peine ? Interrogation qu'il s'empressa de refouler devant le profil adorable de la jeune fille, son front bombé orné d'une frise de cheveux blonds, ses lèvres douces – « Tiens, elle a mis du rouge » – et ce petit menton volontaire. « Un vrai profil raphaélique. » N'éprouvait-il rien d'autre qu'un désir intense camouflé sous l'alibi d'une forme d'amour juvénile qui le ramenait à son adolescence ? Il se rappela un autre vers de Rimbaud. Quel poème déjà ? Ah, oui, *Ma Bohème* : « Oh ! là ! là ! que d'amours splendides j'ai rêvées ! »

Ils longeaient un petit étang bordé de joncs desséchés par l'hiver quand elle rompit enfin le silence, comme arrivée au terme d'une profonde méditation :

— J'ai au moins un point commun avec Rimbaud.

— Lequel ? demanda-t-il, soudain intéressé.

— Moi aussi, j'ai une mère abusive et autoritaire.

— Je l'ignorais. Tu ne m'en as jamais parlé.

— Ce ne sont pas des choses dont on parle volontiers... Mais je ne suis pas devenue gouine pour autant.

Elle se mit à rire, un petit rire satisfait d'elle-même.

En pénétrant dans le hall d'un cinéma, on entre en religion. C'est d'abord un culte qu'on s'apprête à rendre à ces divinités inaccessibles qu'on appelle des vedettes et dont les orages intimes nourrissent à la fois l'imagination et la curiosité dès qu'ils ont la mauvaise idée de redescendre de leur Olympe. Elles ont bien entendu leurs bibles qui brûlent de l'encens à leur effigie. *Cinémonde* pour Clémence. Ce n'était pas tant leur célébrité qui l'attirait que leur façon de considérer la vie à travers le prisme de cette célébrité. Toutefois, sans être dupe de l'image glamour que les vedettes s'attachaient à donner d'elles-mêmes avec la complicité des studios, il lui était arrivé d'être touchée lorsque le destin d'une star basculait du mauvais côté.

Alors qu'elle passait devant les photographies de Gabin et de Bourvil, tirées de *La Traversée de Paris*, elle se rappela l'émotion qui l'avait submergée en lisant la fin tragique de Carole Lombard dans l'accident d'avion qui avait rendu Clark Gable inconsolable, récit que le magazine avait repris quatorze ans après les faits. Elle s'était sentie alors comme une toute petite fille à qui on vient d'apprendre la mort de sa mère. Sauf que si sa mère avait été réellement morte, ça l'aurait bien arrangée. En pensant cela, elle s'était fait l'effet d'être un monstre et elle avait eu honte. Dans la file, Le Cloarec patientait, ignorant ce qui la déchirait. La caissière lui demanda :

— Orchestre ou balcon ?

— Balcon.

— Ce sont les places les plus chères.

— Je sais.

« Qu'est-ce qu'elle s'imagine, celle-là ! Que je ne suis pas capable de m'offrir deux places de cinéma ? » La caissière inscrivit deux croix sur son plan et lui tendit les billets.

Lorsqu'ils pénétrèrent dans la salle, le documentaire avait commencé. L'ouvreuse les guida jusqu'à leurs places numérotées avec le faisceau de sa lampe. Ils purent enfin s'asseoir après avoir heurté, comme dans un jeu de quilles, une forêt de genoux qui émirent au passage quelques grognements de protestation. À côté d'eux, un couple s'embrassait, indifférent aux pleurs d'une femme sur l'écran. Elle semblait perdue au milieu des habitants d'Ubaye qui assistaient, impuissants, à la destruction de leur maison à cause de la construction d'un barrage. Ce sacrifice imposé aux habitants du village au nom de l'intérêt général – c'est ce que racontait le commentaire – la révoltait. Elle s'agita sur son siège. Son compagnon se pencha vers elle.

— Quelque chose ne va pas ? murmura-t-il à son oreille.

— Cette femme ! Pourquoi détruire sa maison ? Moi, je ne me laisserais pas faire !

— Tu n'y pourrais pas grand-chose. Ce barrage va fournir de l'électricité à toute la vallée de la Durance. Ce n'est tout de même pas rien.

— Chut, taisez-vous à la fin ! fit une voix furieuse jaillie de la pénombre.

Clémence assistait, dubitative, au changement d'un monde dans lequel il lui arrivait de plus en plus souvent de se sentir étrangère.

À la fin du documentaire, le cri du coq des actualités retentit. Une fillette tendait un bouquet de fleurs au ministre des Affaires économiques, Paul Ramadier, en visite aux Halles de Paris. En Algérie, des soldats du contingent distribuaient des stylos, des cahiers et des livres aux enfants d'un village perdu dans le bled.

— Je parie qu'ils préféreraient des caramels, ne put-elle s'empêcher de glisser à son voisin.

Il la regarda d'un air sombre, désapprobateur. Elle n'y comprenait plus rien. Elle essayait de calquer ses pensées sur les siennes, de peur de le décevoir, et voilà qu'il avait cette réaction hostile. Elle se sentit mal à l'aise.

À l'entracte, elle chercha quelque chose à dire pour dissiper l'impression de gâchis, mais elle ne fit qu'aggraver les tensions. Sur un ton conciliant, rare chez elle, elle lui dit :

— C'est plutôt bien ce que font les soldats français en Algérie, vous ne trouvez pas ?

Il réagit comme s'il avait été brûlé au fer rouge.

— Décidément, chaque fois que tu ouvres la bouche, c'est pour proférer des âneries ! Demain, ils balanceront des grenades sur les parents de ces gosses si on leur en donne l'ordre. Tout ça, ce n'est que de la propagande. La situation est bien pire que ce que tu vois.

Pour les tirer d'embarras, l'ouvreuse apparut au bout de l'allée avec sa corbeille :

— Bonbons, caramels, esquimaux, chocolats !

— Tu veux un esquimau ?

Cette soudaine douceur acheva de la déconcerter.

— Un esquimau.

Il fit signe à l'ouvreuse, qui se glissa entre les rangs des spectateurs. Il lui laissa un bon pourboire.

— J'ai eu tort de m'emporter. Ce n'est pas à toi que j'en voulais, mais à eux. Ah, on peut dire qu'ils sont forts !

Leur voisin, qui avait tout entendu, se tourna vers Le Cloarec.

— Ce n'est pas très encourageant, ce que vous dites. Je pars à Mostaganem combattre les ratons du FLN. J'en ai pris pour vingt-sept mois.

— Je te plains, mon gars. Dans le djebel, attends-toi à être ravitaillé par mulet entre deux attaques de ton poste.

— Vous êtes bien défaitiste !

— Non, lucide. L'Algérie est d'ores et déjà perdue pour la France.

Quand ils sortirent du cinéma, la nuit était tombée.

— On irait bien manger un morceau.

— Comme vous voulez.

Il y avait du monde dans l'unique brasserie ouverte place de la Gare. Le garçon en pantalon et gilet noirs, la taille ceinte d'un grand tablier blanc, les conduisit vers une table située sous l'escalier qui menait à l'étage, où se trouvait la salle de billard. Cela arrangeait Le Cloarec. Ils seraient à l'abri des regards indiscrets. Ils commandèrent deux steaks et une carafe de vin. En attendant qu'on les serve, il glissa sa main sur celle de Clémence.

— J'ai été dur avec toi ?

— Ce n'est pas la première fois, mais là, c'est oublié.

— Le film t'a plu ?

— Beaucoup.

— C'est le premier film qui parle aussi bien de cette période sombre. Il taille en pièces le mythe de la France résistante. L'écrasante majorité des Français ont essayé de passer entre les gouttes et de survivre pendant l'Occupation grâce à de petits trafics et au marché noir. Cela n'avait rien de très glorieux, l'héroïsme consistant à faire de son mieux pour sauver sa peau. Doit-on leur en vouloir pour autant ? Qu'en penses-tu ?

— C'est juste, mais ne vaudrait-il pas mieux oublier tout ça ?

— Ah, l'oubli ! Si seulement, ça pouvait être la solution.

— Pourquoi, dans le café, le personnage dont j'ai oublié le nom, enfin Gabin, traite-t-il les clients de « salauds de pauvres » ?

— Grandgil, Gabin joue le rôle de Grandgil. C'est un peintre célèbre et il sait que sa renommée le protège. C'est d'ailleurs ce qui se passe. L'officier allemand libère Grandgil en lui faisant des courbettes tandis que le brave Marcel Martin, chauffeur de taxi au chômage qui transporte un cochon dans ses valises pour ne pas crever de faim, est arrêté et pris comme otage. Tu sais, parfois, un film peut nous en apprendre beaucoup sur nous-mêmes et sur la nature humaine.

Durant le trajet de retour, elle n'osa pas ouvrir la bouche, de peur de rompre le charme. Il était si prompt à changer d'humeur que, parfois, elle en était effrayée. C'était la première fois qu'on l'invitait au restaurant et, bien qu'elle n'ait trouvé dans son assiette qu'un bifteck dur comme de la semelle, elle voulait en conserver un souvenir radieux. Une belle nuit de pleine lune diffusait un voile de lumière argentée à l'intérieur de l'habitacle qui adoucissait les traits de Le Cloarec. De temps à autre, elle jetait un coup d'œil sur son profil volontaire qui se concentrait sur la route tandis que ses mains communiaient avec le volant. Elle se laissa glisser dans un doux sentiment de paix intérieure.

— Merde ! cria-t-il, avant de donner un violent coup de frein.

Un jeune chevreuil venait de jaillir d'une fourrée. Le coup de frein la propulsa contre lui et elle s'accrocha à son cou. Elle trouva ce premier contact délicieux, mais il la repoussa gentiment comme on se débarrasse d'un enfant dont on ne veut pas froisser la susceptibilité.

— J'ai eu peur !

— Lui aussi, tu sais.

Au milieu de la chaussée, l'animal était prisonnier de la lumière des phares. Son corps tremblait.

— Je crois que son cœur bat aussi vite que le tien. Quand je pense que certains détruisent toute cette beauté avec leur fusil de chasse !

Il donna un léger coup de Klaxon. La statue de sel bondit pour se réfugier dans l'obscurité dense du sous-bois.

Ils arrivèrent bientôt à Attigny. Il tourna dans une rue qui descendait vers le canal et s'arrêta sur le bas-côté. Il se mit à tapoter le volant. Cette façon si cavalière de la laisser sur le bord de la route, sans un mot, la choqua.

— Vous m'abandonnez ici ?

— Cela vaut mieux.

— Avec ces histoires d'incendie, la ville n'est pas très sûre.

— Tu ne vas pas me dire que tu as peur ? Il n'est pas si tard.

— Non… Non, enfin, je ne me sens pas rassurée.

— Il fait presque aussi clair qu'en plein jour.

Il ne savait pas jusqu'à quel point sa peur était feinte. De son côté, elle aurait eu le sentiment de trahir son grisant sentiment de liberté si elle, elle n'en profitait pas.

— Vous ne voulez pas me raccompagner ?

Il hésitait. Soupesait les risques comme un épicier du sentiment. Il soupira.

— Tout ça ne me paraît pas très prudent.

— Qui vous parle de prudence ? Je vous demande juste de me raccompagner jusqu'à *L'Écluse*.

— Tu es si jeune !

— Sept ans et trois mois de différence.

Leurs pas résonnèrent dans le silence de la nuit. À un certain moment, Clémence eut l'impression qu'on les suivait. Il marqua une dernière hésitation devant la porte.

— Vous pouvez entrer un instant. Il reste de la quetsche.

— Va pour la quetsche, après je me sauve.

Il avait tellement imaginé et désiré cet instant qu'il la suivit, docile, dans l'escalier. Même s'il savait qu'il commettait une folie. Elle, elle pensait que c'était merveilleux d'avoir un vrai lit pour qu'un homme s'y glisse à ses côtés, au lieu des bottes de paille ou des aiguilles de pin où elle s'était essayée à l'amour. Elle avait le sentiment de devenir adulte.

Malgré l'état de béatitude dans lequel elle se trouvait, elle sentit qu'il se levait. Elle entendit le froissement des vêtements qu'on enfile.

— Qu'est-ce que tu fais ?

— Je pars, c'est plus prudent.

— Quelle heure est-il ?

— 3 heures et demie.

Elle s'étira voluptueusement.

— J'ai froid, viens.

— C'est impossible.

Elle l'entendit descendre l'escalier comme s'il avait une meute de chiens à ses trousses. Pourtant, elle était certaine qu'il allait prendre le temps de fouiller la rue du regard avant de regagner sa voiture. Elle se rappela comment il lui mordillait le bout des seins à la manière d'un écureuil qui croque des noisettes. Sans doute faut-il de bonnes dents pour aimer. Elle se rendormit.

En se levant, elle eut l'impression d'être l'héroïne d'un de ces romans de gare qu'il lui arrivait d'ouvrir. Or, si son humeur était légère, son corps était meurtri. Elle avait dû batailler ferme durant la nuit pour sauver le petit carré de couverture qui l'empêchait de mourir de froid et repousser ce corps si lourd qu'un matelas facétieux s'entêtait à ramener vers elle, comme la mer ramène une épave sur le rivage. À chaque fois qu'elle le repoussait, il grognait. Se rappeler ce grognement l'attendrit. Elle enfila ses vêtements et descendit l'escalier comme une somnambule, se demandant combien de temps sa chair conserverait le souvenir de leur étreinte.

Elle mit le percolateur en route pour se faire sa première tasse de café. Elle installa les chaises et s'aperçut qu'il n'avait pas refermé la porte en partant. « L'idiot, n'importe qui aurait pu entrer ! » Les mystérieux incendies continuaient d'entretenir un climat de peur dans la petite ville. Elle sortit sur le pas de la porte. La nuit commençait à perdre de sa densité en prélude à l'aube. Une ombre au milieu d'une lumière jaune et vacillante se déplaçait à l'intérieur de la timonerie de *La Collinière*, amarrée en aval de l'écluse. Elle aurait juré qu'il s'agissait d'une femme. Cela l'intrigua. Elle avait toujours entendu dire que le patron de la péniche était célibataire. *La Collinière* avait dû revenir dimanche après-midi, pendant qu'elle était au cinéma.

Elle finissait de décrocher le dernier volet quand Mathias surgit devant elle, l'air menaçant, l'allure chiffonnée. De surprise, elle faillit faire tomber le volet. Elle était furieuse.

— Qu'est-ce qui te prend de me faire une peur pareille ?

Il émit un rire sarcastique.

— Et toi, qu'est-ce qui te prend de coucher avec l'instituteur ?

Elle chancela sous la violence de l'attaque. Elle nia néanmoins, pour la forme.

— Ne me raconte pas d'histoire, je vous ai vus.

— Tu m'espionnes, maintenant ? Ça ne te regarde pas. Je fais ce que je veux.

Elle s'était mise à crier.

— Ce n'est pas parce que tu as réussi à m'entraîner une fois dans la grange du père Mérat que j'ai des comptes à te rendre. Que ce soit très clair ! Jamais ça ne se reproduira. Mets ça dans ta petite caboche. Je ne t'aime pas, voilà tout.

— Et lui, tu l'aimes ?

— Je ne sais pas si je l'aime, mais je peux te dire qu'il a tout ce que tu n'as pas.

Il devint livide et, avant qu'elle ait eu le temps de réagir, il se rua vers elle et lui balança deux gifles d'une extrême violence.

— Tu es fou à lier ! Ta jalousie te fait perdre la raison. Fiche le camp !

— Pour sûr, je m'en vais, mais vous ne l'emporterez pas au paradis tous les deux.

Il était déjà loin. Il se retourna et lui montra le poing.

Sa menace n'était pas à prendre à la légère. Elle devait avertir Le Cloarec. Sans doute attiré par les cris, quelqu'un apparut sur le pont de *La Collinière*. Cette fois, il n'y avait pas de doute, c'était bien une femme. Elle disparut aussitôt à l'intérieur de la péniche, dès qu'elle s'aperçut que Clémence l'observait. Il lui revint le souvenir d'un parfum féminin qui flottait dans la carrée lorsqu'elle était descendue chercher deux verres pour trinquer avec le marinier.

Ses joues la brûlaient. Elle tremblait de colère et d'humiliation. Elle alla passer de l'eau glacée sur le visage. Elle tremblait encore à l'arrivée de Julieta. Celle-ci posa ses deux mains sur ses épaules et la tint à bout de bras, la regardant, les sourcils froncés. Elle se méprit sur les rougeurs de Clémence :

— Toi, tu viens de coucher avec un homme. Avec Le Cloarec ? Dis-moi comment c'était.

— Tu es bien curieuse. Non, je n'ai couché avec personne.

— Je ne suis pas née de la dernière pluie. Bon, ça te regarde. Dommage, j'aurais aimé que tu me racontes. J'aime les histoires de… Enfin, tu sais de quoi je veux parler.

— Oh, si tes parents t'entendaient !

— Au moins, ça les changerait du bon Dieu et de ses saints. Dès le petit déjeuner, ça sent l'encens à la maison. J'ai besoin d'un peu d'air.

Elle éclata de rire, de ce rire perlé si agréable à l'oreille. Elle se servit à son tour du café.

— Il n'y a pas de croissants ?

— Le commis du boulanger ne les a pas encore livrés. Il ne va pas tarder.

— À propos du boulanger, je vais t'en raconter une bonne.

Julieta aimait commencer sa journée par un ragot, dont elle se délectait comme d'une friandise. Elle était au courant de tout. Cette plongée dans la vie des autres la ravissait et distrayait Clémence. Cela les avait rapprochées.

— Il y a quelques mois, les Rouault ont embauché une petite pâtissière, parce que leurs gâteaux ne valaient rien. Elle s'appelle Violette...

— Première nouvelle !

Julieta racontait l'histoire comme si elle savourait une pâtisserie.

— Eh bien, la jolie petite Violette attend déjà un enfant. Et devine qui est le père.

— Le commis ?

— Tu n'y es pas du tout. C'est le boulanger.

— Tu étais dans la chambre ?

— Pas besoin. On bavarde... On bavarde, dans une petite ville.

— Je croyais qu'il était marié.

— Bien sûr qu'il est marié.

— Et sa femme accepte ça ?

— Bien obligée, sinon il faudrait vendre la boulangerie, et ça rapporte, une boulangerie. Depuis, ils font ménage à trois. Chacun semble y avoir trouvé son compte. Il paraît même que c'est l'Ursule, la femme du père Rouault, qui lavera les couches du mioche.

Au son de la cloche, les enfants s'égaillèrent dans la cour de récréation comme des moineaux auxquels leurs blouses grises faisaient penser. Le directeur jeta un coup d'œil par la fenêtre. Le Cloarec avait une discussion animée avec l'institutrice de l'école des filles. Il faisait de grands gestes pour essayer de la convaincre. Elle y répondait par des hochements de tête dubitatifs. La lettre que le directeur avait dans la main semblait lui brûler les doigts. Le texte, rédigé d'une écriture qu'on avait essayé de déguiser, était haineux. Lâche.

Un instituteur doit veiller sur les enfants ! Celui-là couche avec une gamine qui n'a pas dix-sept ans. Une mineur. (Écrit sans *e.*) *C'est une honte. Il faut le dénoncer à la police.*

Bien entendu, la lettre n'était pas signée. Il dut lutter contre le dégoût que lui inspirait cette dénonciation anonyme. Plus de dix ans en arrière, combien de malheureux paysans dénoncés par des lettres anonymes avaient été jetés en prison pour un cochon ou quelques volailles soustraits à la rapacité de l'administration allemande, la Wol, qui réquisitionnait les récoltes et le bétail pour les envoyer de l'autre côté du Rhin ? Même s'il n'en parlait jamais, il savait que sa vie n'avait tenu qu'à un fil lorsque de sinistres hommes en manteau de cuir étaient venus l'arrêter. Quand il avait été interrogé, l'Oberleutnant avait en main la lettre anonyme qui le dénonçait. Il aurait dû se sentir tranquille. Tout ce qu'on lui reprochait était de pures inventions. Mais il y avait la peur, et avec la peur on devient coupable. Ils n'avaient rien pu prouver et avaient fini par le relâcher. Plus tard, il avait compris que c'était cette même peur qui l'avait jeté dans les bras de la Résistance. Depuis, il vouait une haine farouche à tous ceux qui profitent de l'impunité de l'anonymat pour lâcher leurs chiens enragés. Il glissa le torchon dans le tiroir de son bureau. « On verra plus tard. J'en toucherai quand même un mot à Le Cloarec. »

4

ELLE AURAIT VOULU se donner des grands airs, se répéter qu'elle refusait de ressembler aux bécasses de son âge qui tombaient amoureuses sur un battement de cils, mais c'était plus fort qu'elle, à chaque fois que le carillon de la porte dispensait sa petite musique aigrelette, elle se tournait avec avidité vers l'homme qui entrait. Pour être aussitôt déçue. Trois jours déjà qu'elle attendait qu'il se manifeste. Elle découvrait, étonnée, que les battements du cœur n'en font qu'à leur tête. Elle ne souffrait pas encore. Comme une forme de consolation, elle imagina qu'il était en train de se diriger vers sa place habituelle, lui souriant au passage après lui avoir adressé un regard complice et tendre. Il sortait une pile de cahiers et commençait à les annoter à l'encre rouge. Sa mémoire avait une intensité douloureuse. Il repoussait la pile de cahiers et dépliait son journal. Elle pouvait lire les gros titres au dos. C'était une autre manière de se rapprocher de lui. Elle avait réussi jusqu'à présent à faire en sorte que personne ne s'installe à sa table. C'était un peu comme un autel dressé à leur amour. À l'impatience de son corps. Que lui avait-il dit dans la voiture ?

Ah, oui : « On n'est pas sérieuse quand on a dix-sept ans. » Après tout, pourquoi pas se mettre à lire Rimbaud ! Le verre qu'elle essuyait s'échappa du torchon et se brisa sur le sol.

— T'es pas dans ton assiette aujourd'hui, remarqua Julieta.

Elle épluchait des oignons. Ses yeux pleuraient mais son sourire restait indulgent.

— Tu devrais passer tes mains sous l'eau, ça évite de pleurer.

— Je préfère que ce soit les oignons qui me fassent pleurer plutôt qu'un homme, tu vois ce que je veux dire…

Oui, elle voyait trop bien. Se comporter de cette façon, c'était avouer sa faiblesse. Elle s'en voulut. Elle pouvait compter sur cette chipie de Julieta pour mettre une pincée de sel sur ses blessures. Qu'avait-elle fait pour mériter ça ? Cette incompréhension l'enferma dans une colère sans issue.

Le son d'une trompe retentit dans le lointain. Elle reconnut celle du poissonnier ambulant. Il n'allait pas tarder à arriver place Charlemagne. C'était un brave homme au visage rond barré par une épaisse moustache. Ses petits yeux rieurs vous donnaient l'impression que vous étiez la personne la plus importante pour lui. Il avait une mémoire phénoménale pour retenir les prénoms de toutes ses clientes et les anecdotes que vous lui aviez confiées. Il conservait les têtes de poisson pour les donner aux vieilles femmes qui partageaient leur solitude avec leurs chats. Personne ne connaissait son nom. On se contentait de l'appeler M. Hareng. Il ne s'en formalisait pas.

— Tu y vas ? demanda Julieta.

Depuis que la Franquin était partie, elles s'étaient réparti la corvée des provisions. Julieta se chargeait deux ou trois fois par semaine d'aller chez le boucher parce qu'elle avait le béguin pour le commis. À Clémence le poissonnier le vendredi.

Lorsqu'elle arriva sur la place, il avait déjà relevé l'auvent de sa camionnette, un antique véhicule à gazogène. Sa bonne fortune dépendant des cours de la sole, du cabillaud ou de l'éperlan, plutôt déprimés en ce moment, il repoussait sans cesse l'achat d'une nouvelle camionnette. Plusieurs femmes faisaient cercle autour de l'étal. Les poissons, l'œil éteint, gisaient sur un lit de glace. Il se saisit d'un mulet, le pesa.

— Voilà, madame Morand, c'est de la belle fraîcheur. Votre fille a-t-elle réussi son examen de postière ?

Il n'attendit pas la réponse.

— Je vous le vide ?

— Volontiers.

Lorsque Clémence arriva, les ragots étaient à marée haute. Elle ne remarqua pas tout de suite qu'on s'écartait pour la laisser passer et qu'on faisait silence. Mais elle sentit la sourde hostilité des regards. Elle entendit quelques ricanements. Elle ne comprenait pas ce brusque changement d'humeur de la part de femmes qui s'étaient toujours montrées amicales. Au pire, indifférentes. Elle se retrouva au pied de l'étal. Le poissonnier souleva sa casquette de marin, qui dissimulait sa calvitie, pour se gratter le crâne. Contrairement à son habitude, il ne l'appela pas par son prénom, qu'il enjolivait toujours d'un adjectif. Jolie, séduisante, irrésistible.

Cette fois, il avait l'œil aussi froid que celui de ses poissons. Elle voulut lui demander ce qui se passait, mais elle y renonça. Elle acheta du cabillaud, que Julieta cuisinerait au court-bouillon et qu'elle accompagnerait de frites, une recette portugaise découpée dans un magazine féminin. Lorsqu'elle s'éloigna, elle sentit le soulagement de ces visages semblables à des plantes carnivores guettant leur proie. Puis la conversation reprit là où elle avait été interrompue à son arrivée. Une grosse femme lâcha dans son dos de façon à se faire entendre :

— C'est-y pas malheureux que notre instituteur se soit laissé ensorceler par cette petite grue ! Un homme si respectable !

Clémence s'arrêta net. Elle lutta pour ne pas se précipiter vers cette bonne femme et lui arracher les yeux. De quoi se mêlait-elle ? De quel droit voulait-on l'empêcher d'aimer qui elle voulait ? Comment ces vieilles peaux auraient-elles pu comprendre ce qui lui arrivait ? Elle aurait juré que leur homme ne les touchait plus depuis des lustres, que l'amour s'était enlisé dans les sables mouvants de la répétition monotone des jours. Il suffisait de les regarder pour savoir que leur existence ne tournait plus que dans un vide sidéral comme un astre mort. Elles n'avaient plus en elles de vivant que leur méchanceté. Ah ! Elles pouvaient être jalouses de son bonheur, même s'il n'était pas parfait puisque Le Cloarec n'était pas reparu. Mais pourquoi avaient-elles pris le parti de l'instituteur ? Elle ignorait sans doute qu'on sacrifie toujours ceux qui ont le courage de bousculer l'ordre établi.

Elle déposa le poisson sur le bord de l'évier. Des pommes de terre épluchées trempaient dans l'eau.

— Tout s'est bien passé ? demanda Julieta pendant qu'elle rangeait le poisson dans la glacière.

— Pourquoi ? Tu crois que faire peser deux kilos de cabillaud et le ramener jusqu'ici était hors de ma portée ?

— Pour l'amour du ciel, ne te fâche pas. Je disais ça comme ça !

Clémence soupçonna Julieta d'être au courant de ce qui se tramait et elle lui en voulut. Du coup, elle s'étonna que ses parents ne soient pas encore venus reprendre leur fille pour la préserver de l'influence néfaste de la « diablesse ».

Les gens commençaient à arriver. Bientôt, le tourbillon du service et les bavardages bruyants l'obligèrent à penser à autre chose. Un marinier lui fit signe :

— Remets-moi une chopine, petite.

Il contemplait d'un air sombre son verre vide en le faisant tourner entre ses doigts. Elle restait debout devant la table. Il leva vers elle ses sourcils broussailleux.

— Que veux-tu ?

— Le verre.

Il lui tendit puis sortit une pipe de sa vareuse et une blague à tabac. Il bourra sa pipe avec le pouce et fit craquer une allumette. Elle déposa devant lui la nouvelle chopine. Il avait un visage large et un regard délavé qui exprimait une insondable mélancolie.

— Tu sais, petite, quand la vie ne vous a plus à la bonne, elle vous ratatine la couenne.

Devant son air étonné, il ajouta :

— Ne fais pas attention à ce que je raconte, je ne suis qu'une vieille baderne qui divague.

Puis il sortit d'un pas pesant en lui faisant un signe avec deux doigts sur le bord de sa casquette. Il laissait sa chopine à moitié vide et abandonnait dans son sillage une odeur de tabac qui sentait le miel. Elle le suivit des yeux tandis qu'il se dirigeait vers sa péniche. Tout ce qu'il lui avait dit l'avait troublée. Elle avait eu l'impression qu'il s'adressait à elle au-delà des mots, comme s'il avait deviné sa colère et sa déception.

Une fois les tables desservies et Julieta partie, elle se retrouva seule au milieu d'un après-midi qui se traînait. Elle s'occupa alors de la caisse. Elle divisa l'argent en deux parts égales qu'elle glissa dans des enveloppes. La première serait expédiée à la poste restante de la rue de Vaugirard. Elle verserait le contenu de la seconde sur le livret que Léonie Franquin avait ouvert quelques jours avant son départ. « Parfois, il faut aller contre sa nature et se montrer prudente », lui avait-elle dit lors de son dernier appel en lui donnant ses instructions. Comme il n'y avait personne, elle en profita pour placer la pancarte « La patronne revient de suite » et enlever le bec-de-cane. Les sommes augmentaient, ce qui rendait Clémence particulièrement fière. Puis elle se dirigea vers le bûcher pour prendre son vélo. Son pneu avant lui sembla un peu dégonflé. « Bah, ça ira, je ne fais pas le Tour de France ! » Elle se mit en danseuse pour grimper le petit raidillon qui débouchait sur la route. Une bourrasque de vent glacial la frappa au visage, lui faisant venir les larmes aux yeux. Au guichet, elle éprouva les pires difficultés pour remplir les formulaires que lui avait tendus la postière, Solange Guilbert. C'était une femme aux cheveux gris dont le mari avait été tué durant l'offensive des Ardennes. On lui avait donné ce poste en compensation.

— Dis donc, ça a l'air de marcher, les affaires, dit-elle par-dessus ses lunettes, qu'elle laissa glisser sur l'arête de son nez.

Elle compta les billets en humectant l'index de sa main droite sur une petite éponge. Clémence se demanda s'il n'y avait pas un peu d'acidité dans la remarque.

— Léonie n'est pas bientôt de retour ?

— Non, elle reste très évasive sur la date. On dirait qu'elle cherche à chaque fois de nouveaux prétextes pour rester à Paris.

— On peut la comprendre, puisque ça lui réussit de jouer les rentières.

D'un coup de menton, elle désigna les deux liasses de billets.

— C'est une sacrée marque de confiance de vous laisser la boutique !

Clémence sourit. À la vérité, cette responsabilité l'enchantait. Jamais il ne lui serait venu à l'esprit de détourner ne serait-ce qu'un franc. On comptait sur elle, elle répondait par une honnêteté orgueilleuse. Ça aurait été tellement facile… Elle se contentait de contempler avec une réelle satisfaction le bocal aux pourboires qui se remplissait avant de le partager avec Julieta. Pourtant, elle n'avait jamais éprouvé le moindre remords quand, gamine, elle chapardait des pièces de monnaie que sa mère oubliait parfois au fond d'une poche. C'est avec une délicieuse exaltation qu'elle courait alors chez l'épicière pour acheter un rouleau de réglisse ou un roudoudou. Elle avait commis son plus gros larcin en découvrant une pièce de vingt francs qui s'était glissée sous le linoléum qui recouvrait la terre battue du sol. Mais était-ce vraiment un larcin ?

Solange Guilbert tamponna les deux reçus, puis elle baissa soudain la voix, bien qu'elles fussent seules dans la pièce.

— Je t'ai toujours bien aimée…

Clémence le découvrait, mais elle attendait la suite.

— On parle beaucoup de toi en ce moment. Tu sais que ta liaison avec l'instituteur tombe sous le coup de la loi… Elle pourrait lui attirer de sérieux ennuis, et toi, on pourrait t'envoyer dans un centre spécialisé.

Jason, le localier, entra à ce moment-là et épargna à la postière la réplique cinglante que Clémence allait sortir : « Merde, à croire qu'elles crèvent toutes de jalousie, ces vieilles biques ! »

Elle repartait vers *L'Écluse* quand, obéissant à une impulsion soudaine, elle fit demi-tour en sachant qu'elle commettait une erreur. Au passage, elle jeta un coup d'œil à l'horloge de la mairie. En faisant vite, elle arriverait avant la fin de la récréation. De loin, elle entendit les cris des enfants qui jouaient dans la cour de l'école. Les jeux n'avaient pas changé depuis qu'elle en était partie, son certificat d'études en poche. Ronde des mouchoirs, corde à sauter pour les filles, football avec les tas de vêtements pour délimiter l'emplacement des buts côté garçons. Elle les vit courir, crier, se bousculer et enfin se congratuler lorsqu'un petit rouquin réussit à marquer. Ils étaient tous de l'autre côté de la grille qui surmontait le muret de pierres et les enfermait. Pourtant, c'est elle qui avait la sensation d'être prisonnière. Elle n'avait aucune idée en tête, surtout pas celle de lui faire des reproches ou encore moins de le harceler. Elle voulait juste l'apercevoir. Et lorsqu'elle distingua sa silhouette au milieu des autres instituteurs sous le préau, son cœur se mit à battre plus fort. Dans sa blouse grise, il ne ressemblait pas à celui qui avait passé une nuit entière à lui faire l'amour. À la faire crier de plaisir. Comme elle aimait cette expression, « faire l'amour », en pensant à lui. C'était déjà un souvenir qu'elle ne cessait de faire revivre et d'enluminer.

Elle s'appuya contre le petit muret, serrant deux barreaux dans ses mains. Il fallait qu'elle réussisse à le convaincre de revenir. Ils prendraient mille précautions pour monter jusqu'à sa chambre. Au pire, ils choisiraient une chambre dans n'importe quelle grande ville. Ou bien ils se contenteraient d'un lit de foin dans une grange. Elle échafaudait toutes sortes de plans tandis que ses mains gelaient sur les barreaux de sa prison. Rien de grave ne pouvait lui arriver, puisqu'elle l'aimait. Le mot résonna curieusement dans sa tête, comme sorti tout droit d'un roman-photo. « Mon Dieu, qu'est-ce qui m'arrive ? » Elle ne se reconnaissait plus.

Un gamin tira sur la cloche pour sonner la fin de la récréation. Les enfants coururent se mettre en rang devant les hautes fenêtres du couloir, dans lesquelles se reflétait un pâle soleil d'hiver. À ce moment-là, il se retourna. En la voyant, son visage devint livide, en proie à une colère froide. Elle remonta sur sa bicyclette et reprit le chemin de *L'Écluse*, bouleversée. Son absence n'avait que trop duré. Ce n'est qu'en roulant qu'elle s'aperçut qu'elle pleurait. Le monde était devenu flou. Elle manqua de renverser une petite vieille qui traversait, son cabas pendu à son bras. En arrivant à *L'Écluse*, elle reconnut la lourde silhouette de Jeff de Voos, le patron de *La Collinière*, qui faisait les cent pas devant le café.

— Ah, j'allais renoncer à t'attendre !

— Excusez-moi. Je ne pensais pas être retenue aussi longtemps. Comment va votre cheville ?

— Tu te souviens de ça ? Ça va bien, je trotte comme un lapin.

— Entrez, je vous offre un café pour me faire pardonner.

— Plutôt une bière.

Au lieu de s'asseoir, il commença une partie de fléchettes.

— Tu veux pas jouer avec moi ?

— Pas le temps.

Il renonça au jeu de fléchettes, but son bock au comptoir et sortit.

— À bientôt. Je reste quelques jours ici.

Jusqu'à présent, elle n'avait pas eu le temps de penser. Trop de monde à servir. Trop de gestes mécaniques à accomplir tout en prenant soin d'éviter l'abîme qui s'était ouvert sous ses pieds depuis qu'elle avait croisé son regard terrible. Se retrouvant seule, elle s'étonna que sa mère, si prompte à la détruire, ne se soit pas encore manifestée. Il était impossible que la rumeur qui se répandait sur la petite ville à la vitesse d'un feu de forêt attisé par le vent ne lui soit pas encore parvenue aux oreilles. Elle voulut en avoir le cœur net. L'envie la démangeait de lui parler de sa réussite à *L'Écluse*. De l'argent qu'elle était en train de gagner. Elle voyait d'ici les yeux de sa mère s'allumer de convoitise. C'était inhumain de n'avoir jamais personne à qui parler ! Elle se faisait parfois l'impression de n'être qu'une noyée se débattant contre un courant emportant tout sur son passage. Elle sortit, une lanterne à la main, à l'intérieur de laquelle brûlait un moignon de bougie. Elle vit tout de suite que son pneu avant était à plat. Quelqu'un l'avait lardé de coups de couteau. Qui avait osé ? Elle avait sa petite idée. Elle n'avait aucune envie de renoncer à raconter à sa mère ce qui lui arrivait de bien. Peut-être finirait-elle par découvrir dans son regard une petite étincelle d'admiration. Rien que pour cela, elle était prête à beaucoup lui pardonner. Elle se rappela qu'elle avait vu sur le pont de *La Collinière* un de ces lourds vélos hollandais capables d'affronter en quelques coups de pédale les pires tempêtes de la vie. Le vélo était accroché au flanc de la timonerie. Elle réfléchit un instant et soupesa ses chances. Il n'était pas si tard, le marinier ne devait pas encore dormir.

Quand elle arriva à la hauteur de la péniche, tout était silencieux et sombre. C'est à peine si l'on pouvait distinguer l'eau huileuse. Malgré tout, un peu de lumière filtrait à travers les lames des volets du roof. Elle s'engagea avec prudence sur la passerelle et frappa. Elle entendit un vague remue-ménage à l'intérieur, comme si on se hâtait de remettre la pièce en ordre. Une voix demanda :

— Qu'est-ce que c'est ?

— C'est moi, capitaine, Clémence Fourquet.

Jeff de Voos se contenta d'entrebâiller la porte comme s'il voulait l'empêcher de voir à l'intérieur. Il avait les cheveux ébouriffés. Il était en maillot de corps et portait un pantalon de pyjama tout fripé.

— Qu'est-ce que tu veux ?

Sa voix s'était radoucie, mais Clémence eut l'impression qu'il restait sur ses gardes.

— Je voudrais vous emprunter votre vélo, si ça ne vous dérange pas.

Sa surprise se manifesta par un imperceptible tressaillement de ses épais sourcils tirant sur le roux.

— Des dégueulasses ont crevé les pneus de ma bicyclette et je dois aller voir ma mère. Je vous la ramènerai dans une heure au plus tard.

— Tu peux me la ramener demain matin. Je la récupérerai en allant boire mon café. Je n'appareille pas avant le milieu de la matinée, le temps de finir de décharger.

— Qu'est-ce que vous transportez, cette fois ?

— Du ciment.

— Merci de votre gentillesse.

Il n'attendit pas qu'elle prenne le vélo pour refermer la porte de la cabine.

Elle se retrouva, soulagée, à pédaler sur la route. Ces vélos hollandais étaient de sacrées mécaniques, même si elle devait peser de tout son poids sur les pédales pour avancer. C'est à peine si on entendait le frottement de la chaîne sur le pignon des vitesses. Une nuit profonde et noire l'enveloppait. Elle n'avait aucune idée de ce qu'elle allait dire à sa mère, mais elle savait qu'elle saurait trouver les mots. Elle longea une des pâtures du père Mérat, puis elle aperçut les ruines de la grange calcinée. Des débris de poutre se dressaient tels des doigts vengeurs. Dans le dernier article qu'il avait consacré à l'affaire, Jason avait passé en revue tous les motifs de vengeance possibles, sans en privilégier aucun. En lisant entre les lignes, on sentait qu'il ne portait pas le bonhomme dans son cœur. En arrivant devant la bicoque, elle fut surprise de ne pas voir de lumière à travers les volets. Pas possible que sa mère soit déjà couchée. C'était l'heure où elle s'abandonnait aux délices de la cigarette, laissant errer son esprit, les yeux mi-clos, vers des souvenirs qu'elle n'avait jamais partagés avec sa fille. Parfois, elle reprisait un vieux vêtement ou s'offrait la consolation d'un verre d'eau-de-vie.

Clémence fit le tour de la maison, buta sur les tiges gelées d'un massif d'hortensias, aucune lumière nulle part. Elle frappa à la porte. Rien. Ses coups redoublèrent de violence jusqu'à lui faire mal au poing. L'aboiement d'un chien déchira le silence. Une sourde inquiétude l'envahit. Elle fouilla l'obscurité pour finir par apercevoir, à travers les branches, le fanal qui brillait à la porte de l'écurie du père Mérat. Puis, dans le repli du terrain, la ferme et ses deux fenêtres éclairées. Un instant, elle s'était imaginé qu'ils étaient partis ensemble. Le froid commençait à l'engourdir. Elle se laissa choir sur la marche en granit du seuil. Elle passa sa main dans la fente où elles avaient l'habitude de laisser la clé. Si sa mère était chez Jules Mérat, la clé serait en place. Mais rien. Elle ressentit un sentiment d'abandon. Sa mère ne s'était même pas donné la peine de passer à *L'Écluse* pour l'avertir. Et là, sous ce ciel froid et indifférent où luttaient quelques étoiles, elle se dit qu'elle n'avait jamais été aussi seule.

Lorsqu'elle releva le vélo pour regagner *L'Écluse*, il lui sembla plus lourd. Elle crut même un instant qu'elle ne réussirait pas à le remettre sur ses deux roues. Elle avait perdu de sa force et de sa lucidité. Elle roula en se dressant sur les pédales comme pour épuiser sa rage. Parviendrait-elle jamais à se remettre de ce choc ? Tout en roulant dans la nuit, elle imagina diverses explications sans en trouver aucune de satisfaisante. Elle contourna le kiosque à musique, dont la silhouette se découpait sous un ciel maussade. La petite ville dormait. Il ne devait pas être loin de minuit. Sur la place, il n'y avait de vivant que le hall de l'*Hôtel de Lorraine*, à l'intérieur duquel on avait dressé un gigantesque sapin de Noël couvert de guirlandes électriques.

L'*Hôtel de Lorraine* accueillait surtout des représentants de commerce. Celui qui venait montrer les dernières nouveautés parisiennes à la bonneterie-chemiserie Lafont était un gros homme jovial qui suait sang et eau pour sortir trois énormes valises du coffre de sa voiture. Il se risquait parfois jusqu'au *Bar de l'Écluse*, où il se faisait servir un blanc-cassis à l'heure de l'apéritif qu'il dégustait à petites gorgées en contemplant une péniche qui attendait que les portes de l'écluse s'ouvrent pour pénétrer dans le bief. Il était venu deux fois pendant que Clémence était de service. Il avait promis de lui offrir un chemisier avec de la dentelle au col. Il y avait aussi un grand type qui marchait, le dos voûté. Il passait une fois par trimestre à *La Grande Quincaillerie du Vouzinois* pour montrer les derniers modèles d'appareils ménagers électriques. Ceux qui séjournaient le plus longtemps étaient les délégués commerciaux des grandes marques de matériel agricole. Ils restaient plusieurs jours pour visiter chacune des fermes aux alentours. C'étaient de vrais artistes quand il s'agissait de convaincre les fermiers de s'endetter à nouveau pour acheter la trayeuse dernier modèle ou une nouvelle herse avec sa mâchoire d'acier. Même parfois un tracteur. Promis, un tracteur avec sa peinture digne d'entrer au musée qui en jetterait plein la vue au voisin ! Dans le catalogue en couleur, c'était du cousu d'or. Il suffisait de signer. Bientôt, un petit verre de goutte scellait ce que certains appelaient « un pacte avec le diable ».

Les guirlandes, qui ne cessaient de clignoter, projetaient des arcs-en-ciel sur le trottoir. Clémence avait oublié que Noël approchait. Dans ses souvenirs, elle n'avait jamais reçu d'autre cadeau à Noël qu'une grosse orange, du moins lorsque sa mère n'oubliait pas. Elle la découpait en quartiers afin de savourer le jus sucré jusqu'à la dernière goutte en fermant les yeux. Le jus glissait doucement dans sa gorge comme une idée de bonheur. Plus d'une fois, il lui était arrivé de faire un vœu, comme pour sanctifier ce moment. Plus tard, elle faisait sécher la peau de l'orange avant de la mettre sous son oreiller. Ainsi, chaque nuit, elle retrouvait ce parfum à la fois acide et voluptueux en écoutant le murmure mélancolique des jours évanouis.

Une fenêtre s'éclaira à l'étage d'une des maisons qui bordait la place. Comme prise en faute, elle s'empressa de rentrer à *L'Écluse*. Elle ne remarqua pas tout de suite que *La Collinière* n'était plus amarrée. Quand elle s'en aperçut, elle se demanda ce qui avait bien pu pousser Jeff de Voos à disparaître en pleine nuit sans se soucier de son vélo, pourtant indispensable à la vie d'un batelier. Épuisée, elle renonça à chercher une réponse. Elle passa une très mauvaise nuit, entrecoupée de cauchemars qui la réveillèrent en sursaut, tremblante comme une feuille, le corps en sueur, comme si elle avait attrapé une mauvaise fièvre. À chacun de ses réveils, elle ne se souvenait de rien de précis, sinon que quelqu'un la menaçait.

À l'aube, elle sombra enfin dans un sommeil de plomb. Elle n'entendit pas le commis du boulanger cogner aux volets de bois. Il se contenta de déposer devant la porte les corbeilles qui contenaient les baguettes et les croissants.

Lorsque Julieta arriva et qu'elle la vit descendre l'escalier en se frottant les yeux, elle fut horrifiée. Elle s'exclama en écarquillant les yeux :

— Ou tu es malade, ou il y a encore un homme là-haut ! Tu as vu ta tête ?

— J'aime mieux pas. Mais il n'y a pas d'homme là-haut.

— Dommage. Ça aurait été préférable !

— J'ai fait des cauchemars épouvantables. On me menaçait…

— Tu t'en tires à bon compte, alors.

Tout en tournant le moulin à café, Clémence lui parla du départ de sa mère. Elle ne savait pas depuis quand elle était partie ni où elle était allée. Ni quand elle reviendrait.

— Si tu savais quelque chose, tu me le dirais ?

— Évidemment. Ma pauvre, je te plains. Mes parents ont beau être tristes comme des bonnets de nuit, au moins ils sont là.

Clémence fut ébranlée par le ton de sincérité de Julieta et se reprocha sa méfiance.

Elle réussit à peine à entendre, vers la fin de la matinée, dans le brouhaha qui régnait autour du comptoir, qu'un nouvel incendie s'était déclaré la nuit dernière. Elle tendit l'oreille. L'éclusier, de sa voix rocailleuse, expliquait :

— On a brisé une vitre du petit atelier de menuiserie situé au fond de la cour avant d'y balancer des mèches de coton enflammées. Avec les tas de copeaux, les flammes n'auraient dû faire qu'une bouchée de l'atelier et peut-être de tout l'immeuble, mais la mère Huguet souffre d'insomnie. En entendant du bruit, elle s'est précipitée vers la fenêtre. Elle a tout de suite compris ce qui se passait. Elle a réveillé son fils…

— Le clerc de notaire, observa quelqu'un.

— Oui, le clerc de notaire. Je ne sais pas comment ils s'y sont pris, mais ils ont eu le temps de jeter des seaux d'eau sur les flammes avant que les secours n'arrivent et trouvent la mère et le fils trempés jusqu'aux os, tout tremblants.

L'immeuble qui donnait sur la place appartenait à la mère Huguet. Elle s'était réservé le premier étage, où elle vivait avec son fils, célibataire. Elle louait le reste de l'immeuble. La menuiserie était la passion secrète du clerc de notaire, Grégoire Huguet. Bien entendu, tout le monde était au courant. Il débitait des pièces de bois sur son tour qu'il transformait ensuite en grognards de Napoléon. Même enfant, il éprouvait déjà une passion irraisonnée pour l'empereur. Une fois peints, les soldats de bois ne manquaient pas d'allure. Il les offrait aux jeunes garçons émerveillés qui visitaient son atelier. Il y en avait toujours quelques dizaines au pied du sapin que le curé dressait dans son église à côté de la crèche.

— N'empêche, ça fait déjà trois incendies, dit le cantonnier en hochant la tête d'un air pensif.

— Ils n'ont pas l'air de se remuer beaucoup, en haut lieu. C'est à peine si l'enquêteur qu'ils nous ont envoyé note quelque chose sur son carnet quand il nous interroge. Remets-nous ça, petite !

En faisant quelques recoupements, Clémence ne tarda pas à se rendre compte que la tentative d'incendie s'était produite au moment où elle revenait de chez sa mère. Avec un peu de chance, elle aurait pu croiser la pyromane.

Elle ne fut pas surprise de voir entrer l'officier de police après le service de midi. Julieta venait de partir. Il s'installa au comptoir.

— Que prenez-vous ?

— Est-ce que tu peux me servir quelque chose à manger ?

— À cette heure-ci, c'est impossible.

— Je me contenterai de deux œufs sur le plat.

Elle ne pouvait pas refuser. Elle se dirigea vers la cuisine.

— Vous ne préférez pas une omelette ?

— Non, deux œufs sur le plat, ça ira.

Elle les déposa sur le comptoir devant lui avec une bière qu'il n'avait pas commandée. Elle attendit l'attaque. Il découpait son pain en petits cubes qu'il trempait dans le jaune, l'air absent.

— T'es au courant pour le nouvel incendie ?

— Il n'y a pas eu vraiment d'incendie, juste une tentative.

— C'est un miracle. Si cette brave Mme Huguet avait dormi sur ses deux oreilles, la moitié de la ville aurait flambé.

— C'est impossible.

— Quoi ?

— De dormir sur ses deux oreilles. C'est toujours sur la droite ou sur la gauche.

— Je vois que tu ne perds pas ton sens de l'humour… Au fait, tu as changé de vélo ?

— Non, pourquoi ?

— On t'a vue cette nuit sur un vélo noir.

— On m'a vue ?

Clémence cria presque.

— Tu ne peux t'imaginer le nombre de paires d'yeux qui passent leur temps à scruter la nuit. Dans une petite ville comme celle-ci, il y a tant d'insomniaques…

— Comment se fait-il que vos « paires d'yeux » n'aient pas vu celle qui a balancé le chiffon d'essence ? Au moins, on me ficherait la paix et, puisque vous voulez le savoir, c'est le patron de *La Collinière* qui m'a prêté son vélo pour aller voir ma mère.

— Tu n'avais pas ta bicyclette ?

— Une âme charitable a tailladé mes pneus.

— Tu sais qui t'a fait ça ?

— Pas la moindre idée.

— Pourquoi te rendre chez ta mère si tard, puisqu'elle a quitté le pays ?

— Ah, vous savez ça aussi ! Décidément, il n'y a que le nom de celle qui joue avec des allumettes que vous ignorez ! Et figurez-vous que je ne savais pas que ma mère était partie.

— Difficile à croire !

— Croyez ce que vous voulez, je m'en fiche éperdument.

— Qu'est-ce qui te fait dire que le pyromane est une fille ?

— Une intuition. Ce n'est pas la peine de prendre votre air soupçonneux.

— On n'est pas près de se comprendre, tous les deux…

Il se leva, posa un billet sur le comptoir.

— Vous ne finissez pas vos œufs ?

Il était déjà sorti.

Elle tenait toujours dans sa main l'enveloppe contenant la recette du jour. Elle n'aimait pas conserver d'importantes sommes d'argent à l'auberge. Mais cette fois-ci, pas moyen de faire autrement. La poste venait juste de fermer au moment où elle arrivait. Quelques mots échangés avec Pierre l'avaient mise en retard. Mais la conversation avait été intéressante. Il lui avait laissé entendre que c'était Mathias qui avait crevé ses pneus, ce dont elle se doutait. Mais elle n'imaginait pas qu'il puisse envoyer une lettre anonyme au directeur de l'école rien que pour se venger d'elle.

En arrivant, elle avait tambouriné à la vitre du bureau de poste. La postière, derrière son guichet, avait levé les yeux. Clémence était certaine qu'elle l'avait reconnue, elle n'en avait pas moins poursuivi son travail. En d'autres circonstances, elle serait venue ouvrir la fenêtre, aurait pris l'enveloppe avant de lui rapporter son reçu.

Elle reprit son vélo et fit demi-tour. Elle aurait juré que, derrière son guichet, la postière avait eu un sourire mauvais. La nuit tombait déjà. Un vent puissant soulevait la neige, qu'il chassait en bourrasques hargneuses. Un couple tenait un garçonnet par la main. Ils traversèrent la place de l'Église en courbant la tête. Le père de l'enfant retenait son chapeau de sa main droite en pestant. Clémence découvrit l'alambic installé à sa place habituelle, en face de l'église. La veille, elle avait entendu l'annonce du garde champêtre. Toute la journée, un défilé ininterrompu de brouettes chargées de tonneaux remplis de fruits fermentés avait répandu une odeur aigre dans le bourg. Elle distingua trois silhouettes qui se découpaient dans les vapeurs grisantes s'échappant de la cuve en cuivre de l'alambic. Elle reconnut Joseph Blanchard, le bouilleur de cru. Il portait son habituel sac de jute marronnasse autour de sa taille en guise de tablier. Il se glissa dans la pénombre pour prendre deux bûches. Il ouvrit la porte en fonte du foyer avant d'y jeter les deux morceaux de bois qui furent avalés en un instant dans une gerbe d'étincelles. Cette brève lueur suffit pour qu'elle soit certaine que c'était lui, même s'il lui tournait le dos. Elle avait tant espéré et à la fois tant redouté cette rencontre qu'elle resta pétrifiée.

Depuis qu'elle s'était précipitée devant la cour de l'école, elle avait tenu bon. Elle n'avait pas cherché à le revoir, tout en sachant que leur rencontre était inéluctable. Et voilà qu'elle se produisait au moment où elle s'y attendait le moins. En voyant ce buste qu'elle avait serré si fort contre elle, auquel elle s'était agrippée avec tant d'espoir, elle eut l'impression qu'on lui tailladait le cœur à coups de hache.

Elle s'était pourtant préparée à cet instant, un peu comme un boxeur qui va monter sur le ring. Si elle ne s'était pas entraînée au saut à la corde, elle avait concocté une bordée d'injures à faire pâlir de jalousie un charretier ivre. Elle les lui jetterait à la figure comme autant d'uppercuts dès qu'elle le verrait. Or, pour le moment, c'était elle qui était KO debout. Incapable de bouger. Mais qu'il se retourne et lui sourie, elle était prête à bondir dans ses bras. À le suivre n'importe où, là où il lui plairait de l'emmener, loin de toute cette mesquinerie, loin de ces gens fanés d'ennui qui, à trente ans, ne savaient plus ce que le mot amour voulait dire. Elle se mit à trembler, et le froid n'y était pour rien. Et lui qui continuait de bavarder tranquillement. L'imbécile !

Elle était allée jusqu'à acheter un recueil de poèmes de son cher Rimbaud pour se préparer à ce voyage imaginaire. Elle avait appris par cœur la première strophe du *Bateau ivre* :

Comme je descendais des Fleuves impassibles,
Je ne me sentis plus guidé par les haleurs :
Des Peaux-Rouges criards les avaient pris
pour cibles,
Les ayant cloués nus aux poteaux de couleur.

Elle avait été incapable d'aller plus loin. Elle s'était fracassée contre les mots comme une mouette sur la lanterne d'un phare. Un poème de Rimbaud, c'était une muraille de pierre dans laquelle il fallait se frayer un passage. Lorsqu'elle avait acheté le petit volume in-quarto, elle avait espéré qu'il la guiderait dans ce labyrinthe. À sa courte honte, elle en ignorait toujours le sens. Elle savait juste que les haleurs étaient des hommes qui, avant, tiraient les bateaux qui remontaient les fleuves. Elle s'était contentée de se laisser bercer par la musique des mots.

Les trois hommes poursuivaient leur conversation dans une odeur puissante d'alcool et de fruits aigres, sans se douter de sa présence. De loin, ils ressemblaient aux personnages d'un film muet. Puis la voix éraillée par le tabac et l'alcool du bouilleur de cru interrompit le cours de ses pensées. Il venait de l'apercevoir.

— Approche, petite. Ne reste pas plantée dans le froid. Tu vas geler sur pied.

Satisfait de sa trouvaille, il émit un gros rire qui lui secoua la poitrine. Il la reconnut et s'écria :

— Ma parole, c'est ma petite Clémence !

Et s'adressant aux deux autres :

— Elle m'a donné de sacrés coups de main autrefois. T'avais quel âge ?

— Un peu plus de dix ans.

— Et les deux chenapans qui t'accompagnaient, comment s'appelaient-ils ?

— Pierre et Mathias.

— Dis donc, t'es devenue une sacrée belle fille. Celui qui te mettra dans son lit, le roi ne sera pas son cousin !

À nouveau son rire d'homme satisfait de son bonheur tranquille. Le rire domina un instant le sourd ronflement du feu ainsi que le léger sifflement de l'alcool qui empruntait le col-de-cygne avant de venir se condenser dans le serpentin en cuivre. Des larmes de cristal coulaient en continu dans une bonbonne en verre entourée de paille. Il y avait un nom inscrit sur le bouchon de liège, celui du propriétaire de la cuvée.

Le Cloarec feignit de ne pas la connaître. Il lui tendit une main molle en détournant les yeux. Toujours sur les routes, Blanchard ne devait pas être au courant de son histoire avec l'instituteur.

— Viens prendre une petite roquille.

Il glissa la roquille, un petit verre aux bords sales, sous le bec du serpentin et le tendit à Clémence.

— Voilà qui va te réchauffer et te rappeler des souvenirs.

Dans la chaleur de l'alambic, elle avait déjà les joues en feu. Elle porta la roquille à ses lèvres et but. Elle eut l'impression que sa gorge s'embrasait, tout en éprouvant un bien-être voluptueux. La saveur grisante de la vie venait d'irradier son corps et sa mémoire. Quand elle remontait des bords de l'Aisne, où elle allait déverser dans la rivière avec Pierre et Mathias les restes des fruits distillés, Joseph Blanchard remplissait trois roquilles d'eau-de-vie encore chaude et les leur tendait : « Voilà un salaire qui en vaut bien un autre, ce n'est pas pour rien que ça s'appelle de l'eau-de-vie. »

Elle se rappela que, la première fois, les larmes lui étaient montées aux yeux, ce qui avait fait rire Mathias, qui jouait déjà à l'homme. Elle se revit au milieu des deux garçons, poussant la barre qui reliait les brancards de ce que le bouilleur de cru appelait pompeusement son carrosse. En réalité, une simple benne en fer rouillée dont les roues trépignaient sur les pavés inégaux dans un grondement de tonnerre. Parfois, la carriole était tellement chargée qu'ils semaient sur la route des déchets de fruits qui formaient comme des jalons de futures ivresses. Ils se faisaient copieusement sonner les cloches par les bonnes femmes qui remontaient du lavoir, leur panier de linge mouillé sous le bras. Sur la barre, ses mains touchaient celles des garçons. C'était une agréable et si trouble sensation que Clémence s'en souvenait encore aujourd'hui. La voix de Le Cloarec la fit sursauter :

— On est bien d'accord, monsieur Blanchard, une bouteille d'eau-de-vie de poire, une de mirabelle, et surtout une de prunelle sauvage. Voilà, je me sauve.

Clémence se tenait toujours raide dans la chaleur de l'alambic qui lui brûlait le ventre et la poitrine alors que son dos restait glacé. Elle fut incapable de réagir quand il lui serra la main comme à une étrangère, bien qu'un bref éclair de chaleur parcourût leurs peaux qui avaient appris à si bien se connaître en une seule et unique nuit. Elle voulut crier quelque chose, mais aucun son ne sortit de sa bouche. Lui crier qu'il fallait se moquer des autres.

Crier qu'ensemble ils pouvaient vaincre tous les obstacles. Mais il s'était déjà esquivé dans la nuit. En cherchant sa silhouette dans l'obscurité, elle éprouva une sorte de vertige désenchanté.

— Dans le fond, ce n'est qu'un sale petit fonctionnaire de la passion. Il devait déjà penser à ses prochaines vacances en me faisant l'amour.

— Qu'est-ce que tu dis ? demanda Joseph Blanchard.

Elle avait parlé à voix haute sans s'en apercevoir. Une épitaphe pour solde de tout compte.

Léonie Franquin leur fit savoir qu'elle serait de retour quatre ou cinq jours avant Noël. Suivait une liste de recommandations, de mets et de vins à acheter. « Surtout, n'oubliez pas les huîtres et le champagne. Le champagne est une fête vénitienne qui se pose comme un masque sur les jours ordinaires. Tu commanderas les huîtres au poissonnier ambulant. Imagine-t-on un réveillon sans huîtres et sans champagne ? »

— Je ne la savais pas capable de poésie, observa Julieta.

Clémence ignorait tout de cette curieuse habitude. Peut-être qu'à Paris…

— Tu sais ouvrir les huîtres ? demanda-t-elle à Julieta.

— Quelle drôle d'idée ! J'aurais bien trop peur d'y laisser une main.

— Il y a un post-scriptum. Elle me demande d'aller mettre un cierge à Marie. Qu'est-ce que ça peut bien vouloir dire ?

— Tout ça sent l'allégresse amoureuse, s'esclaffa Julieta.

— Je ne peux pas imaginer la Franquin dans le lit d'un homme !

— Pourquoi pas ? Bien astiquée, elle ne serait pas si mal. Après tout, elle n'est pas tellement vieille. Que penses-tu qu'elle fabrique à Paris ? Elle doit s'encanailler dans les dancings et bécoter son chéri au pied de la tour Eiffel. Je peux te le dire maintenant, un matin je l'ai surprise en train de répondre à une annonce matrimoniale du *Chasseur français.*

— Mais elle est partie voir sa sœur…

— Ma pauvre, t'es bien naïve. Pourquoi crois-tu qu'elle a brossé son étole de renard ? Pour le moutardier du pape ?

Julieta éclata de rire devant la tête que faisait Clémence. Avant de retourner en cuisine, elle ajouta :

— N'oublie pas le cierge. Elle doit demander à Marie que son Parigot réussisse à lui faire un enfant.

Son rire redoubla d'intensité.

Lorsque Clémence pénétra dans l'église, il y régnait un froid surnaturel. Elle remonta en frissonnant le col de son manteau. Sur les bords de l'allée centrale, l'ombre était colorée par la lumière qui traversait les vitraux. Une vague odeur d'encens baignait la nef. Seul le silence répondit à l'écho de ses pas. Pourquoi se sentait-elle mal à l'aise ? La statue de Marie se dressait non loin de la chaire, un visage extatique sous un voile bleu. Clémence alluma un cierge. Elle n'avait aucune idée de ce qu'elle devait demander à la Vierge. Elle se contenta de glisser deux pièces dans le tronc vide qui résonnèrent avec une certaine ironie. Elle avait le sentiment d'être une intruse. Elle n'avait plus qu'une envie, se retrouver très vite à l'air libre.

Léonie Franquin poussa la porte de *L'Écluse* un jeudi en fin de matinée, jour de la Saint-Isaac. Clémence et Julieta disposaient le couvert sur trois ou quatre tables seulement. À l'approche de Noël, les mariniers se faisaient plus rares, car ils s'arrangeaient pour regagner à temps leur port d'attache pour passer les fêtes en famille. L'éclusier, Marius Gontard, avait tout son temps devant lui. Il venait le tuer en faisant rouler les dés en solitaire sur la piste du 421, tout en sirotant deux ou trois blancs d'Alsace, seul petit luxe qu'il s'offrait en cette période. Il n'y avait pas deux péniches à réclamer le passage du bief dans la journée.

— Ah, mes enfants ! fit-elle en laissant tomber ses deux lourdes valises, des bagages discrètement luxueux qu'elle avait achetés pendant son séjour. J'ai eu de la chance, le train de Paris m'a déposé à Rethel et j'ai pu attraper la correspondance pour Attigny.

Les deux filles se regardèrent, stupéfaites. Ce n'était plus la même femme. Elle avait troqué ses habits de veuve perpétuelle contre des vêtements de couleur. Une longue jupe en lainage beige tombait sur des bottes cavalières en cuir fauve. Un joli chemisier à motifs cachemire, fermé par une broche en argent, apparaissait sous le col du manteau entrouvert. Comble de la métamorphose, la Franquin avait posé un peu de rouge sur ses lèvres et de poudre sur les joues. Elle paraissait vingt ans de moins.

— Qu'est-ce que ne fait pas faire l'amour ! murmura Julieta.

— Qu'est-ce que tu marmonnes ?

— Rien.

— Ah, mes enfants, je meurs de faim ! Qu'est-ce qu'il y a à manger ?

— Des tripes.

— Vous savez bien que j'ai horreur des tripes.

— Comment aurait-on pu deviner que vous rentriez aujourd'hui ?

— C'est juste. Allez, on va ouvrir une bouteille de champagne. Bien sûr, Julieta, tu restes avec nous.

Le champagne aidant, la conversation fut joyeuse. Léonie tint jusqu'au dessert avant de leur parler de Maurice. Bientôt, ce ne fut plus que Maurice par-ci, Maurice par-là. L'homme avait beaucoup voyagé. Gênes, Chypre, Aden. Il était courtier en diamants, mais il s'était fait escroquer par des Sud-Africains peu scrupuleux.

— Pas de chance, il s'est retrouvé sans le sou à Paris. Mais ce n'est pas grave. D'ailleurs, vous ferez bientôt sa connaissance. Il vient passer les fêtes de Noël avec nous. Il arrive demain.

Le lendemain, Léonie prit le chemin de la gare pour aller chercher le fameux Maurice. Son entrain faisait plaisir à voir. Son humeur aussi avait changé. Elle revint seule. Elle y retourna le jour suivant. Puis le surlendemain. Quand il apparut que Maurice raterait tous les trains pour Attigny, le visage de la Franquin se ferma. Son humeur redevint cassante. Hargneuse. Si elle conserva les bottes cavalières dont les talons sonnaient agréablement sur le carrelage, elle les accompagna d'une robe grise aux contours indécis. Malgré tout, elle cherchait à donner le change.

Julieta glissa à Clémence :

— Elle n'est pas près de revoir l'argent qu'elle lui a prêté.

— Elle lui a prêté de l'argent ?

— Qu'est-ce que t'es gourde !

Léonie Franquin retrouva un semblant de bonne humeur en préparant le repas du réveillon. Clémence crut un instant qu'elle allait le passer dans un sinistre tête-à-tête avec sa patronne, jusqu'à ce que Marius Gontard et sa femme, au visage de belette triste, acceptent de partager leur repas.

Le champagne avait coloré les joues. La belette triste s'entêta à vouloir chanter un cantique. Elle aussi avait beaucoup bu. Le champagne avait rempli son office. Il leur permettait de se forcer à être joyeux. Ils allaient déguster la bûche de Noël quand on cogna à la vitre de la porte d'entrée. C'était une apparition spectrale. Clémence mit du temps avant de reconnaître sa mère. Des flocons de neige fondaient sur son manteau. Elle dit simplement du seuil de la porte qu'elle tenait ouverte :

— Ton père est mort.

5

CLÉMENCE AURAIT AIMÉ éprouver davantage d'émotion en apprenant la mort de cet inconnu qui avait été son père. Cette page de sa vie qui se tournait la laissait indifférente, un peu comme si cette mort ne la concernait que de loin. Pourtant, combien de fois avait-elle espéré le voir apparaître souriant et volubile avec, comme une fleur accrochée à la boutonnière, le récit d'un voyage lointain ? Ou d'un exploit qui aurait sidéré le monde. Une barbe de plusieurs jours comme en laissent pousser tous les aventuriers lui aurait râpé le visage juste au moment où elle se serait jetée dans des bras grands ouverts. Mais ça, c'était avant. Avant qu'elle ne comprenne qu'elle n'existait pas aux yeux de cet homme dont les cendres venaient d'être dispersées dans la mer du Nord. Il avait fallu beaucoup de mensonges et sans doute pas mal d'argent pour convaincre un patron pêcheur de sortir son chalutier pour emmener sa mère au large.

Debout, à la poupe, Hélène Fourquet avait commencé à vider l'urne dissimulée sous son ciré lorsqu'une violente bourrasque de vent avait projeté une partie des cendres sur son visage. Comme un ultime adieu. Le reste s'était répandu sur le pont avant qu'un paquet de mer les emporte dans un ruissellement d'eau salée. Le patron du chalutier avait fait semblant de ne rien voir. Sa mère l'avait vu pourtant ôter sa casquette et la plaquer contre sa poitrine en balbutiant ce qui ressemblait à une prière que la tempête avait emportée.

Sa mère avait été incapable de détourner le regard lorsque le cercueil avait glissé lentement sur des rails tandis que des haut-parleurs invisibles diffusaient une musique céleste. Puis les portes qui ne pouvaient être que celles de l'enfer s'étaient ouvertes dans un bruit monstrueux de métal. En un instant, les flammes avaient englouti la caisse en pin et le corps qu'elle contenait avant de se refermer, anéantissant d'un coup toute trace du passage de son père sur la Terre.

Comme si elle revivait la scène, sa mère fut à nouveau secouée de sanglots. Elle n'avait touché ni à sa coupe de champagne ni à la part de bûche dégoulinante de crème que Léonie Franquin avait déposée devant elle. En dépit du poêle qui ronflait, sa mère tremblait.

Ainsi, pendant des années, sa mère lui avait menti. Elle avait toujours su dans quel pays se trouvait son père et ce qu'il y faisait. Ou quel tour pendable il jouait aux naïfs qui avaient le tort de croire en ses belles paroles.

Marius Gontard regarda sa femme, qui baissa les yeux. Ils s'attendaient à passer un réveillon de Noël paisible, et voilà qu'ils pataugeaient dans une histoire qui n'était pas la leur, cherchant quelle contenance prendre. L'éclusier estima qu'il était temps de battre en retraite. Il se leva maladroitement en serrant le dossier de sa chaise.

— À regret, nous devons vous quitter… Comprenez, demain on se lève tôt.

Clémence les vit avec soulagement se diriger vers la porte, qui carillonna. Elle se retrouva seule face à sa mère. La Franquin, qui avait espéré jusqu'au dernier moment voir apparaître Maurice, ne comptait pas.

— Ton père est mort des complications d'une tuberculose osseuse. Il est resté plusieurs mois à Beck. Il a connu de longues périodes de rémission. Nous avons même pu faire d'interminables promenades sur la plage…

Clémence n'aurait su dire si la Franquin écoutait ou pas. Elle jouait avec sa cuillère et formait des arabesques avec un reste de crème dans le fond du plat.

— Et tu es partie, comme un petit toutou, dès qu'il t'a sifflée ?

— Ne sois pas ridicule. Il allait mal. Quand on s'est rendu compte qu'il n'y avait plus d'espoir, les bonnes sœurs ont été très compréhensives. Elles m'ont permis de rester avec lui. Elles m'ont installé un lit de camp dans sa chambre, ce qui, en principe, est interdit. De temps en temps, je devinais sa main qui me cherchait dans le noir.

— Tu étais son phare !

La mère de Clémence fit celle qui n'avait pas entendu.

— Le dernier soir, il a réclamé une bière et des huîtres… Oui, des huîtres, comme vous. C'est la dernière chose qu'il aura goûtée sur cette terre. Tu sais, ton père n'a jamais eu une vie facile.

— Première nouvelle !

— Il a peut-être eu le tort de voir tout en grand. Courtier en assurances maritimes, les bateaux restaient à quai. Quand il s'est lancé dans l'élevage de visons au Canada, les cages se sont retrouvées vidées par une épidémie... Il n'a jamais eu de chance.

Clémence se rendit compte qu'elle n'en avait jamais autant appris sur son père que pendant cette soirée de réveillon.

Julieta fut la première à remarquer l'absence des bagues aux doigts de Léonie Franquin. Rien n'échappait à son œil impitoyable. Elle profita d'un moment où sa patronne montait à sa chambre pour faire la sieste pour glisser entre deux portes :

— Il l'aura lessivée jusqu'à la moelle, ce salopard, dit-elle à Clémence en parlant des bagues.

Clémence se demanda comment Julieta réussissait ce prodige de passer de ce langage de charretier à celui de petite sainte-nitouche qui devait être le sien quand elle rentrait chez elle.

— Elle les a peut-être rangées quelque part.

— T'es aveugle ou quoi ?

Clémence avait protesté pour la forme, convaincue au fond que Julieta avait raison.

Au mieux, les bagues se trouvaient sur les rayons poussiéreux d'un quelconque mont-de-piété, voie de garage obligée de toutes les détresses humaines. Au pire, il les avait glissées dans sa poche pour les revendre en profitant « de la bonne occasion ». Bien entendu, la Franquin n'avait jamais vu la couleur de l'argent. Que pouvait-on attendre d'un marlou à la petite semaine qui savait si bien conter fleurette à une dame vieillissante ? Ni l'une ni l'autre ne savait à quoi pouvait bien ressembler ce fameux Maurice dont la présence invisible gâchait chacune de leur journée depuis le retour de la Franquin. Julieta aurait sans doute passé pour une voleuse si on l'avait surprise en train de fouiller les bagages de Léonie, mais elle n'avait pas réussi à mettre la main sur la moindre photographie.

— C'est peut-être mieux ainsi, la mémoire finit par embellir les souvenirs, observa une Julieta fataliste.

Elles avaient noué une forme d'alliance pour protéger Léonie Franquin et pour tenter de lui faire oublier ce Maurice. D'abord par solidarité féminine, ensuite parce que ce Maurice concentrait à lui seul aux yeux de Clémence toute la rancœur qu'elle éprouvait à l'égard des hommes.

C'était le début de l'après-midi. La Franquin devait être dans sa chambre. Clémence replaçait les chaises autour des tables. Julieta enfila son manteau pour rentrer chez elle. Le trajet lui permettait d'accomplir sa mue et de se remettre au diapason de l'austère puritanisme de ses parents. Elle demanda soudain :

— Comment la Franquin a-t-elle pu se laisser avoir par un petit maquereau sans envergure ?

— C'est pire qu'un maquereau. Qui sait ? Il a peut-être une cuisinière dans laquelle il s'apprêtait à la brûler comme ce criminel de haut vol. Comment s'appelle-t-il, déjà ?

— Landru.

— Oui, c'est ça, Landru. Avec les hommes, il faut toujours s'attendre au pire.

Elles éclatèrent de rire. Soudain, le visage de Julieta changea de couleur. Clémence se retourna. La Franquin se tenait, livide, dans l'encadrement de la porte. Elle avait tout entendu. Elle avait l'air si triste qu'elles rougirent sous le coup de la honte. Elles savaient que leur cruauté joyeuse l'avait profondément blessée.

— Excusez-nous, dit Clémence en baissant la tête.

Léonie Franquin eut un petit geste évasif de la main.

— Vous pouvez me suivre jusqu'à mon bureau, Julieta ?

— Ça y est, mon compte est bon, marmonna celle-ci.

Depuis le retour de Léonie, Julieta ne cessait de répéter qu'elle était en sursis. Sa patronne allait reprendre sa place derrière les fourneaux. La perspective de perdre son travail l'angoissait. Elle n'avait aucune envie de reprendre le chemin du collège et de faire l'aller-retour chaque jour entre Attigny et Vouziers. C'était d'autant plus probable que, durant les dix premiers jours de janvier, le canal avait gelé, privant *L'Écluse* de la présence des mariniers. Elle avait réussi à soustraire à l'avidité toute terrestre de ses parents la totalité des pourboires que Clémence et elle se partageaient, de sorte qu'elle se trouvait à la tête d'un joli petit pécule. Elle n'avait aucune envie que ça s'arrête.

L'estomac noué, elle pénétra dans le bureau. En fait, ce n'était qu'un cagibi contigu à la cuisine, aménagé dans ce qui avait dû être autrefois un poulailler ou une écurie. On y entrait en baissant la tête. Y régnaient encore des relents d'odeur fauve et terreuse. Le papier peint défraîchi posé pour donner un air plus avenant aux murs était constellé de taches. L'espace était entièrement occupé par une petite table encombrée de papiers. Léonie Franquin se laissa choir sur une chaise avec un soupir.

— Assieds-toi, dit-elle en gratifiant Julieta d'un sourire mélancolique. Vous vous êtes bien débrouillées pendant mon absence. Je n'aurais jamais cru que deux gamines de votre âge réussissent à maintenir *L'Écluse* à flot. Mieux que ça, d'ailleurs, les recettes ont presque doublé.

Julieta fut déconcertée par l'entrée en matière. Léonie Franquin émit un petit ricanement désabusé.

— Remarque, je l'ai sauvée aussi à ma façon, compte tenu de ce qui s'est passé là-bas. J'ai su rentrer à temps.

L'aveu avait quelque chose de pathétique. Qu'est-ce qui s'était passé là-bas ? De folles nuits à fréquenter les endroits à la mode ? S'était-elle mise à courir les boutiques de luxe, Maurice à son bras, pour lui offrir des montres ou des pulls en cachemire hors de prix ? S'étaient-ils retrouvés dans des salles de jeux clandestins ? Avait-il rassasié ses sens ? Comme si elle lisait dans ses pensées, Léonie ajouta :

— Pendant ces quelques semaines, j'ai eu l'impression de recommencer à vivre…

Toutes les poussières de souvenirs qui brillaient dans ses yeux s'éteignirent. Un tapis de feuilles mortes venait de recouvrir d'un coup l'âme de Léonie Franquin.

— Si tu veux continuer à travailler ici, je vous garde toutes les deux. Je devrais réussir à vous payer.

Lorsque Julieta retrouva Clémence, celle-ci lui demanda :

— Alors ?

— Elle nous garde. C'est vraiment une drôle de bonne femme !

Les deux hommes qui jouaient aux fléchettes ne comprirent pas pourquoi ces deux jeunes filles se jetaient dans les bras l'une de l'autre.

Chaque fois qu'elle croisait Mathias dans les rues d'Attigny, il lui décochait des regards haineux, si bien qu'un jour, n'y tenant plus, elle lui lança :

— Pourquoi t'as crevé mes pneus ? Et la lettre anonyme, c'est toi aussi ?

Il la regarda avec un air de défi.

— Je n'ai rien fait.

Le trouble qu'elle lut sur son visage fut pire qu'un aveu.

— Tu peux être content de toi, je ne le vois plus.

— Tant mieux ! Quand une gamine couche avec un homme marié, ça ne peut que mal se terminer.

— Il est marié ?

— Il ne te l'a pas dit ?

Son rire résonna, sarcastique et cruel, avant qu'il ne tourne les talons. Elle l'avait apostrophé non loin du bureau de poste. Elle s'aperçut que

Solange Guilbert avait ouvert la fenêtre afin de ne pas perdre une miette de leur conversation. Après tout, qu'importe ! Le scandale avait l'air de s'apaiser, comme si, après la période des fêtes, on se hâtait de penser à autre chose. Il lui arriva aussi de croiser Le Cloarec. Une fois, il s'arrêta même pour bavarder avec elle, ignorant les regards des passants. Conversation banale qui lui fit très mal.

— Comment vas-tu ?

— Bien, et vous ?

— Bien.

— J'ai acheté un recueil de poèmes de Rimbaud.

— Ah ! Quel poème as-tu lu ?

— *Le Bateau ivre.*

Elle fut tentée de lui dire : « J'aurais aimé que vous me l'expliquiez. » Elle réussit à se taire. Un amour qui se brise, ce n'est tout de même pas la fin du monde.

— Je passerai un de ces jours à *L'Écluse.*

— N'ayez crainte, on vous servira.

La Franquin ne lui ayant rien dit, elle continua d'occuper sa chambre minuscule. Elle s'y sentait bien, même si, parfois, elle était hantée par le souvenir du corps de Le Cloarec.

La vie avait repris son cours normal. C'est à peine si on évoquait encore les incendies. De lourds tombereaux chargés de fumier tirés par des chevaux traversaient le bourg pour aller fumer les champs avant les labours de printemps. Parfois, un des conducteurs attachait la longe de son solide ardennais à un poteau. Il descendait ensuite jusqu'à *L'Écluse* et avalait sur le pouce un petit verre d'eau-de-vie pour

« se donner du cœur au ventre ». Chaque vendredi, Léonie se chargeait de remplir la glacière de poissons frais. Elle avait de longues conversations avec le marchand ambulant. Elle semblait petit à petit reprendre goût à la vie.

Lorsque Clémence retourna voir sa mère, celle-ci ne manifesta qu'un étonnement irrité :

— Tu ne travailles pas ?

— Non. Mais je peux partir, si je te dérange.

— Tu ne me déranges pas, mais…

Clémence termina mentalement la phrase : « mais ce serait aussi bien que tu ailles au diable ». Contrairement à ce qu'elle espérait, sa mère ne lui reparla pas de son père. Elle ne tenta même pas d'expliquer pourquoi elle avait passé sous silence tous leurs échanges. Ils avaient bien dû se téléphoner. S'écrire. Elle n'osa pas poser de questions. Comprendre sa mère était aussi difficile que d'essayer de déchiffrer un grimoire d'alchimiste.

— Tu as conservé ta chambre à *L'Écluse* ?

— Oui, la Franquin ne m'a pas encore chassée.

— Tu peux revenir si tu veux, dit-elle sans en penser un mot.

— Ce ne sera pas nécessaire.

Sa mère ignora son ton sarcastique. Clémence revint pourtant la voir une ou deux fois, sachant que c'était inutile.

La dernière fois, sa mère lui dit :

— Ah, te voilà ! Tu arrives au bon moment.

Une valise était ouverte sur la table. Sa mère avait commencé à y plier quelques vêtements.

— Tu pars en voyage ?

— Oui, un tout petit voyage. Je me suis mise avec Jules.

— Jules ?

— Jules Mérat, tu le connais.

Soudain anxieuse, elle demanda :

— Ça te contrarie ? Je suis encore jeune, tu comprends…

— Je n'ai pas à juger. Tu es bien libre de faire ce que tu veux.

— J'aime mieux ça. Il paraît que tu as eu une aventure avec l'instituteur ?

Clémence apprécia le fait qu'elle ne lui fasse pas de sermon. Elle était déjà dehors quand sa mère lui cria :

— Fais attention au moins. Il ne faudrait pas que…

— Que je tombe enceinte ? Et que je détruise ma vie comme j'ai détruit la tienne ? C'est à ça que tu penses ?

— Mais non ! Mais il n'y a rien de pire qu'un enfant non désiré.

Clémence se jura de ne plus remettre les pieds dans cette maison. Quelques jours plus tard, elle apprit de la bouche de Julieta que sa mère avait été mordue par Vasky, le chien de Jules Mérat, et que la morsure avait pris une vilaine tournure.

— Jalousie de chien. Elle n'a pas supporté qu'une autre femelle vienne lui faire concurrence, avait conclu Julieta.

Les jours suivants, Clémence s'inquiéta du sort de sa mère. Et si le chien avait la rage ? Julieta la rassura.

Plus tard, on se demanda pourquoi ce soir-là le patron de la *Southern Moon* défia Van Leyden, le propriétaire de *La Belle Étoile*, au bras de fer.

— Dépêche-toi de débarrasser la table, demanda Van Leyden à Clémence.

Depuis le retour de Léonie Franquin, il leur arrivait souvent de servir des dîners légers aux mariniers qui passaient la nuit à quai. Des potages qui tenaient au corps, agrémentés parfois d'une tranche de poitrine ou de rosbif froid avec de la salade qui provenait du jardinet de *L'Écluse*. Mais le plus souvent, les convives devaient se contenter d'omelettes au jambon. *La Belle Étoile* était arrivée en fin d'après-midi, s'était amarrée en amont de l'écluse pour décharger une cargaison de chaux. Elle devait repartir le lendemain avec plusieurs tonnes de sucre dans ses cales. Clémence donna un rapide coup de lavette sur la table. Van Leyden et le patron de la *Southern Moon* ôtèrent leur veste. Van Leyden remonta sa manche de chemise sur son avant-bras musculeux orné d'un tatouage de sirène. Quelqu'un se proposa pour arbitrer l'affrontement entre les deux hommes. Van Leyden remporta le premier assaut. Il mit un jeton de 421 dans un pot en étain pour comptabiliser sa victoire. Son adversaire remporta la deuxième assez facilement. Ils n'arrivaient pas à se départager et le combat durait. Les veines de leur cou se gonflaient à chaque reprise, prêtes à éclater dans un affrontement sans merci. Les deux hommes, coudes vissés à la table, poings noués, ne se souriaient plus. L'odeur aigre de leur sueur se mêlait à celle du tabac, dont la fumée les enveloppait d'un nuage bleuté.

Marius Gontard, debout derrière eux, son verre de bière à la main, s'exclama, sans doute pour détendre l'atmosphère qui s'alourdissait au fur et à mesure des reprises :

— Moi, je n'en ferais qu'une bouchée de ces deux gringalets !

La masse de son corps en avait toujours imposé et on savait qu'il ne plaisantait qu'à moitié. Quelques rires fusèrent parmi l'assistance. Les deux mariniers étaient devenus le centre de l'attention. Même les joueurs de belote coinchée avaient interrompu leur partie pour suivre le duel, car il était apparu très vite qu'une sourde rivalité opposait les deux hommes, et que cela allait bien au-delà du simple jeu de force. Clémence pensa qu'ils se détestaient pour une raison connue d'eux seuls. Elle aussi avait cessé son travail pour les regarder. Bientôt régna autour de la table une tension électrique. Van Leyden laissa échapper un souffle rauque qui libéra d'un coup l'air contenu dans ses poumons. Lorsqu'il réussit à basculer le poing de son adversaire, un murmure d'admiration parcourut l'assistance, car chacun avait choisi son champion qu'il encourageait de discrets claquements de lèvres. Van Leyden s'essuya le front, sur lequel les veines dessinaient des arabesques. La Franquin suivait la partie derrière son comptoir d'un œil morne et indifférent. Cela lui rappelait un combat semblable, où elle avait été l'enjeu. Sans honte aucune, elle avait couché avec le vainqueur, un solide bûcheron finlandais qui avait été incapable de la faire jouir. Elle était à peine plus âgée que Clémence, à cette époque-là.

Personne ne gagna. Les deux hommes se séparèrent sans se serrer la main. Ils se retrouvèrent au milieu de leurs partisans, qui les congratulèrent bruyamment. La bière et le vin coulaient à flots et la soirée se prolongea tard dans la nuit. Le marinier qui avait arbitré la partie regagna sa péniche et revint avec un accordéon. Les uns après les autres, les hommes firent danser Clémence. Quand elle s'arrêtait, la tête lui tournait un peu. La sensation était agréable. La Franquin rit aux éclats quand Marius Gontard vint la déloger de derrière son comptoir pour la conduire sur la piste improvisée. Elle le laissa faire lorsqu'il la pelota un peu.

— Et ta femme ? lui dit-elle à l'oreille.

— Elle dort comme une souche.

« Léonie a déjà oublié Maurice », songea Clémence. Cette fête spontanée les libéra de la tension de cette dernière heure. Ce n'est que lorsque le marinier rangea son accordéon que quelqu'un remarqua :

— Tiens, nos deux lascars se sont éclipsés.

Les deux adversaires étaient partis depuis un moment. Van Leyden, arrivé à la hauteur de *La Belle Étoile*, resta à réfléchir, les mains dans les poches, en contemplant la silhouette massive de sa péniche qui se découpait dans la pénombre. Elle paraissait indestructible, et pourtant il était certain que c'était le patron de la *Southern Moon* qui avait tenté d'y mettre le feu. Les flammes avaient dû se voir de loin, même s'il avait réussi à les éteindre en deux ou trois seaux d'eau puisée dans le canal, mais il n'en avait pas dormi pendant plusieurs jours. Tout ça parce qu'un jour où il avait trop bu il avait fait du gringue à sa femme. C'était une belle femme plantureuse et avenante qui n'avait pas eu l'air de s'en plaindre.

Ses rapports avec les femmes avaient toujours été compliqués. Pour cette raison, il préférait rester seul. Il se contentait des filles d'escale. Elles poussaient des petits cris de souris quand il les mettait derrière la barre en leur donnant l'illusion qu'elles pilotaient la péniche. Une nuit, l'une d'elles avait secoué si fort la cloche du pont qu'elle avait réveillé toutes les péniches amarrées autour de *La Belle Étoile*, et ça avait fait un sacré grabuge. On avait entendu parler de l'histoire jusqu'à Amsterdam ! Il jeta son mégot dans l'eau du canal. Il avait un mal de crâne épouvantable. Il parvint difficilement à garder son équilibre sur la passerelle. « Bon sang, je ne sens plus mon épaule ni mon bras. Ce n'est plus de mon âge, des foutaises pareilles ! »

L'affrontement entre les deux mariniers et l'étrange bal qui s'ensuivit laissèrent dans les esprits une impression curieuse. Personne ne crut un seul instant à une coïncidence lorsque l'officier de police enjamba la passerelle de *La Belle Étoile*. Il discuta de longues minutes sur le pont avec Van Leyden avant de se diriger vers la *Southern Moon*, au moment où le mousse venait de faire sauter l'amarre capelée à la bitte, s'aidant ensuite d'une gaffe pour écarter la péniche de la rive. L'inspecteur ordonna au mousse d'interrompre la manœuvre et de remettre la passerelle en place. Le visage du propriétaire apparut dans l'écoutille levée.

— Qu'est-ce qui se passe ? grogna-t-il.

Bientôt, il arriva sur le pont. Sa corpulence était impressionnante. Sa grosse face impénétrable examina d'un regard inamical l'officier de police des pieds à la tête. Il avait des cheveux déjà grisonnants, bien qu'il n'ait pas encore passé quarante ans.

— On m'a raconté que c'était une sacrée bagarre, dit l'officier de police comme entrée en matière.

Le marinier haussa les épaules. Il précéda d'une démarche flegmatique son visiteur dans la cabine. Le salon était exigu. Entre la timonerie et le salon, la cuisine se situait à droite avec ses cuivres parfaitement astiqués. Plus éloigné, à gauche, se trouvait le cabinet de toilette. Il y avait dans la pièce une forte odeur d'encaustique. Avec son chandail crasseux porté à même la peau, le marinier ne s'occupait certainement pas du ménage. Ça ne pouvait être qu'une femme qui entretenait ainsi l'intérieur de la péniche. L'officier de police resta assez longtemps à bord pour qu'on conclue à un interrogatoire. Un jour là, un autre ailleurs, les mariniers avaient l'habitude de régler leurs comptes entre eux. Personne n'aurait supporté que des étrangers viennent fourrer leur nez dans leurs affaires. Il existait une vraie solidarité entre les gens du fleuve, tout comme ils s'imposaient la loi du silence. Il suffit de quelques minutes à l'officier de police pour comprendre qu'il ne tirerait rien du propriétaire de la *Southern Moon*, qui s'évertuait à répondre à côté de ses questions. Peut-être faisait-il fausse route en essayant de lier la tentative d'incendie de la péniche avec les autres incendies. Van Leyden, pendant ce temps, se demandait comment cette histoire avait bien pu revenir aux oreilles de l'enquêteur.

La Franquin, qui redressait une réclame d'apéritif sur la devanture de son café, appela Clémence.

— Viens voir, il y a un drôle de type qui débarque de la *Southern Moon*. On ne peut pas dire qu'il ait le pied marin. Vise un peu l'allure. On dirait un canard avec du plomb dans l'aile.

— C'est l'officier de police.

— Je ne me rappelle pas l'avoir jamais vu ici.

Jason, le localier, crut qu'il était en train de conquérir la Toison d'or. Si dans son article où il évoquait la tentative d'incendie sur une péniche il s'en tenait à des généralités sans apporter d'éléments nouveaux, cette fois il avait une vision assez précise des faits. L'enquête s'orientait vers le milieu des mariniers, ce qui soulagea les habitants de la petite ville. Après tout, c'étaient des étrangers dont on ne savait pas grand-chose. Ils ne faisaient que passer. De là, on pouvait tout supposer. Ce n'était pas dit aussi clairement, car Jason ne tenait pas à se faire rappeler à l'ordre par son rédacteur en chef, mais on pouvait le comprendre en lisant entre les lignes. Il alla jusqu'à écrire en conclusion : « Cette fois, l'incendiaire est pris dans la nasse. »

Puis on le vit plus souvent à *L'Écluse*. Il traînait parfois de longues heures sur les berges du canal en observant le va-et-vient des péniches. Quand il entrait au café, il devait racler les semelles de ses chaussures sur le gratte-pieds de l'entrée, car février avait amené un radoucissement des températures qui s'était traduit par des pluies abondantes et précoces. Il lui arrivait aussi de parler avec Marius Gontard, mais l'éclusier ne lui apprit rien d'intéressant. Clémence et Julieta se disputèrent l'honneur de servir ce nouvel habitué. Il restait quelquefois à *L'Écluse* pour écrire ses articles. Un après-midi, il proposa à Clémence de l'emmener en balade un dimanche. Elle lui rit au nez.

Deux gamins se poursuivaient autour du kiosque à musique. L'un d'eux cria :

— Tu n'es qu'un pif à morve !

Ils se jetèrent l'un sur l'autre et roulèrent à terre. Ce ne fut bientôt que halètements furieux et bruits de vêtements déchirés. De temps en temps, un mollet battait l'air. Un poing frappait sans atteindre sa cible. Des injures fusaient. Il était question d'une mère qui couchait avec le cantonnier, d'une famille d'alcooliques maudits jusqu'à la cinquième génération. Ils s'écharpaient avec une application mauvaise sans qu'aucun d'eux ne réussisse à prendre le dessus. Le Cloarec, qui s'était approché, reconnut deux de ses élèves. Il se garda bien d'intervenir. Une femme qui profitait de la douceur de l'air en ce début du mois de mars pour promener son enfant dans un landau démodé fit un détour pour suivre la bagarre. La nacelle du landau était en osier et ses roues étaient plus hautes à l'arrière qu'à l'avant. « On dirait le landau qui dévale le grand escalier d'Odessa dans *Le Cuirassé Potemkine* », se dit-il. Bien qu'il n'ait jamais éprouvé la moindre sympathie pour les communistes, il n'en admirait pas moins le talent d'Eisenstein, devenu le cinéaste officiel du parti.

Quand son bébé se mit à hurler, elle ne put se contenir :

— Arrêtez de vous battre… Vous n'avez pas honte ? Ah, vous avez bonne mine ! Et puis…

Un tracteur qui passait sur la route en tirant une lourde charrue couvrit le reste de sa phrase. Le combat avait cessé. Les deux gamins se retrouvèrent côte à côte, adossés au mur du kiosque à musique. Un mince filet de sang coulait de la bouche du plus grand. Les badauds se dispersèrent. La femme au landau s'éloigna. Clémence sortait de l'épicerie, un lourd cabas à la main. Le Cloarec l'aperçut. Il l'appela. Depuis quelque temps, une idée lui trottait dans la tête, et c'était peut-être l'occasion de lui en parler. Elle se dirigea vers lui en souriant.

— Tu es ravissante aujourd'hui. Tu veux que je t'aide à porter ton cabas ?

— Non, ça ira.

Ce jour-là, elle portait une jupe à larges plis qui lui arrivait juste en dessous des genoux et un chemisier avec une ganse blanche autour du col et des poignets. Ses cheveux blonds soyeux ramenés en arrière donnaient à son cou une élégance de cygne. Ce fut plus fort que lui, son regard glissa sur ses seins, qui tendaient l'étoffe du chemisier. Un regard d'imagination qui parcourut sa peau nue, les courbes de son corps. Il s'aperçut qu'elle le fixait avec un sourire narquois. Il se mit à bredouiller, employant un mot pour un autre avant de se lancer dans une tirade sur les procès de Budapest, sur la peine de mort que risquaient la plupart de ceux qui avaient participé au soulèvement de l'année précédente.

— Il n'y a que les communistes pour croire à un jugement impartial, finit-il par conclure.

Elle le regardait avec des yeux ronds, le même sourire narquois flottant sur ses lèvres. Ainsi donc, il la désirait encore. Il n'avait fait que glisser son désir sous le tapis des conventions sociales. Sa découverte la prit de court. Elle se mit à revivre sa nuit avec lui. Elle repensa à sa stupéfaction quand, en soulevant les paupières, elle avait vu ses cheveux entre ses cuisses comme un petit animal à fourrure. Un genre de skuns butinant son joli coquillage à la manière d'une abeille butinant une fleur de chardon. En pensant au skuns, elle faillit éclater de rire.

La conversation se poursuivit un peu comme deux trains lancés sur des voies parallèles. Le premier transportait l'ordinaire des mots que tout le monde pouvait entendre. L'autre, les images de leur sensualité secrète. Images inavouables et poétiques émaillées de courts silences pour réveiller leurs souvenirs.

— Je me demande bien combien vont être pendus.

— Pardon ?

— Tu ne m'écoutais pas ?

— Je pensais à autre chose. Excusez-moi.

Elle rougit violemment. Ils se serrèrent la main. Elle s'éloignait en pestant contre la lourdeur du cabas quand il la rappela. Elle pensa qu'il voulait l'interroger à propos de la tentative d'incendie sur *La Belle Étoile*. Après tout, n'était-elle pas aux premières loges ?

— J'ai oublié de te dire…

— Je vous écoute.

Elle retrouvait peu à peu la maîtrise d'elle-même, se demandant si elle n'exagérait pas sa froideur.

— J'ai l'intention de créer un ciné-club avec l'aide de l'abbé Arnaud, qui s'occupe du cinéma paroissial. Il m'a assuré qu'il pouvait trouver des films anciens. On commencerait avec *Jeux interdits* ou *Jour de fête*. Qu'en penses-tu ?

— Pourquoi pas, c'est une bonne idée, mais moi, le cinéma, vous savez…

— Cette idée de ciné-club m'est venue à notre retour de Vouziers. Il y avait tellement à dire sur le film que depuis je me sens frustré.

— Si ma mémoire est bonne, vous avez préféré vous pencher sur autre chose que sur le film.

Il ne releva pas l'allusion. Il cherchait surtout à la convaincre de l'originalité de son idée.

— En général, les membres d'un ciné-club se réunissent après la projection dans un bistrot autour d'une bière pour discuter des films. On s'engueule copieusement, car personne n'a jamais le même avis sur un film, c'est ce qui est enrichissant et excitant. Des ciné-clubs, il en naît un par semaine à Paris. Pourquoi on resterait à la traîne en province ?

— C'est pas trop ambitieux pour une si petite ville ?

Sa question, pourtant innocente, le cueillit à froid. Combien de fois ne s'était-il pas demandé si sa passion ne l'emmenait pas trop loin ? On se levait tôt par ici, car on travaillait dur dans les champs. À la sucrerie. À la forge. Et les gens avaient autre chose à penser qu'au cinéma. Mais il y avait leurs enfants, les collégiens et les lycéens qui revenaient en fin de semaine. C'est eux qu'il comptait attirer pour faire vivre son ciné-club.

— Il suffit de quelques bonnes volontés pour gagner la partie. J'espère que tu seras à mes côtés. Le cinéma nous aide à comprendre la vie et en même temps à nous évader de la vie. Tu vois ce que je veux dire ?

— Oui.

Certes, elle voyait toutefois sans comprendre où il voulait en venir. Avait-il l'intention de l'entraîner dans une cabine de projection pour lui faire l'amour sur un lit de pellicules ? Elle fut prise d'un de ces fous rires qu'elle ne parvenait pas à contrôler. Elle en avait les larmes aux yeux.

— Tu te moques de moi, dit-il, vexé.

— Non, pas du tout. C'est juste une idée qui m'a traversé l'esprit.

Il fronça les sourcils puis il poursuivit :

— Aucun genre ne serait exclu. L'abbé Arnaud est d'accord avec moi, car c'est un esprit ouvert. Pas plus les policiers que les comédies ou les films d'aventures. On pourrait aussi faire découvrir les films poétiques, des petites merveilles comme *La Belle et la Bête* ou bien *Orphée*, de Jean Cocteau. Tu en as entendu parler ?

— Ce n'est pas le genre de film qu'on va voir avec les copains.

D'ailleurs, elle ne savait pas qui était cet Orphée dont il parlait avec un sanglot dans la voix. En tous les cas, elle était certaine d'une chose, il se préparait bien des désillusions s'il s'entêtait.

— Bon, il faut que j'y aille.

Elle aimait cette heure particulière du soir, quand elle se retrouvait seule dans la grande salle vide.

Elle aimait son royaume de chaises, de tables et de sciure. Elle aimait se verser un fond d'eau-de-vie dans un petit verre au cul épais. Elle aimait sentir le parcours de la brûlure de l'alcool à l'intérieur de son corps. C'était presque devenu un vice auquel elle s'adonnait avec délice au moment de préparer la salle pour le lendemain. Bols, cafetière, serviettes à carreaux rouges et corbeilles prêtes à recevoir les croissants ou le pain chaud. Le dernier marinier était parti depuis une demi-heure au moins. En sortant, il avait contemplé le ciel étoilé.

— Bigre, le vent tourne ! Il va y avoir une sacrée gelée cette nuit.

— On est déjà au printemps, protesta la Franquin.

— Les gelées de printemps sont les pires.

Il avait vidé le foyer de sa pipe en le cognant contre le talon de sa chaussure. La nuit l'avait absorbé au moment où il remontait le col de sa vareuse.

Elle mit une ardeur joyeuse à laver le sol. Elle commença à épandre une nouvelle couche de sciure. Elle parcourut la salle du regard une dernière fois pour vérifier que tout était en ordre. Elle défit sa blouse, étouffa un bâillement puis se resservit le même fond d'eau-de-vie. « Pas de quoi fouetter un chat », se dit-elle avant d'aller raccrocher les volets en bois. À ce moment-là, des coups violents retentirent contre la baie vitrée. Elle reconnut le visage de sa mère, les cheveux en bataille, la bouche crispée.

— Qu'est-ce qui se passe ?

— Dieu merci, tu es là. Il faut que tu viennes nous donner un coup de main.

— Qui ça, nous ?

— Jules et moi. Il va geler cette nuit et la récolte de pommes sera fichue si on ne fait rien. Les bourgeons ont commencé à sortir à cause de la vague de chaleur trop précoce. On va allumer des braseros dans le verger et on doit pouvoir compter sur tout le monde.

Sa mère était descendue jusqu'à *L'Écluse* uniquement parce qu'elle avait besoin d'elle. Cela la rendit à la fois furieuse et triste. Elle n'avait aucune envie de voler au secours de Jules Mérat, qu'elle détestait, c'est pourtant ce qu'elle fit. Une fois dehors, sa mère lui dit :

— Prends ton vélo, moi, je vais chercher les autres.

L'après-midi, l'air avait encore une douceur printanière et parfumée. À présent, un froid âpre lui mordait le visage. Elle dépassa la ferme où sa mère vivait maintenant, puis les restes de la grange calcinée et leur ancienne maison. Elle distinguait sa masse sombre dans l'épaisseur de la nuit. Elle eut envie de pleurer. Il restait encore trois kilomètres avant d'atteindre le verger sur la route de Châlons. Elle aperçut bientôt le ballet des torches au milieu du verger planté sur une colline. Leur lueur mouvante arrachait un court instant les branches à la nuit avant de les replonger aussitôt dans une obscurité qui n'en paraissait que plus dense. De loin, elle entendit des éclats de voix. Quelqu'un demandait de se presser, il fallait prendre le mauvais temps de vitesse. C'était la voix de Jules Mérat. Elle ne s'attendait pas à ce qu'il y ait autant de monde. Des vélos étaient couchés contre le talus qui bordait le verger et des voitures stationnaient sur le bas-côté. C'était donc toute une équipée qu'on avait réussi à organiser à la hâte. On avait tiré des gens de leur lit, convaincu d'autres de se joindre aux premiers.

Elle rejoignit les hommes qui déchargeaient les braseros d'un fourgon tiré par un cheval que l'éclat des torches effrayait. Il tapait du pied. Elle vit Pierre emporter un des braseros entre les pommiers, éclairé par quelqu'un qui le suivait avec une torche.

— Ah, te voilà !

Elle sursauta. Jules Mérat se tenait derrière elle.

— À la différence de ta mère, je ne pensais pas que tu viendrais.

Sa présence avait donc été l'enjeu d'un pari, ce qui ne fit que redoubler sa colère. Elle sentit soudain tout le poids de la fatigue de la journée. Jules la fixa avec un certain étonnement.

— Tu ne te sens pas bien ?

— Non, ça va. Mais je voudrais savoir ce que je dois faire.

— Nous n'avons guère de temps devant nous. Plus nous serons nombreux, mieux ça sera. Tu vois le tas de bois ? Remplis les braseros avec et arrose-les de pétrole. Excuse-moi, je dois filer.

Elle était d'une humeur exécrable. Elle se mit néanmoins au travail. Le tas de bois était composé d'un mélange de charme, d'érable et de bouleau, des espèces très inflammables. Elle aurait dû penser à prendre des gants pour éviter de s'enfoncer des échardes dans les mains. Puis elle versa le pétrole sur les bûches. Derrière elle, quelqu'un passa avec une torche pour y mettre le feu.

Elle entamait sa deuxième rangée quand, soudain, un souffle brûlant l'enveloppa. Elle poussa un cri terrible. Elle n'eut que le temps de bondir en arrière.

— Tu n'as rien ?

— Non, je ne crois pas.

Mathias avait surgi devant elle, l'air embarrassé.

— Je ne l'ai pas fait exprès, crois-moi. Oh, tes cheveux ont brûlé !

— Il ne faut rien exagérer, c'est juste une mèche calcinée.

Sa mère arriva en courant, Vasky, qui ne la lâchait plus, sur ses talons.

— Tu vas bien ?

L'inquiétude se lisait sur son visage. Clémence en fut touchée.

— Viens prendre un peu de vin chaud, ça te fera du bien. Toi aussi, Mathias.

La plupart des braseros étaient maintenant enflammés, plongeant la colline au verger dans une féerie d'ombres et de lumières, narguant le gel, protégeant les bourgeons. Dans la couleur muette de la nuit, le spectacle était fascinant. Vasky bondissait autour de la mère de Clémence, qui essayait en vain de le calmer avec de petites tapes sur la tête, ce qui ne faisait que redoubler son envie de jouer. La bassine de vin chaud était installée sur un trépied à côté du fourgon. Pierre remplissait les gobelets. Des morceaux d'orange et de pomme surnageaient à la surface de la bassine, d'où s'élevait une puissante odeur de cannelle.

— C'est toi que j'ai entendu hurler ? demanda Pierre à Clémence.

— Oui, cet abruti a failli me transformer en Jeanne d'Arc sur son bûcher.

— C'est vrai ?

— C'était un accident.

À la première gorgée, Clémence se rendit compte qu'on n'avait pas lésiné sur l'eau-de-vie. Autour d'eux, on s'apprêtait à partir. On avait réussi à prendre le gel de vitesse et chacun en tirait une vive satisfaction. Il commençait à mordre les doigts et à râper les visages. À côté de Jules Mérat, qui les avait rejoints, Hélène paraissait radieuse. Clémence surprit même la main de l'homme se poser sur la hanche de sa mère, un geste furtif et tendre qui l'émut. En même temps, ce bonheur qui se dissimulait à peine la gêna.

— Jules, tu t'occuperas du vélo de la petite, moi, je la raccompagne en voiture. À cette heure-ci, c'est préférable.

Sa mère s'humanisait. Quand elle la déposa devant *L'Écluse*, un mince liseré de lumière dorée ourlait l'horizon.

S'il y avait une volonté délibérée de leur part de passer inaperçus, c'était raté. Il y eut d'abord la voiture, un modèle déjà ancien de Panhard décapotable. Capote baissée, ils la garèrent devant l'*Hôtel de France*. L'homme qui conduisait avait les cheveux ras taillés en brosse, un regard sans fantaisie abrité derrière des lunettes rondes de comptable. Il descendit de voiture en laissant la portière ouverte. Il portait un costume avachi en tweed beige et une chemise au col ouvert. Il chercha quelqu'un qui puisse le renseigner. Clovis Bastiani déposa à travers sa carriole le coffre vide de l'horloge franc-comtoise remontée de la cave qu'il était en train de débarrasser.

— Vous cherchez quelque chose ?

— La route de Roche.

— Vous lui tournez le dos.

Il leur indiqua la bonne direction tout en jetant des regards en coin à la jeune femme restée dans la voiture qui semblait se désintéresser de ses explications. C'était une grande bringue avec une masse abondante de cheveux d'un châtain ardent ramenée sur le dessus de la tête. Des yeux d'un vert profond dévoraient un visage tout en angles non dénué de charme. Elle portait une veste kaki avec deux grandes poches à rabat sur la poitrine, une veste de treillis sans doute dénichée dans un surplus américain. Le chiffonnier en avait écoulé tout un stock à la Libération et avait pu s'acheter avec les bénéfices un des premiers gramophones haute-fidélité sur lequel il écoutait Schubert, Bach ou Mozart. Ensuite seulement, il avait fait le siège de la mairie pour se faire installer l'électricité, même si, pour s'éclairer, il était resté fidèle à la lampe à carbure. Il se dit que plaire devait être le cadet des soucis de cette femme.

L'homme remonta à bord et prit la direction de Roche, sans refermer la capote alors qu'il faisait plutôt frisquet. « Des originaux », pensa-t-il. Le chiffonnier avait d'abord cru qu'ils allaient prendre une chambre à l'*Hôtel de France*, même s'il trouvait qu'ils formaient un couple plutôt mal assorti.

La Panhard grise réapparut en début d'après-midi. Le couple se dirigea vers le kiosque à musique, l'homme sortit un petit Leica et commença à mitrailler le kiosque comme s'il s'agissait d'un monument historique. À côté de lui, la femme prenait des notes. Elle portait un pantalon de la même coupe militaire que la veste. Elle avait détaché ses cheveux, qui lui tombaient en une cascade ondulante et extraordinairement vivante sur les épaules. Plus personne ne pouvait ignorer qu'elle s'appelait Karine, car l'homme au Leica lui demandait sans cesse : « Karine, est-ce que tu le veux sous cet angle ou sous celui-ci ? Karine ceci, Karine cela… »

Depuis ce matin, l'histoire de ce couple qui cherchait la route de Roche avait fait le tour d'Attigny. Leur retour provoqua un regain de curiosité. On aurait bien aimé savoir qui ils étaient. « Des guignols de Parisiens », avait tranché Bastiani. On se contentait de les observer de loin, sans oser s'approcher.

L'homme photographia la façade de la mairie au style Renaissance et le dôme improprement appelé dôme Charlemagne, car construit plusieurs siècles après les séjours de l'empereur à la barbe fleurie à Attigny. La ville fut longtemps une des résidences des premiers rois carolingiens. Pépin le Bref y organisa même un premier concile en 765.

Toujours en compagnie de la jeune femme, l'homme se dirigea vers l'écluse. Il prit plusieurs clichés des trois péniches qui attendaient de passer le bief. Puis ils entrèrent au café. Il n'y avait que deux mariniers, qui consultaient le guide officiel de la navigation fluviale. Ils n'étaient pas d'accord sur l'itinéraire à suivre. Il y avait eu un éboulement sur un des canaux qu'ils devaient emprunter et ils devaient faire un long détour.

Clémence suivait la conversation d'une oreille distraite. Le couple s'installa à une table d'où on apercevait le chemin de halage. Clémence s'approcha.

— Qu'est-ce que vous prenez ?

— Que boivent ces messieurs ? demanda la jeune femme.

— Des Picon-bière.

— Alors ce sera des Picon-bière.

La jeune femme suivit Clémence des yeux tandis qu'elle retournait à son comptoir. Elle se pencha vers l'oreille de son compagnon, qui hocha la tête en signe d'assentiment. Quand elle revint avec les consommations, la jeune femme ne la lâcha pas du regard. Face à elle, Clémence ne savait pas quelle contenance adopter.

— Est-ce que ça vous ennuierait qu'Ed fasse quelques photos de vous ? Je vous expliquerai…

— Si ça vous chante !

Après les photos, Karine eut une longue conversation plutôt amicale avec Clémence.

Le couple ne dormit pas à Attigny. En fin d'après-midi, il prit la route de Charleville. Jason donna un début d'explication dans un entrefilet qui parut le lendemain. Ils étaient venus faire des repérages pour un film qui se tournerait bientôt dans le Vouzinois et dans toutes les Ardennes sans doute, un film sur les amours si particulières de Rimbaud et de Verlaine. À la fin de son papier, il donnait même le titre du film, *L'Arpenteur de rêves*. Un autre monde venait de faire une irruption brutale dans une bourgade qui avait déjà bien assez de ses histoires et de ses petits secrets à préserver.

6

La Franquin leva les yeux. Le chiffonnier poussait sa carriole contre la devanture de *L'Écluse*, de façon à ne pas empiéter sur le chemin de halage, plutôt étroit à cet endroit.

— Qu'est-ce qu'il vient faire ici, celui-là ? Ce n'est pas son heure.

C'était dit sans méchanceté. Plus d'une fois, elle avait donné à Bastiani des litres consignés qu'il allait se faire rembourser à l'épicerie. Il entra, balaya la salle du regard comme un acteur jauge son public. Le patron de l'*Astrobale* finissait de déjeuner, entouré de sa femme et d'un jeune garçon aux cheveux d'une blondeur diaphane. Sans doute un mousse. On ne voyait pas souvent de femme ici. Lorsque les mariniers naviguaient avec leurs épouses, elles préféraient rester à bord pour préparer les repas. Gustave Hickels, le patron de l'*Astrobale,* s'était spécialisé dans le transport des céréales. Il avait acquis une certaine aisance, si bien qu'il pouvait se permettre de s'arrêter à *L'Écluse* pour y déjeuner avec sa famille. Il venait de charger de l'orge aux silos du port de Vouziers, destiné à plusieurs brasseurs du Nord.

— Salut, Clovis, dit un des trois ouvriers de la laiterie qui déjeunaient à une table voisine de celle des Hickels.

Ils portaient des pantalons et des vestes de toile blanche ainsi que des bottes en caoutchouc. À une autre table, un employé qui avait mangé seul faisait des mots croisés en attendant son café.

— Salut, les gars, lança le chiffonnier à la cantonade. Léonie, sers-moi une chopine.

Quelque chose avertit Léonie que Clovis se préparait à faire son numéro. Elle devinait chez lui une jubilation mal maîtrisée.

— Les desserts pour M. Gustave, annonça Julieta en déposant trois flans au caramel sur le passe-plat.

Le chiffonnier but une gorgée. Il s'éclaircit la voix et déclara :

— Les gens du cinéma sont revenus !

Si les trois ouvriers poursuivirent leur conversation à voix basse, tous les autres relevèrent la tête. Clémence se planta à quelques mètres de lui, un torchon sur l'épaule, et attendit la suite. D'après les bruits qui circulaient, on avait vu des gens, plutôt jeunes, poser des questions, prendre des photos, se renseigner sur le prix des chambres d'hôtel et, quand on les interrogeait, ils prétendaient qu'ils étaient en train de préparer un film sur Rimbaud. La petite ville était en émoi. Ils avaient demandé un rendez-vous au maire, qui les avait fait éconduire par sa secrétaire. Après les incendies, il se méfiait.

— C'était un accessoiriste et son assistant, ajouta le chiffonnier. À croire qu'ils sont incapables de faire quoi que ce soit par eux-mêmes, ces zigues-là. Vous savez ce qu'ils m'ont dit en entrant dans mon gourbi ?

— Clovis, ne nous fais pas languir, lui répondit la Franquin.

— « On ne s'attendait pas à trouver quelqu'un qui écoute la *Symphonie inachevée* par ici », et le plus petit, qui portait une casquette à carreaux, a ajouté : « Ah, le mystère, la fièvre du premier mouvement ! Vous êtes vraiment un drôle de type ! » Et il a mis sa main sur mon épaule. Après ça, je les avais à la bonne et je les ai laissés faire leur charivari dans ma tanière. Ils cherchaient des objets d'époque pour leurs décors.

Même Julieta avait interrompu son travail pour l'écouter.

— Qu'est-ce qu'ils voulaient ? demanda la femme du marinier.

— C'était au petit bonheur la chance. Et que j'te fouille la bonnetière, et que je te retourne le pétrin, et voilà qu'ils tombent sur une petite dizaine de verres à absinthe avec leurs cuillères. « Ça va leur permettre de taquiner "la muse verte", a dit le petit roublard. On prend. » Ensuite, ils sont tombés sur un lot de chapeaux melon. Je ne sais déjà plus pourquoi je conservais ces vieilleries. Peut-être bien pour nourrir les mites. « D'authentiques melons du siècle dernier ! Vous comprenez, le réalisateur veut de l'authentique. Il est capable de piquer une crise si un accessoire n'est pas d'époque. Il lui faut la note juste. » Le réalisateur par ci, le réalisateur par là. À la fin, j'en ai eu ma claque. Je leur ai demandé : « Mais qui c'est, ce gars ? » « Le chef d'orchestre du film, si vous préférez. » Ils m'ont aussi embarqué une dizaine de lampes à pétrole puis tout un lot de vieilles frusques, des costumes qui provenaient du théâtre de Charleville. Léonie, remets-moi une chopine, j'ai une gorge de sable.

Un des ouvriers l'interrompit :

— Mais qu'est-ce qui va te rester à vendre ?

— T'en fais pas pour ça ! Donc, le p'tit à casquette et à tête de fouine farfouillait toujours à droite et à gauche. Voilà t'y pas qu'il finit par dégotter un ancien bureau américain qui cuve l'oubli depuis des années. D'un geste machinal, il remonte le volet en bois et tombe en arrêt comme un chien de chasse devant un vieil encrier en verre avec son cabochon en laiton. Il se met à crier : « Gary, viens voir ! » C'est une babiole à deux sous qu'il tourne et retourne entre ses mains, et l'autre de s'extasier à son tour. « On dirait la réplique parfaite de l'encrier dont s'est servi Verlaine pour écrire ses *Poèmes saturniens*. Il a fini chez Rimbaud grâce à un contrôleur des Contributions qui s'appelait Charles Bretagne. Ce Flamand à la figure grasse et rose, grand buveur devant l'éternel, avait couru les estaminets avec Verlaine à Fampoux, près d'Arras, berceau de la famille du poète, avant d'être nommé, coïncidence heureuse, à Charleville. » Moi, je me contente de répéter ce que le dénommé Gary expliquait à l'autre. « C'est avec les encouragements de Bretagne que Rimbaud a écrit pour la première fois à Verlaine en y joignant quelques poèmes. À cette époque, Rimbaud est morose, car il doute de son talent. Et pour épater Verlaine, il se met à écrire *Le Bateau ivre*. J'ai lu ça dans le scénario. » Inutile de vous dire qu'ils ont embarqué l'encrier comme si c'était le Saint Graal et tout le reste dans leur voiture. Une vraie manne céleste, ces petits gars. Maintenant, je peux vous payer ma tournée. Léonie, sers-leur ton meilleur marc de champagne, celui qui donne des larmes aux yeux et met des couleurs sur les rires, pas celui qui donne mal à la tête.

— Parce que t'as une tête, toi ? dit un des ouvriers de la laiterie.

Tout le monde éclata de rire.

Clovis Bastiani sortit de la poche de son veston une liasse de billets attachée à la doublure par une épingle à nourrice. Habitude qu'il tenait de son père et, avant lui, de son grand-père.

Quelques jours après le récit pittoresque du chiffonnier, une rumeur circula selon laquelle le projet de film sur Rimbaud aurait été abandonné. Pas assez commercial pour l'un des producteurs, tandis que l'autre aurait fait faillite. « Se lancer dans un film, c'est ressembler à un funambule qui marche au-dessus du vide sans son balancier », avait confié Karine à Clémence. L'assistante du réalisateur avait ajouté en prenant un air mystérieux : « Ton visage doit prendre merveilleusement la lumière. » Clémence s'était demandé ce qu'elle avait voulu dire par là. En apprenant l'abandon du projet, elle ressentit néanmoins un petit pincement au cœur. Le tournage du film ne l'aurait-il pas sortie d'une routine sans faille ?

La distribution du lait à la ferme Wuibert ressemblait au journal de bord de la vie du bourg. Il s'en écrivait chaque soir une nouvelle page au fil des conversations. Au milieu des femmes qui faisaient la queue, Yvan Le Cloarec avait l'air d'un intrus. Comme le mercredi était jour de congé d'Emilia, il attendait son tour, son pot à lait à la main, au milieu de ce gynécée, en pestant intérieurement contre cette corvée.

Emilia était la femme chargée du ménage de l'école des garçons. Il l'employait pour s'occuper du petit appartement que la mairie lui avait attribué et pour qu'elle lui épargne précisément ce type de désagrément. L'appartement était situé au-dessus des salles de classe. Emilia n'avait jamais réussi à le débarrasser d'une odeur de craie tenace. C'était une femme assez ronde aux traits fermes et à la peau sombre. Bien qu'ayant dépassé la quarantaine, elle conservait une fraîcheur juvénile. Elle avait un fils qui effectuait son service militaire en Algérie, du côté de Biskra. À certains regards plus ou moins appuyés qu'elle lui avait lancés, il s'était demandé si elle ne cherchait pas à entamer une liaison avec lui. Bon sang, était-il condamné à être poursuivi par ce genre de tentation ? Emilia avait la clé de l'appartement. Elle empruntait toujours l'entrée privée située à l'arrière du bâtiment, si bien qu'elle aurait pu le rejoindre la nuit sans se faire remarquer. Penser à elle fit ressurgir le souvenir douloureux de Clémence. Pourquoi n'avait-il pas songé à lui faire emprunter cet escalier qui leur aurait assuré une certaine discrétion ?

— Vous pouvez passer devant moi, monsieur, si vous voulez.

— Merci, mais une minute de plus ou de moins, ça ne changera pas grand-chose, répondit-il au petit Vassal, un de ses élèves, plutôt turbulent mais toujours affable et souriant. Il avait enfilé un paletot aux manches trop larges sur sa blouse grise.

La salle aux murs chaulés où Huguette Wuibert procédait chaque soir à la distribution de lait était assez vaste. Comme d'habitude, elle avait déposé trois seaux sur une table à l'entrée. Avec un geste de métronome, elle plongeait sa mesure en fer-blanc dans l'écume mousseuse de la traite du soir et remplissait le pot qui se présentait. Dans l'angle de la pièce, un évier en pierre avec une pompe, et au milieu une grande table avec un banc de chaque côté. À chaque extrémité, deux chaises, l'une pour le fermier, Jacques Wuibert, l'autre pour son épouse. Les bancs étaient réservés aux commis, qui dînaient avec les patrons. Sur le fourneau, la soupe du soir ronchonnait en répandant une odeur de poireaux qui dominait celle des autres légumes. Dans la file, on parlait beaucoup de l'abandon du film sans que Le Cloarec y prête vraiment attention. La femme qui le précédait se fit servir à son tour.

— C'est aussi bien comme ça, je suis certaine que ces gens du cinéma n'auraient fait que nous attirer des ennuis, dit-elle.

— Je ne suis pas d'accord, protesta Huguette Wuibert, ça aurait créé de l'animation et fait marcher le commerce.

Leur opinion divergente était le reflet fidèle de celle des habitants, même si la majorité restait indifférente. D'un côté, on éprouvait une vraie curiosité pour cet art qui précipitait chaque semaine des centaines de milliers de personnes dans les salles de cinéma. De l'autre, beaucoup ressentaient une méfiance toute paysanne envers ceux qui ne vivaient pas comme eux, des Parisiens de surcroît. La conversation s'anima :

— Côtoyer des vedettes, c'est voir les pages de *Cinémonde* s'animer sous nos yeux, observa une jeune fille au regard rêveur.

Une vieille femme ayant connu le médecin qui avait soigné Rimbaud à son retour d'Aden approuva.

Une autre, hostile, affirma qu'elle n'attendait rien de bon du débarquement en fanfare de tous ces « Attila du bois de Boulogne ».

— C'est le titre d'un de vos films ! lança-t-elle aux autres.

La mesure en fer-blanc plongea une nouvelle fois dans l'écume du lait avec un bruit soyeux.

— C'est à vous, monsieur l'instituteur, dit Huguette Wuibert.

Yvan Le Cloarec sembla sortir d'un songe. Il se tenait immobile devant la table, le pot à lait pendu au bout de son bras comme un drapeau en berne. L'information avait fini par se frayer un chemin jusqu'à son cerveau embué par le souvenir des seins de Clémence dansant sous sa blouse. Il maudit une fois de plus sa lâcheté devant la crainte du scandale. Depuis, il glissait doucement sur la pente dangereuse de l'obsession. Il venait de comprendre que le film sur Rimbaud ne se ferait pas. Il était assommé. Sa déception était immense.

Dès qu'il avait lu le petit entrefilet dans le journal, il avait cherché le nom du réalisateur, un certain Marc Ferrier. Il avait eu beaucoup de mal à trouver son adresse. Il avait découvert que c'était une sorte d'étudiant attardé qui avait dormi chez l'une ou l'autre de ses conquêtes avant d'épouser une belle

Juive dont le père avait bâti sa fortune en distribuant les films des autres. Le Cloarec s'était mis en tête de lui écrire. En parallèle, il s'était mis à relire la biographie de Rimbaud. À quoi bon écrire à Marc Ferrier ? Il devait être très occupé. Sa lettre prendrait directement le chemin de la corbeille. Des lettres, il devait en recevoir des centaines par semaine. De solliciteurs de toutes sortes. De starlettes prêtes à tout, même à coucher sur son paillasson pour un petit rôle. Ferrier et lui avaient à peu près le même âge, c'est ce qui le décida. Il avait écrit pas mal de critiques de films avant de sauter le pas et de se lancer dans l'écriture d'un premier scénario et de tourner son premier film à vingt-quatre ans.

Le Cloarec s'était rendu à plusieurs reprises à la bibliothèque de Charleville, quai Arthur-Rimbaud, pour consulter *Art* ou *Les Cahiers du cinéma*, des revues aux antipodes de l'échiquier politique, dans lesquelles écrivait Ferrier. Dans sa frénésie de découvertes, il avait obtenu du bibliothécaire qu'il fasse revenir les numéros manquants. Marc Ferrier avait réalisé son premier film, un moyen métrage d'une quarantaine de minutes, *Les Illusions d'Icare*, les destins croisés d'enfants blessés par la vie, qui s'était attiré pas mal de louanges mais aussi quelques réserves. Puis il s'était attelé au projet de *L'Arpenteur de rêves*. Dans une interview à un de ses anciens condisciples des *Cahiers* qui lui demandait pourquoi il avait choisi de tourner un film sur Rimbaud, il avait répondu : « Parce que Rimbaud est la parfaite illustration de la révolte et de l'incandescence perverse du talent, le talent poussé jusqu'à la destruction de soi. »

Dans la lettre qu'il avait fini par écrire, il exprimait d'abord son admiration pour le film du réalisateur, bien qu'il ne l'ait pas vu. Il avait commencé par une flatterie, persuadé que tous les hommes y sont sensibles, surtout les cinéastes. D'ailleurs, l'intègre Rimbaud n'hésitait pas à l'occasion à flatter ceux qu'il sollicitait sans jamais mettre de timbres sur ses lettres, laissant payer le destinataire. Il expliquait aussi qu'il venait de lancer un ciné-club dans une petite ville qui attirait pas mal de monde à chaque séance, ce qui était un demi-mensonge. Il ne faisait qu'anticiper une réussite dont il doutait parfois lui-même. Puis il en venait à l'objet principal de sa lettre. Pourrait-il assister au tournage de certaines séquences de son film ? Il avait lu que Marc Ferrier privilégiait les décors naturels et les tournages en extérieur.

Chaque matin, il profitait de la récréation pour aller consulter sa boîte aux lettres. Vide ! Vide ! Vide ! Et ce vide s'infiltrait en lui comme un acide. Il n'avait plus de goût à rien. Il buvait trop. Il devenait irascible. Il s'était même disputé avec la mère d'un élève, une grosse femme qui sentait la sueur. En hurlant, elle lui avait reproché d'avoir trop sévèrement puni son fils.

— Mille lignes ! Recopiez mille fois : « Je ne jetterai plus jamais d'encre sur la blouse de mon voisin. » Vous êtes fou ! Vous mériteriez que son père vienne vous casser la figure.

Fataliste, le directeur l'avait appelé dans son bureau.

— Maintenant que le scandale de ta relation avec la petite Fourquet s'apaise, tu ne vas pas te mettre à dos les parents d'élèves ! Tu dois renoncer à cette punition et t'excuser pour l'avoir traitée de grosse truie lubrique.

— Reconnais quand même que c'est une famille d'enquiquineurs et que leur marmaille ne respecte rien ni personne.

— Ce n'est pas une raison. Tu écris ta lettre d'excuses et tu me l'apportes le plus vite possible.

Mortifié, il était sorti du bureau en claquant la porte. Pour se calmer, il était allé voir sa boîte aux lettres. Vide.

Il posa le pot à lait sur le rebord extérieur de la fenêtre pour le tenir au frais. Il avait bien songé à s'acheter un de ces réfrigérateurs importés des États-Unis dont les réclames envahissaient les ondes, mais la dépense était hors de sa portée.

S'asseoir dans son fauteuil ressembla à une chute vertigineuse dans le vide de son existence. Il se rappela qu'à quatorze ans il avait été tenté de se jeter d'une falaise à cause d'une gamine qui avait refusé de se laisser embrasser malgré le nombre impressionnant de boîtes de Coco Boer qu'il lui offrait. Pourquoi n'avait-il pas suivi son premier mouvement ? Était-ce le bruit de la mer qui explosait sur les rochers qui l'avait effrayé ? Encore aujourd'hui, cela restait un souvenir humiliant.

Il vida d'un coup le verre de vin qu'il s'était servi. Il se leva pour s'en servir un autre. Voilà qu'il se mettait à boire seul. Il ouvrit le livre auquel il se raccrochait comme à une planche de salut, les jours de cafard. Mais *Le Vieil Homme et la Mer*, d'Hemingway, ne lui fut d'aucun secours. Pour faire bonne mesure, il se rendit compte qu'il détestait l'appartement, avec son papier peint défraîchi et prétentieux aux motifs de fêtes galantes, ses meubles de chez Lévitan, les vues de Venise accrochés aux murs, tout droit sorties du calendrier des postes. Le directeur avait raison, il était d'une pathétique puérilité.

Il dut attendre une dizaine de jours pour que son horizon s'éclaircisse. D'abord, ses excuses eurent un effet salutaire, puisque l'affaire n'alla pas plus loin. Puis les rumeurs à propos du film s'avérèrent sans fondement. À moins que Ferrier ait trouvé un autre producteur. C'est du moins ce que laissait entendre Jason dans son dernier article, Jason qui avait transformé cette histoire en feuilleton. Enfin, il reçut sa réponse. Chaque fois qu'il regagnait son appartement, il détournait les yeux de la boîte aux lettres afin de s'éviter une nouvelle déception. Il aurait attendu une lettre d'amour que ça n'aurait pas été pire. Le coin d'une enveloppe blanche dépassant de la fente attira son attention. On était dimanche, ce qui signifiait que le courrier était là depuis plusieurs jours. Il dut s'y reprendre à deux fois avant de réussir à ouvrir la boîte à lettres, tant il était fébrile.

— Mais qu'est-ce qui vous arrive, Le Cloarec ? lui demanda un de ses collègues qui empruntait le couloir à ce moment-là.

Il enfouit la lettre dans sa poche comme s'il avait été surpris en train de tracer des dessins obscènes sur un mur. Il avait juste eu le temps d'entrevoir le cachet du 16e arrondissement de Paris. Quand il se retrouva dans son fauteuil pour ouvrir la lettre qui tremblait dans ses mains, son cœur fut sur le point d'éclater. Celle-ci commençait par « Mon cher Clo ». Ferrier avait une écriture tout en fantaisie avec ses lettres qui semblaient danser sur le papier pour mieux suivre la course échevelée de ses émotions.

À mon tour d'invoquer une excuse tout à fait verlainienne pour vous répondre aussi tardivement. Verlaine n'avait découvert les deux lettres de Rimbaud ainsi que les poèmes qui les accompagnaient qu'à son retour de vacances passées dans sa famille près d'Arras. Parmi ces poèmes, il y avait l'énigmatique Cœur supplicié *:*

Mon triste cœur bave à la poupe…
Mon cœur est plein de caporal !
Ils y lancent des jets de soupe,
Mon triste cœur bave à la poupe…
Sous les quolibets de la troupe

Sans doute le récit d'un viol subi lorsque Rimbaud se retrouva parmi les insurgés de la Commune après une nouvelle fugue à Paris. Le cœur chez Rimbaud était souvent l'équivalent du sexe. Dans sa lettre, Rimbaud affirmait que Charleville et Roche le faisaient dépérir et demandait si on pouvait l'accueillir à Paris. Il avait aussi besoin d'être rassuré sur la qualité de ses poèmes. Verlaine s'empressa de lui répondre : « Venez, venez vite, chère grande âme. On vous désire, on vous attend… » Comme Verlaine, je n'ai découvert votre lettre qu'à mon retour de Deauville. Pour travailler, j'ai souvent besoin de dépaysement, et rien de tel que l'anonymat d'une chambre d'hôtel et de longues balades sur une plage pratiquement déserte en cette période de l'année pour me stimuler. J'ai retravaillé la nouvelle version du scénario de L'Arpenteur de rêves, *la quatrième. Celle-ci me semble à peu près d'aplomb avant que ne surgissent de nouveaux doutes.*

Mon cher Clo, votre passion pour le cinéma m'a touché. C'est très volontiers que nous vous accueillerons sur les différents lieux de tournage.

Ferrier avait ajouté un post-scriptum après une signature que Le Cloarec trouva presque timide :

Un de mes producteurs entretient des liens étroits avec une compagnie italienne. Je pense que, pour animer votre ciné-club, je pourrais, sans trop de difficultés, vous obtenir des copies de quelques-uns des meilleurs films néoréalistes, le néoréalisme n'étant rien d'autre que la recherche anxieuse de la vérité. Des films comme Rome, ville ouverte, *de Rossellini, qui jette un regard froid sur les atrocités commises par les nazis dans Rome, ou bien* Le Voleur de bicyclette, *de De Sica, qui utilise des non-professionnels pour les rôles principaux, une réussite qui pourrait bien m'inspirer pour* L'Arpenteur.

Le ciel avait de curieuses sautes d'humeur. À l'épisode de gel qui avait failli détruire le verger succéda une chaleur quasi estivale. Les cafés avaient sorti leurs tables et leurs chaises pour les installer en terrasses qui formaient comme des alcôves ocellées de lumière.

Après son expédition nocturne dans le verger, la mère de Clémence ne s'était pas donné la peine de se déplacer pour la remercier. Elle s'était contentée d'envoyer un des commis de la ferme pour qu'il lui remette de sa part des pots de confiture de pommes et de coings, confiture que Clémence détestait. Ils avaient fait le bonheur de Julieta, qui s'était lancée aussitôt dans des recettes inédites de desserts.

Afin de fuir les éternelles allusions salaces à leurs jolis culs et à la rondeur de leurs seins de la part d'adolescents vertueusement boutonneux qui se réunissaient chaque dimanche autour du kiosque à musique sitôt que les musiciens de la fanfare en uniforme et casquette blanche avaient remballé leurs instruments, Julieta et Clémence se retrouvaient autour d'une limonade. Ensemble, il leur semblait être mieux armées pour affronter la sourde mélancolie qui se dégageait de ces dimanches. Elles attendaient avec impatience qu'il fasse assez chaud pour aller se baigner dans une petite anse sablonneuse, là où l'Aisne faisait un large coude paresseux. Parfois, des filles s'y baignaient entièrement nues tout en sachant que des garçons les observaient à travers le feuillage des saules. Ces regards invisibles provoquaient de délicieux frissons chez les plus délurées.

Ces premières chaleurs invitaient à l'indolence. Julieta et Clémence étaient attablées à une terrasse et buvaient des diabolos menthe. Deux jeunes militaires du 3e génie, calots glissés sous leurs épaulettes de chemise, étaient assis à une table voisine. Ils s'étaient fait servir deux bocks de bière. Quand ils avaient bruyamment trinqué, un peu de mousse s'était répandue sur la table. Les deux filles aimantaient leurs regards. Elles le savaient et elles perdirent leur naturel. La conversation de Julieta fourmillait toujours d'anecdotes souvent drôles. Elle força sa voix de façon à être entendue des deux militaires en permission. Elle imita sa mère qui, avec le prochain tournage du film, avait trouvé une source inépuisable de récriminations.

— Les comédiens, on aurait mieux fait de continuer à les excommunier, fit-elle en prenant le ton haut perché de sa mère. Les gens du cinéma, c'est turpitude et compagnie. Tout le monde couche avec tout le monde dans ce milieu-là. Et ce maudit Rimbaud ? Qu'attendre d'un sodomite qui a écrit « merde à Dieu » ? Rien de bon.

Les deux militaires sourirent en prenant un air entendu. Cette brune piquante qui n'avait pas l'air d'avoir froid aux yeux les amusait. Ah, s'il y avait eu un petit bal champêtre, sûr que l'un des deux l'aurait invitée à danser pour la serrer dans ses bras, pour sentir le parfum de lilas qui arrivait par bouffées jusqu'à eux ! Mais là, ils ne savaient pas trop quoi faire. Ils se contentaient de leur décocher des regards niais. Cette fois, Julieta baissa la voix.

— Ma mère est revenue à la charge. Elle veut que je cesse de travailler à *L'Écluse*, au cas où des gens du cinéma auraient la mauvaise idée de venir y manger. Elle veut m'éviter la damnation éternelle. Pour elle, une femme ne peut être que la victime expiatoire de la malfaisance des hommes. D'ailleurs, je me demande comment elle a réussi à se faire faire un enfant… Inutile de te dire que je l'ai envoyée balader. Elle s'est même étranglée d'indignation quand je lui ai dit que je suivrais le premier acteur qui commanderait un guignolet-kirsch si elle ne me fichait pas la paix. J'ai évité la gifle de justesse.

Clémence fut prise d'un fou rire qui lui fit venir les larmes aux yeux. Puis elle se calma. Un silence paisible s'installa entre elles. Clémence offrit son visage au soleil en fermant les yeux. Le Cloarec l'aperçut à ce moment-là.

Il était encore sous le coup de la vive émotion que la lettre de Ferrier avait provoquée en lui. Il l'avait relue trois fois. Le ton surtout l'avait étonné. Sa réponse s'apparentait davantage à celle d'un vieil ami avec lequel on partage une vraie complicité artistique qu'à celle d'un étranger. Ferrier avait même poussé la complaisance jusqu'à lui demander son avis sur les *flash-back* auxquels il avait l'intention de recourir pour évoquer l'enfance d'Arthur Rimbaud et ce père aux yeux « couleur d'acier » épris d'aventures et de liberté. Un homme qui préféra la vie de garnison à celle d'un foyer qu'il finira par abandonner, fuyant une femme austère, corsetée dans sa bigoterie. En garnison à Mézières, le capitaine Rimbaud l'avait pourtant épousée alors qu'elle avait déjà vingt-sept ans, avant d'être envoyé à Lyon puis en Crimée sans que l'on sache quel rôle avait joué la dot de trente mille francs-or de Vitalie Cuif dans sa décision. Quelques courtes permissions furent l'occasion de faire à chaque fois un nouvel enfant à son épouse avant qu'il décide de ne plus remettre les pieds à Charleville. D'une certaine façon, le jeune Rimbaud n'aura jamais connu son père. Une enfance blessée par cette absence qui nourrira sa révolte et son caractère instable.

Le Cloarec soupçonna que cette longue lettre, deux pages recto verso, avait permis à Ferrier de mettre au clair quelques-unes de ses intuitions.

Des tiges de clématite tombant de la tonnelle lui dissimulaient Julieta. Il ne voyait d'elle que la masse sombre de ses cheveux. Mû autant par la curiosité que par le désir de partager son exaltation, il s'avança vers les deux jeunes filles. Qui d'autre que Clémence, avec laquelle il avait connu le bonheur fiévreux d'une unique nuit d'amour, méritait de savoir ce qui lui arrivait ? Même s'il était persuadé qu'elle ignorait jusqu'au nom de Ferrier, connu seulement d'un petit cercle de cinéphiles. Toujours ce sempiternel décalage dans leur façon de voir le monde !

— Ah, c'est toi ! dit-il en reconnaissant Julieta.

Elle était éclatante de santé et d'une confiance joyeuse dans la vie. Elle tourna vers lui un visage empreint d'une mordante ironie. Son embarras l'amusait. C'est à peine s'il osa prendre une chaise pour s'asseoir.

— Je suis peut-être de trop ?

— Non, non.

Sa protestation manquait de conviction. Elle décida néanmoins de rester, tout en guettant derrière la vitre la serveuse. Une grosse fille rubiconde de la campagne accourut pour prendre sa commande.

— Ah ! Monsieur l'instituteur, pour vous, ce sera quoi ?

Le Cloarec réfléchit un instant avant de se rabattre sur un choix dépourvu de toute originalité.

— Une bière.

Estimant sans doute qu'ils ne pouvaient pas rivaliser avec un instituteur, les deux militaires se levèrent avant de s'éloigner.

— Dommage, ils étaient pas mal, constata Julieta.

L'envie démangeait Le Cloarec de montrer la lettre. Pourquoi pas d'en lire des passages aux deux donzelles ? Il se contenta de débiter d'affligeantes banalités sur le temps printanier.

Julieta et Clémence commençaient à s'ennuyer. Elles n'attendaient pas d'un homme qu'il leur parle de l'influence du Gulf Stream sur le climat.

— C'est passionnant, dit Julieta en étouffant un bâillement.

C'est ce bâillement qui donna à Le Cloarec le courage d'annoncer :

— J'ai reçu une lettre de Ferrier !

Les deux jeunes filles échangèrent un regard interrogateur.

— De qui ? demanda Clémence.

— Ferrier, le réalisateur du film sur Rimbaud. Finalement, il va le tourner ici et dans les environs.

— Ce n'était donc pas une blague ? interrogea Julieta. J'en connais une qui va en faire une jaunisse.

— Qui ça ?

— Ma mère.

Le Cloarec ne l'écoutait plus. Tout à sa passion, il s'était lancé dans le récit de la vie de Rimbaud.

— Lorsque Rimbaud écrit à Verlaine, qu'il admire sans réserve, il traverse à ce moment-là une période noire. Il est déprimé. Il doute de lui. Il songe même à abandonner la poésie. Ses interminables promenades en solitaire ou accompagné parfois de son copain de classe de rhétorique Ernest Delahaye ne lui apportent plus le même apaisement. Il veut fuir l'ennui et la médiocrité. Et voilà que Verlaine fait une entrée fracassante dans sa vie quand il lui répond : « Je n'ai jamais rien lu d'aussi beau ni d'aussi original. »

Puis Le Cloarec lut le passage de la lettre sur l'absence du père, sur le terrible sentiment d'abandon ressenti par le jeune Rimbaud… Clémence se dit qu'elle avait un autre point commun avec lui, dont elle tira une certaine fierté. Elle s'abstint d'en parler aux deux autres. Sans trop y croire, force était de reconnaître qu'elle commençait à s'intéresser à la vie de Rimbaud. Alors pourquoi le sens de quelques-uns des vers qu'elle s'était acharnée à apprendre pour épater Le Cloarec continuait-il de lui échapper ? Leur communauté de destin aurait dû l'éclairer. « Tu divagues, ma vieille », pensa-t-elle. Un silence épais s'était installé entre eux et personne ne semblait vouloir le rompre. Elle regarda son amant d'une nuit tourner son verre de bière sur le rond en carton. Elle comprit avec son instinct infaillible qu'il était contrarié. Regrettait-il sa longue péroraison sur Rimbaud ? Ou alors, était-ce l'inévitable abattement qui succède à un moment d'exaltation ? Elle le regarda avec davantage d'attention. En retour, elle eut droit au pauvre sourire « naufrage de la vie » qui l'avait toujours émue. À voir son visage s'illuminer quand Julieta eut la bonne idée de se diriger vers l'intérieur du café, elle devina qu'il avait envie de se retrouver en tête-à-tête avec elle. Sa réaction fut directe :

— Je voudrais que tu me rejoignes la nuit prochaine. Les Jouve, le couple d'instituteurs qui occupent l'autre logement, partent dans le Nord. Ils ne rentrent pas avant mardi matin. Tu passeras par la porte extérieure. Elle permet de monter sans être vu. Voilà la clé.

Il avait murmuré tout ça avec une précipitation qui la prit de court. Devant son air incrédule, il crut bon d'ajouter :

— Tu sais, aucune fille ne m'y a jamais rejoint. Tu es la première.

Interloquée, elle fut incapable de bredouiller autre chose que :

— Vous n'y songez pas !

La mince clé brillait entre eux comme la frontière invisible qui sépare la tentation de la damnation.

— Alors, tu viendras ?

— Certainement pas. Ce serait de la folie.

Il se leva brusquement, posa un billet sur la table. Avant de s'éloigner, il lui dit :

— Tu m'excuseras auprès de Julieta.

Quand celle-ci revint, elle posa sa main sur la clé avant de l'enfouir subrepticement au fond de sa poche.

— Tiens, monsieur l'érudit n'a pas fini sa bière, fit Julieta.

Elles n'eurent d'autre choix pour tuer cette fin d'après-midi que de rejoindre les rives du canal. Des couples y promenaient des landaus braillards. Des gamins à bicyclette se délectaient de la peur qu'ils infligeaient aux vieux. Bien que ce soit dimanche, Léon Dautin, le cantonnier, fauchait les premières pousses de fléoles des prés.

— C'est bon pour les lapins, dit-il aux deux filles qui le regardaient balancer sa faux en gestes amples et réguliers.

Parfois, la lame touchait une pierre et faisait jaillir une étincelle. Des draps séchaient sur le pont d'une péniche. Un gamin s'enveloppa dans le pan d'un des draps pour jouer au fantôme et tenter d'effrayer sa sœur.

— Alors, qu'est-ce qu'il t'a proposé ? demanda Julieta.

C'était bien dans sa manière de prendre Clémence par surprise.

— Qui ça ?

— Ne fais pas l'innocente. Quand je suis revenue, j'ai bien vu que tu n'étais plus dans ton état normal.

Clémence se mit à rougir.

— Tu vois, je ne me suis pas trompée.

Clémence ne put faire autrement que de lui parler de l'étrange rendez-vous, de la porte étroite à l'arrière de l'école, de la clé enfin.

— Montre.

La clé brilla au creux de la main de Clémence.

— Tu ferais mieux de la balancer dans le canal. Si on vous surprend, il ne pourra échapper au scandale… Regarde-moi… Tu ne comptes pas y aller ?

— Sûrement pas.

Une moto qui roulait au ralenti la tira d'embarras. Elles reconnurent Mathias. Il passa sans s'arrêter.

— Où va-t-il comme ça ? interrogea Clémence.

— Tu n'es pas au courant ?

— De quoi ?

— Il sort avec Solange. On les rencontre partout.

— La grosse Solange ?

— Pas si grosse que ça. T'es jalouse, ma parole !

Elle éclata d'un rire moqueur. Redevenue soudain sérieuse, Julieta dit :

— Surtout, ne fais pas de connerie.

Clémence commençait à s'impatienter. Les habitués se lançaient dans une nouvelle partie de cartes. Il était question de revanche, de pingrerie, de mauvaise foi et d'une main comme il n'y en avait pas deux pour faire apparaître l'atout cœur au bon moment. Il y avait ceux qui rigolaient et ceux qui l'avaient mauvaise.

Un combat de vieux coqs arbitré par un exploitant forestier, assis sur sa chaise à califourchon. Lui, il gagnait à tous les coups, puisqu'on lui payait à boire à chaque fin de partie. Il avait fait le déplacement depuis la vallée de la Meuse pour assister à ces parties homériques. Le patron de la boucherie chevaline faisait équipe avec le quincaillier, qui jubilait :

— Capot et encore capot ! C'est ce qui s'appelle une sacrée déculottée.

En face, un certain Guido faisait grise mine. Il travaillait à la briqueterie qui venait de rallumer ses fours. Clémence avait remarqué en apportant les verres qu'il avait des traces d'argile sous les ongles. Il avait le teint hâlé, un front dégarni et une fine moustache de danseur de tango. Il faisait équipe avec un commis de la ferme Mérat qui était venu lui donner des nouvelles de sa mère. Il l'appelait déjà la patronne.

Le dénommé Guido avait la tête de celui qui vient d'affronter une sentence de mort. Il battit les cartes et les distribua dans un silence de cathédrale. Et c'était reparti pour une heure au moins. Mais pourquoi s'impatientait-elle ? Rien ne la pressait. N'avait-elle pas décidé qu'elle n'irait pas le retrouver ?

— Clémence, remets-nous une tournée. C'est eux qui payent. Guido, ne fais pas cette tête, tu t'en remettras, s'esclaffa le boucher au moment où le carillon de la porte se mit à égrener ses quelques notes de cristal.

C'était une femme. Elle resta sur le seuil. Le boucher leva les yeux.

— Tiens, Margot ! Viens donc boire une fine à l'eau, ça te fera patienter.

— Tu rentres quand ?

Elle avait croisé les bras sur sa maigre poitrine. Sa tête n'était pas au diapason de la grosse face épanouie de son mari.

Le boucher se renversa sur le dossier de sa chaise et lui répondit :

— Tu ne vois pas que je gagne ? Et quand on gagne, il n'y a rien d'autre à faire que de continuer la partie. Tu vas me porter la guigne, à la fin !

— Et ceux qui perdent ?

— Eux aussi doivent continuer, c'est la règle !

Ils ne jouaient pas d'argent, mais le gros visage rond du boucher affichait une satisfaction de poches pleines.

Clémence jeta un coup d'œil sur l'horloge. 20 h 15. Elle posa les verres de la nouvelle tournée sur un coin de table en soupirant. Aucun d'eux ne fit attention à elle. Elle sortit pour accrocher les volets sur la devanture de *L'Écluse*, effaçant d'un coup le rectangle de lumière jaunâtre qui tremblotait sur le chemin de halage. Un petit monde se refermait sur lui-même. Combien de mois, combien d'années encore allait-elle mettre avant de s'en échapper ? En haut, elle entendit la Franquin aller et venir. Tout à l'heure, elle l'avait surprise en train de se servir une large rasade d'eau-de-vie qu'elle avait vidée d'un trait en s'empourprant. Puis elle était montée.

— C'est juste à cause de la chaleur, avait-elle marmonné.

Dans l'après-midi, Clémence n'avait pas pu lire le télégramme que le facteur avait apporté. Elle avait juste vu la provenance, Biarritz, et la signature, Maurice. Si c'était bien du même Maurice qu'il s'agissait, elle s'était dit : « C'est la résurrection du saligaud. » Ses chimères amoureuses venaient de rattraper la Franquin. Mais de quel droit la jugeait-elle ?

Guido jeta ses cartes sur le tapis. Il déclara forfait.

— J'en ai ma claque d'un jeu pareil… Je ne sais pas ce que fait ta bonne femme, mais moi, je serais à ta place, je la surveillerais, dit-il au boucher.

— Tu veux mon poing sur la gueule ? En attendant, que ça ne vous empêche pas de payer les tournées. Une déculottée pareille, ça se fête en grande pompe !

Sans la tension de la partie, le plaisir d'être ensemble disparut. Ils ne tardèrent pas à se lever. En sortant, de rage, Guido lança une fléchette qui vint se planter en vibrant en dehors de la cible.

Clémence fut soulagée de les voir partir. De la lumière brillait dans la carrée de *La Collinière*. Les péniches comme les saisons obéissent à des cycles de passage. Après avoir livré sa cargaison dans un port de l'Escaut, *La Collinière* était de retour, amarrée à sa place habituelle. Jeff de Voos avait fait des frais. L'annexe était repeinte à neuf et des rideaux étaient accrochés aux trois hublots.

Elle était prête à se déshabiller quand elle se ravisa. Une onde de désir venait de lui traverser le corps avec la violence d'une décharge électrique. Elle n'avait plus envie de se coucher. Elle se contenta d'envelopper son cou d'une longue écharpe et sortit de sa chambre sur la pointe des pieds.

— Ah, tu sors !

Clémence sursauta. La Franquin se tenait appuyée contre le chambranle de la porte de sa chambre. Sa longue chemise de nuit aux motifs ridicules de bouquets de cerises lui tombait jusqu'aux chevilles.

— Je n'arrive pas à dormir, je vais marcher un peu.

— Je vois. Tâche de ne pas faire de mauvaises rencontres.

L'œil était plein d'ironie. Comme sortie discrète, c'était manqué. Mais la vie n'est jamais aussi belle que la nuit où l'on se met en route.

Elle marcha d'un pas léger et joyeux jusqu'à la place Charlemagne. La silhouette du kiosque à musique se détachait sous la pâle lueur d'un quart de lune. Soudain, elle sentit qu'on l'observait derrière une fenêtre. Elle se retourna. On laissa retomber précipitamment un rideau. Elle ne sut dire si c'était le clerc de notaire ou sa mère qui faisait le guet. Elle marcha d'un pas moins alerte en se retournant de temps en temps. Elle contourna l'école, arriva devant la porte, la clé en main. Elle hésitait encore. Pas longtemps. « Ce serait vraiment idiot d'être venue jusqu'ici et de m'enfuir comme une voleuse. » Elle n'eut même pas à frapper. La porte de l'appartement s'ouvrit d'elle-même.

— Ah ! Tu es venue. Je ne t'attendais plus.

— Leurs parties de cartes n'en finissaient pas.

Il la fit entrer, referma la porte derrière elle comme s'il mettait un trésor à l'abri. Il l'enlaça, couvrit ses paupières, son nez, sa bouche de baisers. Puis il lui prit la main pour la guider jusqu'à la chambre. Il commença à la déshabiller. L'écharpe, le pull, la peau nue enfin. Les seins. Il fit glisser la jupe, qui lui entrava les chevilles.

— Tu es belle. Divinement belle.

Elle ne voyait rien en elle de divin. Nue, elle ressemblait plutôt à un blasphème sensuel et avide, car elle s'était mise à répondre à ses baisers avec toute la fougue innocente de ses dix-sept ans. Il n'avait plus grand-chose sur lui non plus. Il l'allongea sur la courtepointe. Il se couchait quand, soudain, ils entendirent des éclats de voix en provenance du palier. Il se figea.

— Merde ! Les Jouve. Ils ne devaient rentrer que demain.

— C'est pas grave, je peux rester.

— Non, non, tu n'y penses pas. Rhabille-toi. Dans ces vieux appartements, on entend tout. Les cloisons ont l'épaisseur d'une feuille de cigarette… Je préfère que tu partes. Ce serait plus prudent.

Comme pour lui donner raison, ils entendirent le bruit sourd de chaussures tombant sur le plancher, puis une voix de femme demander :

— Mon canard, tu veux que je t'apporte un verre d'eau ? On a beaucoup bu chez tes cousins.

— Dans le Nord, on a le sens de l'hospitalité.

Ainsi donc, son destin sentimental venait de basculer du mauvais côté à cause d'une cloison trop mince. Ses vêtements refirent tristement le chemin inverse.

Ils attendirent dans une immobilité absolue que les voix de la nuit se taisent. Elle était tombée dans un triste guet-apens qui avait banni toute forme de désir. Lorsqu'elle heurta dans le noir le pied d'une chaise, il lui serra si fort le bras qu'elle eut envie de crier. Rien que pour voir la tête qu'il ferait. Il entrebâilla doucement la porte palière, regarda à droite puis à gauche, le visage tendu, comme s'il s'attendait à voir surgir tous les lions d'Abyssinie.

— Fais attention en descendant les marches. Ils laissent toujours leur parapluie contre le mur. Surtout… Surtout, évite de claquer la porte.

Elle se retrouva dehors sous un ciel étoilé. Elle éclata de rire, un grand rire qui narguait le ciel, ses étoiles et tous les habitants. « Quelle bouffonnerie, la vie ! » songea-t-elle. Sur *La Collinière*, toutes les lumières étaient éteintes et plus aucune ombre ne rôdait.

Capote baissée, la Panhard grise réapparut dans la bourgade au moment où l'instituteur revenait avec sa classe d'une leçon de choses qui s'était déroulée dans un sous-bois des environs. Les enfants chantaient à tue-tête :

Qu'est-ce qu'elle a donc fait,
La p'tite hirondelle ?
Elle nous a volé
Trois p'tits sacs de blé.

Nous l'attraperons,
La p'tite hirondelle…

Le raclement paresseux des godillots dans la poussière rythmait la chanson. Les enfants, en blouse grise, portaient sous leur bras un cahier de brouillon transformé en herbier. Entre les pages, la cueillette du matin. Quelques brins d'asphodèle. Des fleurs de pissenlit. Des feuilles de hêtre desséchées accrochées à la tourbe du sous-bois.

— Cordier, soulève tes pieds ! ordonna Le Cloarec, qui se mit en travers de la route pour permettre aux enfants de traverser sans danger.

La Panhard freina avant de s'immobiliser. Une jeune femme conduisait. Elle se mit à tapoter le volant, un léger sourire flottant sur ses lèvres. Une avalanche de cheveux châtain clair retombait sur le chandail de grosse laine qu'elle avait noué sur ses épaules. Entre le col d'un chemisier largement échancré, le nœud des manches couvrait la naissance des seins. Sur le siège voisin, un homme en costume sombre, visage fermé, coupe en brosse quasi militaire, s'impatientait. Il avait déjà les tempes grises. À l'arrière, occupant toute la largeur de l'étroite banquette, genoux relevés serrés entre ses mains, se tenait un homme plus jeune. Le Cloarec fut frappé d'emblée par son air sérieux et l'intensité profonde de son regard accentué par l'arc de ses sourcils bien dessinés. Le visage était étroit avec un front haut et des joues creuses soulignées par deux plis d'ombre. Le nez était droit et les lèvres fines avec un rien d'amertume au coin de la bouche. Le passager remit en place quelques mèches sombres que le vent de la course avait soulevées. L'instituteur se dit que l'homme ne devait pas être très grand, presque frêle sans doute. Les deux hommes se saluèrent d'une inclinaison de tête. Les enfants avaient fini de traverser. La voiture accéléra et prit le chemin de *L'Écluse*.

Lorsque le trio entra, Clémence reconnut Karine. Le visage des deux autres ne lui disait rien. Elle n'eut guère le temps de se poser des questions, c'était le coup de feu. Elle les précéda vers l'unique table libre avant de leur remettre une ardoise avec le menu du jour. Karine lui sourit. Le sourire était doux, complice.

— Vous voyez, nous sommes de retour. Qu'est-ce que vous nous proposez ?

— Du lapin chasseur. Ça vous va ?

— Trois lapins chasseurs avec du vin. On prendra aussi une entrée.

L'homme, le plus jeune, ne l'avait pas quittée des yeux. Elle repartit vers le passe-plat, sur lequel fumait un gratin de macaronis. Malgré le brouhaha, elle entendit Karine dire :

— Je t'avais prévenu, son visage est intéressant.

Quand elle les servit, l'homme aux tempes grises la dévisagea avec une certaine perplexité. Les clients partirent les uns après les autres, alors qu'eux s'attardaient. Ils avaient fini leur bouteille de vin. Ils commandèrent des cafés et une fine champagne. L'homme plus jeune l'appela :

— Mademoiselle !

Il avait une petite voix timide, feutrée. Elle fit demi-tour.

— Oui ?

— Clémence, c'est bien votre nom ?

Elle approuva d'un signe de tête.

— Puis-je vous appeler Clem ? Dans le milieu du cinéma, nous sommes de drôles d'australopithèques, nous avons l'habitude d'abréger les noms, les histoires, les sentiments, parfois même la vie.

— Si ça vous fait plaisir.

Karine intervint :

— Je vous présente Marc Ferrier, le réalisateur de *L'Arpenteur de rêves*, et Jean-Louis Prieur, le producteur exécutif.

— Vous savez que vous avez beaucoup impressionné Karine, mon assistante, reprit Ferrier. Elle pense que vous pourriez incarner à merveille la jeune fille dont Rimbaud est tombé éperdument amoureux. Moi aussi, je le pense, après vous avoir vue. Ça vous tenterait ?

Elle s'empara nerveusement d'un plat qui traînait sur une table voisine pour qu'ils ne s'aperçoivent pas de son trouble.

— Je ne sais pas. Vraiment, je ne sais pas. C'est tellement inattendu.

— Prenez le temps de réfléchir, Karine vous en reparlera.

Ils réglèrent l'addition et sortirent. Ils remontèrent le chemin de halage sur quelques mètres. Prieur sortit un paquet d'américaines. Il en offrit aux deux autres qui refusèrent.

— Ah oui, j'avais oublié…

Il dut écarter un pan de son veston pour allumer sa cigarette à l'abri du vent. Ils regardèrent l'éclusier manœuvrer les portes aval de l'écluse. Une péniche pénétra doucement dans le bief avant que les portes ne se referment derrière elle. Marius Gontard ouvrit alors l'une après l'autre les quatre vannes. L'eau se déversa à gros bouillons avec un bruit de cascade. La péniche s'éleva lentement.

— Voilà au moins un beau décor naturel, observa Prieur.

— D'autant plus que le chemin de halage est bien entretenu. On pourra sans peine mettre un chaland à l'eau et le faire tirer par un cheval… On peut aisément imaginer Rimbaud se promenant par ici. Il aimait les rêves à grandes enjambées, dit Ferrier, qui faisait défiler les images de son film dans sa tête.

— Il y a des chevaux par ici ? s'étonna Karine. Je n'en ai pas vu.

— J'ai aperçu une forge. Il doit donc y avoir des chevaux. Dans cet endroit, on n'a pas grand-chose à faire pour basculer dans une autre époque. C'est un peu comme si tous les habitants s'y préparaient.

— Vous comptez sur eux pour jouer les figurants ?

— Bien sûr. Les costumes sont prêts. Alors, Prieur, qu'est-ce que vous en pensez ?

— De qui ?

— De la fille.

— Je ne pense pas que ce soit une bonne idée.

— Je ne suis pas d'accord, dit Karine. J'ai senti tellement de révolte, de blessures en elle, et en même temps une solidité toute campagnarde, que je pense qu'elle peut être la jeune fille sublimée dont Rimbaud est tombé amoureux. Elle est très belle. Impossible d'imaginer Rimbaud s'amouracher d'un laideron… Il était épris de beauté et d'absolu. N'est-ce pas, Ferrier ?

— S'amouracher n'est pas le mot juste. Au contraire, ce fut une passion violente, dévastatrice pour une jeune fille « aux yeux violets » dont on ne sait pratiquement rien, sauf qu'il dut la rencontrer autour du kiosque de la gare à Charleville.

— À Charleville ?

— Ou ici. Il n'y a pas grande différence entre les deux kiosques et on pourrait implanter des éléments de décor qui figurent la gare de Charleville. Ce serait plus pratique… Son ami Delahaye raconte que plusieurs mois après, alors qu'ils étaient attablés dans un café et que Rimbaud restait silencieux, il lui demande : « Eh bien, où en sont tes amours ? As-tu des nouvelles de la petite ? » Et Rimbaud, avec un regard d'une tristesse infinie, lui a dit : « Je t'en prie, tais-toi. » La tête entre les mains, il s'est mis à pleurer… Entre-temps, il avait réglé ses comptes avec les femmes.

Je voudrais vous casser les hanches […]
Fade amas d'étoiles ratées […].

— Et vous voulez que votre serveuse puisse répondre à un tel désespoir ? Elle n'a jamais joué !

— Mon Rimbaud non plus n'a jamais joué. Il sort d'une maison de redressement. Quand vous le verrez, vous constaterez que la ressemblance est sidérante. Du moins avec la photo célébrissime du poète, retouchée, idéalisée pour servir la légende. Je pense aussi qu'il sera plus à l'aise en face d'une jeune fille qui n'est pas non plus une comédienne professionnelle… Bon, il faut y aller. Nous avons encore trois exploitations à visiter pour choisir celle qui deviendra la ferme Rimbaud à Roche. Elle a été occupée par les Allemands en 1914 et détruite par la suite. Je dois aussi rencontrer l'instituteur qui veut lancer son ciné-club. D'après quelques échos, je crois que le projet est bien mal parti. J'ai aussi promis une interview au journal local, et ensuite, direction Paris, mais on n'y arrivera pas avant minuit.

7

ÇA RESSEMBLAIT à un complot enjuponné. Trois femmes penchées au-dessus d'une table, dans la grande salle vide, parlaient à voix basse. Une conversation ponctuée de brusques éclats de rire. Au milieu de la table, trois petits verres d'alcool de prune. Sans qu'il y ait chez elle la moindre trace de jalousie, Julieta dit soudain, songeuse :

— Comme j'aimerais être à ta place ! Tu en as de la chance, ça va changer ta vie !

— Faut rien exagérer. C'est un tout petit rôle. Six jours de tournage au maximum.

La Franquin porta son verre à ses lèvres, émit un petit claquement de langue satisfait.

— Il n'y a rien à dire, le père Blanchard connaît son affaire. Une prune pareille, il n'en sort pas d'un autre alambic à cent lieues à la ronde.

Deux cheminots entrèrent, insignes gravés sur le col de leur vareuse, casquettes rejetées en arrière de fronts lisses et vides.

— Excusez le dérangement, les petites dames, dit le plus grand.

Clémence voulut se lever.

— Laisse, j'y vais, dit la Franquin.

Ils commandèrent deux cafés enrhumés. Le percolateur fit chanter sa petite musique si agréable aux oreilles. La Franquin posa la bouteille de rhum à côté des tasses. Ils ne lésinèrent pas sur la quantité d'alcool qu'ils y ajoutèrent.

— On doit y aller si on veut attraper le 14 h 38, dit l'autre.

Ils burent en coup de vent, payèrent et sortirent. La Franquin reprit sa place.

— Je mettrai ta photo au milieu des bouteilles d'apéritif. Je dirai au client : « Regardez, elle a travaillé ici. » Ta célébrité rejaillira sur *L'Écluse*.

— Vous allez un peu vite. Je n'ai pas encore dit oui.

— Pourquoi ? Tu hésites ? demanda Julieta.

— Non, mais… Tout cela arrive trop vite. Ça bouleverse ma vie. Et puis il ne faut pas s'emballer, je dois encore tourner leur bout d'essai. Si je ne fais pas l'affaire, je tomberai de haut. Donc je préfère ne pas me faire d'illusions.

— T'as la trouille ! Pourtant, toi qui voulais fiche le camp d'ici, c'est l'occasion ou jamais, observa Julieta avec malice.

— Ce n'est pas si simple. Si je me ramasse, ça fera trop plaisir à ma mère.

Elle n'osa pas leur dire qu'elle était allée la voir. Elle arrachait des mauvaises herbes dans le verger. Elle s'était relevée, les deux poings sur les hanches.

— Pour une surprise, c'est une surprise !

Puis elle s'était extasiée sur la floraison des pommiers.

— Quelle splendeur ! Tu vois, nous avons réussi à sauver l'essentiel de la récolte. C'est un peu aussi grâce à toi.

Clémence avait été touchée que sa mère l'inclue dans cette réussite encore fragile. Elle en avait eu les larmes aux yeux. Elle s'apprêtait à lui parler du film et à lui annoncer que Ferrier lui proposait de jouer le rôle de la fille dont Rimbaud était tombé amoureux, mais sa mère lui avait demandé à brûle-pourpoint :

— Qu'est-ce que tu dirais si j'attendais un enfant ?

Clémence était restée pétrifiée.

— Quoi ? Tu es enceinte, à ton âge ?

— Pas la peine d'aboyer. Ça peut arriver à toutes les femmes, mon âge n'a rien à voir là-dedans.

En faisant allusion à son âge, Clémence savait qu'elle avait visé juste. Sa mère était devenue livide. Elle avait sifflé entre ses dents :

— T'es vraiment qu'une sale petite garce !

— Celui-là, je suis certaine que tu t'en occuperas, que tu l'aimeras.

Elle s'était enfuie entre les rangs de pommiers en fleur. Parvenue sur le chemin, elle s'était retournée et avait crié :

— Demande à Mérat pourquoi sa grange a flambé !

Elle-même n'en avait pas la moindre idée, mais elle savait que ça inquiéterait sa mère. La violence surgissait entre elles toujours de la même façon. Imprévisible. Destructrice. Elle avait mis du temps avant de retrouver une respiration normale. Lorsqu'elle avait regagné *L'Écluse*, devenu son havre de paix, la Franquin l'avait regardée avec insistance avant de lâcher :

— Toi, tu reviens de chez ta mère.

Julieta était arrivée à ce moment-là. Alerte, radieuse, chaque instant étant comme un cadeau de la vie.

— Quand tournes-tu ce bout d'essai ?

— Bientôt, Karine ne devrait pas tarder.

Au téléphone, l'assistante de Ferrier, devinant sans doute son hésitation, avait expliqué que tourner un film, c'était un peu comme entrer dans une famille. On pouvait s'engueuler, se faire la tête, mais on se réconciliait toujours… Pour le bien du film.

— Et quand le tournage est terminé, chacun repart de son côté. La famille éclate.

La Franquin considéra cette proposition comme un miracle qui réveillait en elle des souvenirs de l'époque où elle était danseuse dans une revue osée de Montparnasse. Elle dansait, seins nus, sur de la musique nègre dans le sillage de Joséphine Baker, qui avait fait un triomphe à Paris dix ans auparavant. Malmenée par la danse, elle s'offrait à travers Clémence l'illusion d'une revanche.

— Ah ! Si j'avais ton âge… Tu ne trouves pas que « Clémence Fourquet » risque de faire banal sur une affiche ?

— Non, pourquoi ?

— À ta place, je prendrais un pseudonyme.

— Mais je tiens à mon nom !

— Comme tu veux. Moi, je m'appelais Suzy Molitor quand je dansais à Paris avant-guerre.

Clémence et Julieta se regardèrent et s'écrièrent en chœur :

— Vous avez dansé à Paris ?

— J'avais votre âge. On a même fait une tournée en Indochine. Nous sommes restés dix jours à Saigon. Un triomphe. Remarquez, le public était surtout constitué de marins ou de légionnaires, et ils étaient certainement plus sensibles à nos seins nus qu'à la qualité de nos entrechats. Nous avons été à l'origine de splendides bagarres et de belles envolées de chaises.

Un sourire lointain de Joconde lui effleura les lèvres. Son regard se perdit dans l'écume des souvenirs.

Elle balaya la salle d'un geste las.

— Tout ça pour finir ici… Encore heureuse d'avoir pu m'offrir un toit et de manger tous les jours à ma faim. Ça n'a pas été le cas de toutes les autres.

— Qu'est-ce qui s'est passé ? demanda Julieta.

— Le talent a tourné court. Plus assez de souplesse dans les gambettes, je suppose, et les seins avaient perdu la cadence. Toi, ne laisse pas passer ta chance…

— Mais il faut que je lise ces deux monstrueux machins !

Elle désigna d'un coup de menton deux volumes reliés posés sur la table. Sur le plus mince était écrit « *L'Arpenteur de rêves*, scénario », sur le plus épais, « Découpage technique ». Karine les lui avait remis avant de partir.

— Et alors ? dit Julieta.

— La lecture n'a jamais été mon fort. Chaque fois que j'ouvre un livre, il me tombe des mains.

— Il suffit de trouver les bons, intervint la Franquin.

— Vous lisez beaucoup ?

— Oui, j'ai beaucoup lu.

Clémence glissa un ongle entre deux pages qu'elle avait cornées.

— Vous me voyez répondre « aux effusions exaltées de Rimbaud » ? C'est ce qui est écrit là, dans le découpage. Ils vont éclater de rire, Rimbaud le premier.

— Surtout avec ton accent ardennais.

— J'aurai un professeur de diction, il paraît qu'un accent se perd facilement.

— Tu vois, ils tiennent à toi.

— Vous savez ce que Ferrier m'a dit avant de partir ?

— Non.

— « Clem, je suis sérieux, vous feriez aussi une magnifique Ophélie, la fin tragique en moins : “Sur l'onde calme et noire où dorment les étoiles. / La blanche Ophélia flotte comme un grand lys…” » À croire qu'il connaît Rimbaud par cœur !

— Tu vas jouer Ophélie ou la fiancée de Rimbaud ? demanda la Franquin, je m'y perds.

— Dans le scénario, ils parlent d'une mystérieuse Isabelle aux yeux violets, je suppose que c'est moi.

La porte d'entrée carillonna. Une espèce de colosse jovial et sûr de lui se découpa sur le seuil. Il cligna des yeux pour s'habituer à la pénombre. Il avait le teint hâlé, un visage carré égayé d'un sourire enjôleur.

— Charmant endroit, clama-t-il. Karine arrive !

Il tenait à la main une petite caisse rigide en aluminium. Karine se faufila derrière lui.

— Je vous présente Bertrand Jaume, le cameraman et opérateur attitré de Ferrier. Ce sont deux amis, ils se sont connus en Allemagne, au service cinématographique des armées.

Avisant le scénario, elle vint complimenter la jeune fille :

— Vous vous y êtes mise, c'est bien !

— Pas vraiment.

— Remarquez, c'est peut-être plus sage, Ferrier retravaille les dialogues. Il estime qu'ils ne restituent pas très bien la versatilité ombrageuse et parfois méprisante de Rimbaud.

— Vous voulez boire quelque chose ? proposa Léonie Franquin, qui voulait donner l'image d'une hôtesse accueillante.

— Plus tard peut-être… Je voudrais profiter de cette lumière qui ressemble à une parure de soie, idéale pour capter le mystère d'un visage. Nous pouvons y aller quand vous voulez, petite Clémence. C'est un bien joli nom, Clémence, un nom qui incline à l'indulgence.

— Que devrai-je faire ?

— Vous contenter de marcher. Je veux attraper votre marche au vol.

— Pardon, je ne comprends pas !

Elle ressentit cet instant comme une terrible fatalité. Était-elle condamnée à rester à la lisière de ce monde, de ses extravagances, de son langage ? Devait-elle se résigner à ne pas le comprendre ?

— Je veux juste saisir votre façon de marcher, votre allure et le déhanchement subtil de votre silhouette, et surtout voir comment votre visage attrape la lumière. C'est le plus grand mystère du cinéma, cette complicité qu'un visage établit ou pas avec la lumière. Et Ferrier travaille toujours en lumière naturelle. Il se contente parfois d'un simple réflecteur pour éclairer une scène. Il déteste les éclairages boursouflés d'artifices du cinéma français dit de qualité. Souvent, il m'oblige à prendre la caméra à l'épaule et à suivre la déambulation des acteurs prisonniers de leurs émotions. Épuisant. Mais, à sa façon, Ferrier est en train de révolutionner le cinéma. Un peu comme Rimbaud a voulu faire du poète un voyant « par le long dérèglement de tous les sens ». Vous me suivez ?

— Je ne suis pas sûre.

— Je m'emballe, je m'emballe, et le temps passe.

Jaume ouvrit la petite caisse métallique pour en sortir une caméra que l'on tenait à la main. Clémence ne put dissimuler sa surprise.

— C'est avec ça…

— Que je vais vous filmer ? Oui. Ne soyez pas déçue. C'est une Bell & Howell, la caméra des baroudeurs, des reporters de guerre. Elle vous piège une émotion plus sûrement que les mâchoires d'acier la patte d'un renard. Elle en a filmé de la souffrance, et la mort aussi. Elle suffira pour le bout d'essai, qui n'est qu'une simple formalité puisque Ferrier a déjà pris sa décision.

Dehors, sur le chemin de halage, Clémence sentit son cœur se mettre à battre plus vite. En même temps, elle était furieuse de constater qu'elle allait servir de cobaye à une caméra qui se remontait à la main.

— Qu'attends-tu ? demanda Jaume, qui la tutoya pour la première fois afin de la mettre à l'aise.

— Qu'est-ce que je fais ?

— Je te l'ai dit, tu marches. Mais en marchant, tu imagines éprouver toutes sortes d'émotions.

Elle haussa les épaules. Une fois de plus, elle ne comprenait rien à ce qu'il lui disait. Elle décida de penser à sa mère. Le cameraman se mit à tourner autour d'elle. Puis il la filma de profil. Il la dépassa en courant :

— Avance vers moi. Là, c'est bien.

Deux enfants surgirent sur le pont d'une péniche, intrigués par ce manège. La petite fille mordit dans la pomme qu'elle tenait à la main et montra Clémence à son petit frère. Aussitôt, celle-ci se raidit et sa démarche perdit tout naturel. Sa fausse assurance, sans laquelle elle n'était plus rien sous l'objectif de la caméra, fondit tout d'un coup. Jaume s'aperçut du changement mais ne dit rien. Il se contenta de remettre une nouvelle pellicule dans le boîtier de sa caméra. Il demanda à Clémence de s'éloigner en longeant la péniche pendant qu'il la filmait de dos, sans doute le plan de fin le plus répandu de l'histoire du cinéma.

Quand ils rentrèrent à *L'Écluse*, Karine, qui tournait une cuillère mélancolique dans un fond de café, demanda :

— Alors, comment ça s'est passé ?

— Bien… Bien.

Lorsqu'ils se retrouvèrent seuls dans la voiture qui roulait vers Rethel, Karine s'inquiéta en observant le visage fermé de Jaume.

— Quelque chose cloche ?

Comme s'il se libérait d'un poids, il avoua :

— Je ne sais vraiment pas ce qu'il trouve à cette gamine. Je ne vois pas Rimbaud en tomber amoureux.

— Qu'en sais-tu ? Cela fait peut-être partie du mystère de la poésie.

— À moins qu'il ait une idée derrière la tête…

— Tu t'en aperçois seulement maintenant ? Pourtant, tu connais Ferrier. C'est le type même de petite biche dont il raffole.

— T'es bien placée pour le savoir !

Karine le regarda durement. Elle ne tenait guère à ce qu'on lui rappelle cet épisode de sa vie qui avait commencé sur un mode enchanteur. Pot de vin blanc frais partagé dans une gargote des bords de Marne. Promenade langoureuse en barque glissant sous les branches des saules pleureurs qu'on attrape en riant au risque de chavirer. Et ensuite, les larmes douloureuses de la rupture, quelques semaines plus tard. Dans cette chambre d'hôtel près de Deauville, elle avait mis toute sa fierté à les retenir. Elle n'avait surmonté cette déception que pour pouvoir continuer à travailler auprès de lui, pour continuer à le voir, à écouter cette voix posée, cajoleuse et cependant toujours vibrante de passion dès qu'il évoquait Chaplin, Hitchcock ou d'autres grands cinéastes américains. Pour entendre Ferrier l'appeler son Karibou, surnom qu'il lui avait donné à son retour du Québec, où il avait assisté à un festival du film français d'avant-garde. « Bien piètre avant-garde », lui avait-il dit. Continuer, pourquoi pas à l'aimer en silence, quitte à être déchirée dès qu'elle le voyait tomber sous le charme d'une autre, souvent des actrices en herbe.

Karine la solide, Karine l'inébranlable, Karine le roc souffrait alors comme une pauvre midinette, veillant toutefois à ce qu'il ne s'aperçoive de rien. N'était-elle pas passée maître dans l'art de donner le change ? Mais peut-être feignait-il de ne s'apercevoir de rien parce que ça l'arrangeait. Moyennant quoi, il l'avait appelée pour qu'elle fasse partie de l'aventure de *L'Arpenteur de rêves.* Un projet beaucoup plus ambitieux que son premier film. Il y avait d'abord cette époque, la fin du XIXe siècle, à reconstituer. Et puis comment traduire cette incandescence du génie poétique de Rimbaud ? Est-ce que sa vie qu'il allait tenter de suivre, du moins quelques étapes essentielles, pouvait l'expliquer ? Évidemment, non. Ce qu'il devait essayer de filmer, c'était l'histoire tourmentée d'une âme, celle d'un gamin de dix-sept ans qui avait marqué la poésie au fer rouge.

Avant de partir pour Charleville et de préparer quelques séquences sous les arcades de la place Ducale, elle déposa Jaume à la gare de Rethel pour qu'il attrape le train de Paris. Il donnerait aux laboratoires Éclair d'Épinay-sur-Seine pour les faire développer la trentaine de bobines d'essais qu'il avait tournées ces derniers jours. Elle ne comprenait pas l'obstination de Ferrier à refuser de se servir du son pour ces essais. Dès 8 heures du matin, ils les visionneraient ensemble en studio. Ferrier prendrait des notes sur le petit carnet noir qui ne le quittait jamais. C'est alors qu'il arrêterait sa distribution définitive. Il comptait proposer un second rôle à l'éclusier comme à Clovis Bastiani. Qu'un chiffonnier écoute du Schubert, il n'en avait pas fallu davantage pour le séduire. Surtout, ces deux-là avaient « une gueule », comme il disait. Son Rimbaud, c'était autre chose. C'était un vrai coup de foudre professionnel. Karine l'avait vu changer de couleur lorsqu'il avait pointé du doigt la photo de cet adolescent maigre et arrogant. Choisie après des centaines d'autres reçues après la parution de l'annonce dans un grand journal du soir. Le garçon s'appelait Christopher Rips. Un père anglais qu'il n'avait jamais connu, pas plus que Ferrier n'avait connu le sien, et sans doute qu'il portait en lui cette blessure secrète de l'adolescence, d'après les quelques bribes de confidences qu'elle avait réussi à lui arracher, au creux du lit d'un petit hôtel de la côte normande dont l'un des volets, mal attaché, avait battu toute la nuit dans les coups de sang du vent du large. Ce film était un peu comme la grande farandole des enfances blessées qui ne savent se réfugier que dans le mensonge afin de se protéger. Ou dans la fugue à l'image de Rimbaud.

Christopher Rips aussi avait multiplié les fugues. Ferrier avait insisté pour que Karine et Jaume l'accompagnent jusqu'à l'établissement spécialisé dans le ravaudage des enfances en éclats de verre brisé. Ils étaient arrivés devant un château de nouveaux riches construit à la fin du XIXe siècle dans les environs de Chantilly. Une grille, une imposante porte en demi-cintre à laquelle on accédait au bout de quelques marches, sur le côté une entrée plus discrète qui desservait deux étages de dortoir, un troisième de mansarde qui logeait les éducateurs capables de vous plaquer un adolescent récalcitrant dans les orties. À l'arrière du bâtiment, un perron entouré de balustres qui donnait sur une vaste pelouse et, au-delà, un bois. Le château avait été transformé en institution d'éducation spécialisée à la fin de la guerre. Ce n'était pas Christopher Rips qui avait envoyé sa photo à la production, mais un de ses camarades qui en était secrètement amoureux. C'est ce que leur avait expliqué le directeur de cet établissement pour enfants difficiles, qui les avait reçus dans son bureau, une pièce aux sombres boiseries de chêne. C'était un homme de taille moyenne avec des cheveux ondulés grisonnants dont il ramenait sans cesse d'un geste nerveux une mèche qui lui tombait sur le front.

En apparence, il s'était montré cordial en s'effaçant pour les laisser entrer et en les invitant à s'asseoir dans deux austères fauteuils. Il s'était dit flatté qu'on s'intéresse à l'un de ses pensionnaires pour interpréter le rôle de Rimbaud.

— Ah, Rimbaud ! *« Jadis, si je me souviens bien, ma vie était un festin où s'ouvraient tous les cœurs, où tous les vins coulaient. / Un soir, j'ai assis la Beauté sur mes genoux. – Et je l'ai trouvée amère – Et je l'ai injuriée. »*

N'avait-il appris le début d'*Une saison en enfer* que pour les impressionner ? s'était demandé plus tard Ferrier. Cordial certes, mais, derrière ses lunettes à large monture d'écaille, il n'était pas difficile de déceler sa méfiance.

— Vous savez, le théâtre occupe une large place dans notre processus éducatif. Cela donne à chaque pensionnaire l'opportunité de prendre une certaine distance par rapport à ses blessures intimes. De sortir de sa colère, de dépasser sa révolte. Sur scène, il devient un autre pour s'exprimer en toute liberté. Il faut comprendre que ce sont avant tout des malmenés de la vie. Le théâtre nous est d'une aide précieuse pour les remettre dans le droit chemin.

L'unique fenêtre de la pièce donnait sur une cour fermée par de hauts murs sur lesquels pesait une lumière chiche et lisse. Un coup de sifflet avait retenti. Des garçons en uniforme de drap bleu étaient entrés en silence dans la cour avant de se mettre à tourner en rond sous le regard impitoyable d'un pion. Ils avaient l'air renfrognés et sournois. Karine pensa qu'on essayait de les mater mais, en croisant un de ces regards, elle se dit que la partie n'était pas gagnée. Ferrier demanda ce que Rips avait fait pour être enfermé ici.

— Oh, ils ne sont pas enfermés ! protesta le directeur. Nous ne sommes pas dans une maison de correction. En ce qui le concerne, il a commis pas mal de petits larcins et il a même volé une machine à écrire dans le bureau où son beau-père travaillait comme comptable. « Je voulais écrire un roman », a-t-il prétendu en guise d'excuse. J'ai pensé qu'il avait l'intention de la revendre pour s'offrir une nouvelle fugue. Je crois que les psychologues ont surtout voulu l'éloigner de sa famille. Il ne s'entendait pas avec son beau-père, qui avait le coup de ceinture facile, sans trouver aucune tendresse ni réconfort auprès de sa mère, pour laquelle il était surtout un fardeau… Cela marque des enfances au fer rouge et prédestine à la fureur.

Le directeur s'était arrêté de parler. Il s'était mis à frotter ses mains nerveusement l'une contre l'autre comme pour évacuer son embarras.

— Euh... Il faut que je vous dise...

— Oui ? fit Jaume.

— Ce n'est pas facile. Nous aurions une terrible responsabilité si jamais... Enfin, si jamais il recommençait.

— Recommencer quoi ? avait interrogé Ferrier que ces hésitations commençaient à agacer.

— Une nouvelle tentative de suicide.

Karine et Ferrier se regardèrent. Jaume tourna la tête vers la cour, où les adolescents continuaient de tourner en rond.

— Qu'est-ce qui s'est passé ? dit Ferrier.

— À la suite d'une punition un peu trop sévère, peut-être, en tous les cas qu'il a trouvée injuste, il a quitté son dortoir et il est allé en pleine nuit forcer la porte de l'infirmerie, où il a bourré ses poches de boîtes de comprimés qu'il a avalés au wagon.

— Au wagon ? demanda Jaume.

— C'est un ancien wagon de marchandises conservé sur un tronçon de rail, au bord de l'Oise, juste au-delà des limites de l'institut. On prétend qu'il a servi à déporter des Juifs internés à Drancy vers les camps de la mort. Le maire a eu un temps des velléités d'en faire un lieu d'éducation pour les enfants, avant d'y renoncer pour d'obscures raisons, mais il hésite toujours à le faire détruire. Pour l'heure, il abrite des amours juvéniles ou clandestines quand il ne sert pas de refuge aux vagabonds. D'ailleurs, c'est l'un d'eux qui a découvert Rips inanimé. Il est aussitôt venu nous prévenir. À une demi-heure près, il était trop tard, nous a affirmé le médecin de l'hôpital de Creil. Rips respirait à peine et ses jambes étaient glacées. Cette histoire a fait grand bruit. Les parents nous ont même menacés d'un procès. Mais tout s'est bien terminé. Une tentative de suicide chez un adolescent est toujours une forme d'appel au secours, soupira le directeur. Nous essayons d'y répondre de notre mieux.

« Il pourrait nous épargner ce type de cliché », pensa Ferrier.

— Si elle ne présente pas que des avantages, votre proposition peut cependant lui offrir une diversion salutaire. C'est pour cette raison que j'appuierai votre demande auprès de ses parents, des gens qui ne sont pas très faciles. Enfin, vous jugerez par vous-mêmes.

Le directeur avait demandé à la professeur d'allemand, une jeune femme aux gestes saccadés et à la démarche autoritaire, d'aller chercher Christopher Rips. Elle revint en poussant devant elle un adolescent à la fois fier et revêche qui les salua à peine avant de les toiser d'un regard narquois. Ferrier fut choqué que le directeur ne l'invite pas à s'asseoir. Tout le temps de la conversation, il se tint sur le côté du bureau en se dandinant d'un pied sur l'autre, les deux mains derrière le dos, l'air désinvolte. Non seulement sa ressemblance avec Rimbaud était stupéfiante, même regard d'un bleu translucide et glacé avec quelques éclats de pervenche, visage ovale et bouche amère, tignasse châtain délavé, mais en pénétrant dans cette pièce plutôt austère il l'avait rendue étrangement vivante. « Il est né pour être acteur », se dit Ferrier en le dévisageant.

Non, il n'avait guère envie de faire le zouave devant une caméra… « Était-ce bien payé au moins ? Ah, tant que ça ! Je pourrais alors m'offrir le vélo de course dont je rêve depuis des années. » Non, il ne voyait pas en quoi ce tournage pourrait transformer sa vie. Lui rêvait d'une vie simple. Pourquoi pas garde forestier ? Karine eut l'impression qu'il se fichait d'eux avec une insolence jubilatoire. Est-ce qu'il connaissait Rimbaud ? Pas plus que ça, même si, comme tout le monde, il avait appris *Le Dormeur du val* en classe de français. Sans qu'on le lui demande, il se mit à réciter :

C'est un trou de verdure où chante une rivière
Accrochant follement aux herbes des haillons
D'argent ; où le soleil, de la montagne fière,
Luit : c'est un petit val qui mousse de rayons.

Il n'avait pas fait le moindre effort pour dire la première strophe d'une voix légèrement voilée. Mais il avait trouvé d'instinct le ton juste en exprimant par d'imperceptibles hésitations toute la violence latente du poème sous l'apparence paisible du paysage. Ferrier eut aussitôt la conviction qu'ils se trouvaient en face d'un prodige. Devant cette morgue qui masquait sans doute une certaine timidité, Karine eut envie à la fois de lui flanquer une paire de gifles et de le serrer contre elle. Sa bouche esquissa un vague sourire, comme s'il était satisfait de son numéro.

— Bon, si vous réussissez à convaincre mes vieux, je suis prêt à jouer votre Rimbaud. Mais autant vous prévenir tout de suite, ce sont de vrais Ténardier, surtout le beau-père.

Il se frotta l'index contre le pouce dans un geste significatif. En résumant le scénario de son film, Ferrier avait piqué la curiosité du garçon. En quittant la pièce avec Jaume pour aller tourner son bout d'essai, après avoir obtenu l'accord du directeur, Rips glissa discrètement à Karine :

— Merci, ça me permettra de m'évader de cette boîte qui veut nous transformer en singes dociles.

Et à voix haute :

— Qu'est-ce que je dois faire ?

— Contente-toi de marcher. Rimbaud aimait battre la campagne autour de Charleville, cheveux en bataille, dans des errances interminables à grandes enjambées, du côté de Romery, Saint-Laurent, Gernelle, pendant lesquelles un vers ou deux jaillissaient. À Romery, il se réfugiait dans une carrière avec son ami Delahaye pour fumer des pipes et écrire.

— On y tournera une séquence, dit Ferrier.

Durant ces explications, Christopher Rips était resté attentif, comme s'il essayait de mémoriser les indications du metteur en scène.

— Éblouissant, avait conclu Jaume à la fin du bout d'essai.

Il fut convenu avec le directeur que l'adolescent logerait chez Ferrier, à Montmartre, durant la semaine de répétition où il s'agissait de mettre en place son jeu face aux acteurs professionnels. Ferrier aurait la responsabilité du garçon.

Par le plus grand des hasards, Ferrier habitait non loin de la rue Nicolet, où Verlaine logeait avec son épouse chez ses beaux-parents. Il expliqua :

— Verlaine part attendre Rimbaud à la gare de Strasbourg, la future gare de l'Est. Les deux hommes ne se connaissent pas et se manquent. Rimbaud se présente seul rue Nicolet, au grand étonnement de la mère et de la fille, qui ne s'attendent pas à la visite d'un garçon aussi mal fagoté, un presque malotru. Mme Verlaine a détesté d'emblée ce poète à crottin, arrivé sans bagage de sa campagne ardennaise. Lui ne s'est pas senti davantage à sa place dans cet intérieur de broderies anglaises avec son piano droit, ses fauteuils capitonnés et sa bergère recouverte de velours d'Utrecht. Dans cette odeur petite-bourgeoise d'encaustique qu'il méprisait, Rimbaud prit un malin plaisir à briser quelques colifichets de porcelaine, l'attente se prolongeant. « Oh, pardon, je suis tellement maladroit ! » bougonna-t-il, l'air plus renfermé que jamais.

Au fur et à mesure que Ferrier parlait, le visage de Christopher s'éclairait.

— Bon sang ! Votre Rimbaud commence à me plaire ! s'écria-t-il.

— J'en suis ravi, l'identification à votre personnage est importante, constata Ferrier qui poursuivit : Quand enfin Verlaine fut de retour à l'appartement de Montmartre, les deux poètes se jaugèrent, s'épièrent, et chacun essaya de se faire aimer de l'autre, sous le regard courroucé des deux femmes. Rimbaud, n'en pouvant plus, entraîna dehors Verlaine, qui n'était pas de taille à résister à un tel typhon. Ils se mirent à écumer les bistrots du quartier qui servaient une absinthe frelatée.

— Leur amitié commença donc par une belle cuite, observa Rips.

— La scène est dans le scénario.

— Si j'ai bien compris, je vais me retrouver face à des acteurs professionnels.

— Ce n'est pas faux, dit Ferrier.

Rips sourit. Karine et Jaume échangèrent un regard de connivence. C'était intéressant de voir que l'adolescent était prêt à relever le défi.

— Verlaine sera interprété par Frantz Lanvin, une découverte de Jaume. Il l'a rencontré sur un tournage.

— Son regard oblique m'a tout de suite fait penser à celui de Verlaine, précisa Jaume. Il a aussi la même barbe furieuse, et ce ne sera pas difficile de le gratifier au maquillage d'une calvitie précoce.

— Il est sorti de l'école de la rue Blanche, vous connaissez ? demanda Ferrier.

— Non.

— C'est une des meilleures écoles de théâtre, sinon la meilleure, qui forme des comédiens. René Cibel qui interprétera Georges Izambard, le professeur de rhétorique de Rimbaud, l'a également fréquentée. Quant à Agnès Romance, qui prêtera son austère visage à la « mère Rimbe », elle sort du Conservatoire. Vous voyez, vous serez bien entouré.

Ferrier avait parlé de ses comédiens pour faire plaisir au directeur, qui espérait voir surgir au fil de la conversation les noms de quelques célébrités, mais aucun de ceux-ci ne lui était familier. Visiblement, il était déçu. Désirant se montrer courtois jusqu'au bout, il demanda à sa secrétaire de servir le thé.

Ils quittèrent l'institution sur des sentiments mitigés. Ils partageaient la même euphorie d'avoir découvert leur Rimbaud. En même temps, ils éprouvaient une certaine appréhension que Jaume résuma à sa façon :

— Le gosse est impressionnant, mais j'ai comme le sentiment qu'il va nous donner pas mal de fil à retordre. Il saura se faire détester, il a le même orgueil ombrageux que Rimbaud. Et puis je me demande s'il va s'entendre avec la gamine.

Karine, qui conduisait la petite Panhard, constata :

— C'est marrant, j'étais en train de me poser la même question.

Ferrier avait fermé les yeux et restait silencieux. Ils sortirent de Chantilly et dépassèrent un petit groupe de cavaliers qui menaient leur monture au petit trot dans l'allée bordée de grands tilleuls qui longeait la route à cet endroit. Une jeune fille, dos bien droit, tête coiffée d'une bombe, mains fermées sur les rênes, les salua d'une inclinaison de la tête.

— On dirait un équipage de chasse à courre, observa Jaume.

— C'est peut-être le cas, fit Karine.

Tiré de ses pensées, Ferrier demanda :

— Alors, votre conclusion ?

— Sur quoi ? interrogea Karine.

— Vont-ils s'entendre ou pas ?

— Le pari est risqué, mais il vaut le coup d'être tenté, répondit Karine.

— On a oublié l'essentiel, fit remarquer Jaume.

— Quoi donc ? demanda Ferrier en fronçant les sourcils.

— Convaincre les Ténardier.

— Pour moi, c'est simple, ou bien on arrive à se mettre d'accord avec eux, et dans ce cas tout va bien, ou bien j'abandonne le projet et je passe à autre chose. À l'instant précis où ce gamin est entré dans le bureau, j'ai su qu'il me serait impossible d'imaginer quelqu'un d'autre dans le rôle de Rimbaud.

— Et qui va se charger de les convaincre ? questionna Jaume.

— Karine, bien sûr.

Ils se mirent à sourire comme si, pour la première fois, un vent d'optimisme pénétrait dans l'habitacle de la voiture. Ils arrivèrent à Paris à la nuit tombée.

Clémence n'y avait pas encore pensé lorsqu'elle s'installa dans son compartiment. C'était la première fois qu'elle partait pour Paris. Son premier vrai voyage. Destination Paris. C'était écrit sur un panneau de tôle accroché au mur de la gare avec le nombre de kilomètres. Son horizon venait de s'élargir démesurément. Le train s'ébranla dans un halètement souffreteux, et bientôt les premières écharpes de fumée glissèrent le long de la vitre. Un couple âgé se faisait face de chaque côté de la porte vitrée, qui se mit à vibrer doucement au fur et à mesure que la locomotive à vapeur prenait de la vitesse. La femme tenait sur ses genoux un panier en osier recouvert d'un torchon qu'elle écarta pour prendre un œuf dur qu'elle tendit à son mari. À côté d'elle, un homme plutôt jeune en salopette.

Un maçon ? Un mécanicien ? Il tenait une cigarette. C'est à peine s'il l'avait regardée quand elle avait fait glisser la porte du compartiment. Il ne se leva même pas pour l'aider à hisser sa valise dans le filet à bagages, la même petite valise avec laquelle elle était arrivée à *L'Écluse* quelques mois plus tôt. Les choses et les gens avaient bien changé depuis. À commencer par la Franquin, qui s'était mise en quatre pour l'aider à plier ses vêtements.

— Tu crois que deux chemisiers ce sera suffisant ?

— Je n'en ai pas d'autres.

— Tu aurais dû t'en préoccuper avant. Si j'avais su...

Elle avait aussi multiplié les recommandations, comme si elle s'adressait à sa fille.

— Fais bien attention à toi là-bas. Paris, c'est un tourbillon. On a vite fait de se laisser entraîner...

Sans le faire exprès, c'est du moins ce qu'elle avait prétendu, la Franquin avait décacheté la lettre qui contenait le billet de train envoyé par la production ainsi que l'adresse de son hôtel, rue des Abbesses, *Le Coq noir*. Dès lors, une frénésie joyeuse avait emporté l'humeur de Clémence et de Julieta. Elles avaient vidé quelques coupes de champagne pour célébrer un départ plein de promesses.

Elle avait prié en montant dans le train pour que les places près de la vitre soient inoccupées. Là-haut, quelqu'un avait exaucé sa prière.

Elle rajusta ses cheveux devant le petit miroir fixé au-dessus des dossiers des sièges, puis elle s'assit, rejetant sa tête en arrière. Le mécano lui tendit son paquet de cigarettes, mais elle refusa avec le sourire. Par la vitre, le paysage donnait l'impression de se précipiter vers elle avant de disparaître, comme sa vie qui s'accélérait et qu'elle semblait ne plus maîtriser. En dépit des encouragements que lui avaient prodigués les uns et les autres, tout comme Julieta, qui ne cessait de lui répéter qu'elle avait beaucoup de chance, elle éprouvait une sourde angoisse. Et cette angoisse n'avait cessé de grandir. En même temps, elle avait hâte d'arriver à Paris.

Lorsqu'elle se retrouva sur le quai de la gare de l'Est, portée par le flot écrasant des voyageurs, ce n'était plus de l'angoisse mais une vraie peur. C'était impossible de s'arrêter. On la bouscula. On l'écrasa contre un chariot à bagages. Elle faillit manquer Karine, qui lui faisait de grands signes de la main. Elle reprit une respiration normale, soulagée que l'assistante de Ferrier se soit donné la peine de venir l'attendre.

— Tu as fait bon voyage ?

— C'était un peu long, je n'ai pas l'habitude.

— C'est la première fois que tu viens à Paris ?

— Oui.

— C'est une ville fascinante, mais je crains que tu n'aies guère le temps d'en voir grand-chose. Je vais te conduire à ton hôtel. Tu pourras prendre une douche. Je passerai te prendre vers 20 heures. Ferrier a prévu qu'on dîne ensemble dans un petit bistrot de la place du Tertre. C'est un endroit un peu bohème. On y croise quelques acteurs qui courent le cachet, des chanteurs des rues et aussi pas mal de rapins.

— Pardon ?

— Ah, Montmartre déteint sur moi… Ce sont des peintres. Tu feras la connaissance de Christopher

Rips, qui va jouer Rimbaud. Frantz Lanvin, autrement dit Verlaine, sera là aussi. En revanche, René Cibel et Agnès Romance, la mère Rimbe, n'ont pu se libérer. Une histoire de cœur pour le premier et une représentation prévue de longue date dans un théâtre de poche pour la seconde. C'est une femme très généreuse et elle n'hésite pas à soutenir de jeunes auteurs en jouant presque gratuitement. On devrait passer une soirée agréable avant d'attaquer les répétitions demain matin.

La petite Panhard emprunta un entrelacs de ruelles étroites et escarpées dans lesquelles il était de plus en plus difficile de circuler. En pénétrant dans la rue Tourlaque, Karine montra la façade d'une maison aux vastes baies vitrées.

— C'est ici qu'habitait Lautrec.

— Lautrec ?

— C'est un peintre.

« Encore un nom qui ne signifie rien pour elle », songea Karine.

La voiture finit par buter contre un chariot tiré par une grosse jument. Le conducteur déchargeait tranquillement des casiers à bouteilles qu'il empilait devant la façade rouge sang d'un bistrot. Il n'avait pas l'air de se presser.

— Ah ! Ici, c'est encore la campagne, soupira Karine.

Durant tout le trajet, Clémence resta le nez collé à la vitre. Tout l'étonnait. Tout l'enchantait.

Elle jetait un regard avide sur les femmes qui sortaient des boutiques. Sur les passants nonchalants ou pressés. Elle avait oublié l'angoisse qui l'avait étreinte sur le quai de la gare. Après maints détours,

Karine la déposa devant *Le Coq noir.* Son hôtel ne payait pas de mine. Trois marches compensant la pente de la rue permettaient d'accéder à l'entrée, une porte étroite avec juste le nom gravé sur le verre de l'imposte.

— Je passe te reprendre tout à l'heure. On ira au restaurant à pied, ce n'est pas très loin.

La moquette épaisse du couloir lui donna l'impression de marcher sur de la ouate. À l'accueil, un garçon plutôt jeune lui remit sa clé. Sans doute un étudiant, car il avait levé les yeux de son livre quand elle s'était accoudée au comptoir. En se retrouvant seule dans sa chambre, elle se sentit comme étourdie. Sans même ôter ses chaussures, elle se jeta sur le lit, croisa ses mains derrière sa tête et contempla le plafond. Elle venait de franchir la porte d'un autre monde. Un monde infiniment plus riche que celui qui lui était familier. Des éclats de voix jaillirent de ce qu'elle prit pour la rue et qui n'était que l'arrière-cour de l'hôtel. S'était-elle assoupie ? Elle ouvrit la fenêtre. Devant elle s'étendaient à perte de vue le ressac des toits en zinc et, au-delà, le dôme du Sacré-Cœur.

En quittant l'hôtel, Karine et elle bifurquèrent très vite et empruntèrent un escalier de pierre partagé par une rampe en fer.

Elles descendirent trois marches pour pénétrer dans une grande salle à peine éclairée. Elles étaient les premières. D'ailleurs, à part un homme en blouse grise tachée de couleurs accoudé au bar, il n'y avait pas d'autres clients. L'endroit s'appelait *À la lyre d'Ubu.* L'espace était occupé par plusieurs rangées de tables. Au fond, un rideau rouge barrait toute la largeur de la salle.

— Ce soir, c'est Monique Morelli qui chante, annonça Karine.

Le menu était peint en lettres blanches sur une vitre plaquée derrière le bar. Le patron les conduisit à leur table.

— M. Ferrier a téléphoné, il sera en retard.

— On ne va pas se laisser mourir de soif en les attendant, non ? Qu'en penses-tu ? demanda Karine. Je prends un Martini-gin, et toi ?

— Comme vous.

— Au diable, les cérémonies ! Tu peux me tutoyer.

Un à un, des couples entraient. Le garçon les installait à leur table et allumait la bougie fichée dans le goulot d'une bouteille. Quand enfin Ferrier apparut en compagnie de Christopher Rips et de Frantz Lanvin, les yeux de Karine et de Clémence brillaient d'une lueur singulière. La flamme des bougies n'y était pour rien. Elles en étaient à leur troisième Martini-gin.

Emporté par la passion, c'est à peine si Christopher Rips salua Clémence. Il se contenta d'un vague signe de tête et d'une poignée de main molle et indifférente. Comme tous ceux qui le rencontraient pour la première fois, elle fut frappée par l'éclat singulier de son regard. Un regard dénué de douceur. Il reprit le cours de sa conversation avec Ferrier. Il défendait les méthodes de l'Actors Studio, ce qui ne signifiait rien pour elle.

— J'aimerais suivre l'enseignement de Lee Strasberg, le fondateur de cette école de théâtre avec son acolyte Stanislavski, à New York, dit-il à Ferrier et au garçon barbu qui l'accompagnait. Utiliser les sentiments les plus violents qu'on a en soi pour réussir une identification parfaite avec le personnage qu'on joue, pour moi, c'est ça, être un acteur.

— La méthode n'est pas sans danger, elle peut entraîner la folie.

— N'y a-t-il pas une part de folie chez Rimbaud ?

— Précisément, quand le metteur en scène dit « coupez », on doit se dépouiller de son personnage et penser à autre chose… Sinon, on devient fou.

— Mais on perd la vérité !

Ferrier poussa un soupir amusé.

— M. Rips est devenu une véritable encyclopédie vivante. Non seulement il a dévoré tous les livres sur Rimbaud qui lui sont tombés sous la main depuis notre rencontre, mais il a aussi pioché quelques idées chez Stanislavski. Pour tempérer ses ardeurs, il aurait dû commencer par lire *Le Paradoxe sur le comédien*, de Diderot. Pour l'auteur de *Jacques le fataliste*, le grand acteur est celui qui joue de « sens froid ». Bon, trêve de considérations savantes, j'ai faim. Ah ! Christopher, je ne vous ai pas présenté Clem, la jeune fille dont Rimbaud tombe amoureux.

— Mais c'est une paysanne ! s'exclama-t-il sans que l'on sache s'il parlait de Clémence ou de son personnage.

— À la fin du XIXe siècle, on avait fort peu de chances de croiser une intellectuelle parisienne à Charleville, intervint Karine, qui avait perçu la gêne de la jeune fille et que l'insupportable fatuité de Rips irritait.

Lanvin, qui avait pris place à côté de Clémence, se pencha vers elle et lui dit tout bas :

— On ne nous a pas présentés. Je suis Verlaine.

Et il posa sa main sur celle de la jeune fille.

Le garçon déposa sur la table plusieurs sortes de terrines, une corbeille de pain et un bocal de cornichons.

— C'est à volonté, dit-il. Du vin, monsieur Ferrier ?

— Deux pots de bourgueil. C'est le meilleur de Paris.

La conversation prit un tour plus léger, au grand soulagement de Clémence, qui avait à peine lu le scénario. Puis un silence heureux s'installa autour de la table, tandis qu'ils commençaient à manger. À plusieurs reprises, Clémence avait croisé le regard d'un étudiant qui dînait avec deux jeunes filles. Elle avait surpris son geste quand il avait montré du doigt leur table à ses compagnes. Elle fut à peine étonnée de le voir se diriger vers eux. Le garçon semblait timide et triturait sa pipe. Plein de déférence, il s'adressa à Ferrier, qui leva les yeux de son assiette.

— Pardon de vous déranger, mais vous êtes bien Marc Ferrier ?

— Oui, je vous écoute.

— Je voulais vous dire que j'ai admiré sans réserve *L'Illusion d'Icare*.

— *Les Illusions d'Icare*, corrigea Ferrier, ce qui plongea le jeune homme dans la plus totale confusion.

— C'est un honneur de vous rencontrer. Je considère que vous avez apporté un souffle nouveau au cinéma.

— Je ne sais pas si c'est vrai, mais c'est gentil de me le dire.

— Quand le petit Frank empoigne la gouttière pour mettre son plan à exécution et s'enfuit de chez lui parce que son père vient de lui flanquer la correction de trop, qu'on aperçoit les marques des coups de ceinture sur sa peau à chaque fois que son pull-over se soulève pendant sa descente, qu'on se demande quand il va glisser et tomber, j'étais bouleversé… Je n'ai recommencé à respirer que lorsque son espadrille a touché le sol. Je ne veux pas vous ennuyer avec mes histoires personnelles, mais on peut dire que ce film, d'une certaine façon, a changé ma vie. Si ce n'est pas abuser, puis-je vous poser encore une question ?

— Je vous en prie, faites.

— Est-ce que vous avez un autre projet de film ?

— Nous allons commencer le tournage d'un film sur Rimbaud avec ces messieurs-dames.

Le jeune homme prit congé.

— Vous avez vu ? Mon film a rendu au moins un spectateur heureux. Je ne savais pas qu'un film pouvait changer le cours d'une vie. Je pensais que le cinéma était juste une distraction, parfois à peine plus intelligente que le jeu de boules ou le billard américain.

Ferrier était heureux de tourner en dérision le plaisir qu'il venait de ressentir.

— Est-ce que vous prendrez notre célèbre chateaubriand avec ses pommes boulangères ? demanda le garçon.

— Je vous le conseille, la viande est toujours succulente ici.

— Tu veux la soûler ? interrogea Karine, qui observait le manège de Lanvin qui remplissait le verre de Clémence dès qu'elle avait trempé ses lèvres.

Il n'eut pas le temps de se défendre. Le rideau de la petite scène s'ouvrit et un air d'accordéon jaillit des coulisses. Toute vêtue de noir, large visage de tragédienne encadré de cheveux sombres, avec une frange sur le front, Monique Morelli vint s'incliner devant la salle. Elle commença à chanter. Sa voix rauque aiguillonnée par le tabac emplit de mélancolie la modeste salle où chacun retenait son souffle.

Entre deux couplets, Ferrier glissa à Karine :

— Écoute cette voix de lave. Et si je lui demandais une chanson pour le générique du film, qu'en penses-tu ?

— C'est une excellente idée, elle chante si bien les paysages de brume rimbaldiens.

Ce soir-là, celle qui fut sans conteste la plus sensible à l'incantation bouleversante de cette voix, ce fut Clémence. Yeux mi-clos, visage happé par la poursuite qui suivait la Morelli dans ses déplacements, elle semblait sur le point d'éclater en sanglots. « Elle a une sacrée sensibilité, la gamine », pensa Karine.

À la fin du spectacle, ils se retrouvèrent sur le trottoir avec le sentiment d'avoir partagé un moment de grâce. Ils n'avaient pas envie de se quitter.

— On irait bien prendre un verre quelque part, proposa Lanvin.

— Bonne idée ! s'écria Rips, qui avait pas mal bu.

— Désolé de jouer les rabat-joie, mais une rude journée nous attend et il est préférable d'aller se coucher, décréta Ferrier.

— Cruel metteur en scène. « Plus léger qu'un bouchon j'ai dansé sur les flots / Qu'on appelle rouleurs éternels de victimes, / Dix nuits, sans regretter l'œil niais des falots ! » déclama Frantz Lanvin.

— Je vois que monsieur Verlaine connaît *Le Bateau ivre*, ironisa Karine.

— Je vais raccompagner Clémence jusqu'à son hôtel, ajouta Lanvin.

— Ne te dérange pas, c'est sur ma route, fit Karine.

— Décidément, ce n'est pas ma nuit…

Rips et Ferrier regagnèrent l'appartement du réalisateur.

— Sérieusement, il voulait la séduire, mais il est laid comme un pou, observa Rips.

— C'est tout l'art du maquillage.

Les deux hommes éclatèrent de rire.

Ferrier arriva, le visage fatigué, mais l'humeur radieuse. Tous étaient rassemblés dans la pénombre de la salle que leur avait prêtée un ami du chargé de production. Jaume se servit un café, Karine reprit un croissant. Clémence se sentait bien au milieu de l'équipe, à laquelle s'était jointe la scripte, une grosse femme d'une quarantaine d'années qui ne cessait de se plaindre de la lourdeur de ses jambes. Elle portait un chronomètre autour du cou.

— Et Rimbaud ? demanda Lanvin.

— Ce garçon est incroyable. Nous avons discuté cinéma une partie de la nuit. Dans son institution, ils ont transformé une ancienne orangerie en salle de projection et il connaît tous les classiques. Il est incollable sur Carné. Ses jugements sur *Quai des brumes, Les Visiteurs du soir* ou *Les Enfants du paradis* sont étonnamment justes, même s'il attend autre chose du cinéma d'aujourd'hui, m'a-t-il expliqué.

— C'est le seul qui se fait attendre, observa, acerbe, Agnès Romance.

Elle avait déjà joué dans une dizaine de films qui avaient bien marché et jouissait de sa célébrité.

— Il arrive. Il m'a promis une surprise. Je ne sais pas trop ce qu'il mijote, dit Ferrier.

Karine commença à distribuer un exemplaire du scénario à chacun et Clémence commença à le feuilleter. La porte du fond de la salle s'ouvrit et Christopher Rips fit son entrée. Cheveux hirsutes, cravate de corde autour du cou, paletot défraîchi, allure gauche et timide d'un jeune potache ayant grandi trop vite avec son pantalon trop court qui laissait voir des chaussettes de coton bleu grossièrement tricotées, c'était le Rimbaud qui avait rempli d'inquiétude la jeune Mme Verlaine, enceinte de sept mois, lorsqu'il avait débarqué à Paris. Tout le monde resta sidéré. Même Agnès Romance admit en elle-même qu'elle venait d'assister à l'apparition d'une comète dans le ciel cinématographique. M. Rips était très satisfait de l'effet produit sur Ferrier et les autres.

Après avoir repris une troisième tasse de café, Ferrier commença à expliquer la scène de la rencontre entre Rimbaud et Isabelle à la gare de Charleville. Comme pour en donner la tonalité, il se mit à réciter la première strophe de *À la musique* :

Sur la place taillée en mesquines pelouses,
Square où tout est correct, les arbres et les fleurs,
Tous les bourgeois poussifs qu'étranglent
les chaleurs
Portent, les jeudis soir, leurs bêtises jalouses…

— Clem, tu es assise sur un banc. Tu lis un roman et tu vois ce garçon rêveur qui passe devant toi sans même te faire l'aumône d'un regard. Tu es mortifiée. Tu vois qu'il perd quelque chose, tu cries : « Hé, monsieur ! » Toi, Rips, tu poursuis ta route sans te retourner, l'air furieux parce qu'on t'a interrompu dans ta rêverie. « Hé, monsieur, vous avez perdu quelque chose ! » Clem, tu cries plus fort. Rimbaud revient sur ses pas à contrecœur. « Ah, c'est pour ça ! » Il jette un coup de pied rageur dans la feuille de papier roulée en boule qui vient de tomber de sa poche : « C'est un de mes poèmes, il est mauvais.

— Ah, vous êtes poète ! » reprend-elle. Tu t'approches d'elle et tu t'empares du livre qu'elle tient entre ses mains, tu jettes un œil au titre et, l'air méprisant, tu fais : « Pouah, un roman, et en plus une imbécillité ! » Puis, avec l'étonnante brusquerie dont sont capables les timides, tu dis : « Comment vous appelez-vous ?

— Isabelle.

— Isabelle, répètes-tu, songeur. C'est le prénom de ma sœur. » Et tâche de faire passer une lueur de tendresse dans ton regard.

Au début, Clémence eut beaucoup de mal à trouver le ton et le rythme justes sans élever la voix. Ferrier finit par dire, en masquant son exaspération :

— Enfin, Clem, arrête d'ânonner, tu n'es plus à l'école primaire.

— Ah, vous êtes poète ? reprit-elle.

Elle avait l'air perdue. Elle s'agitait à tort et à travers avec l'espoir de satisfaire le metteur en scène. Or plus elle s'agitait, moins elle y parvenait, tout en conservant un sourire apeuré aux lèvres.

— Oui, là, c'est mieux, reconnut enfin Ferrier.

Plus tard, elle se réfugia près de Karine, essayant de mesurer dans le regard de l'assistante ce qu'elle valait vraiment. Karine se contenta d'un vague sourire.

— Je sais ce que tu penses, je n'y arriverai jamais.

Karine haussa les épaules.

— Tu prendras peu à peu le rythme. Écoute Ferrier, et demain tu riras de tes peurs d'aujourd'hui. Contente-toi d'être naturelle et de ressentir ce que ressent ton personnage.

— Rips a été parfait du premier coup.

— Ah ! Lui, c'est un phénomène… Tu comprends pourquoi tu en tombes amoureuse.

Les jours suivants, Clémence finit par acquérir une certaine aisance, et ses répliques sonnèrent plus juste. Ferrier lui fit remarquer qu'en très peu de temps elle était devenue Isabelle. Il n'était pas tout à fait sincère, mais il savait que le compliment l'aiderait à améliorer son jeu.

Jaume lui avait suggéré de faire répéter les comédiens sans la caméra afin qu'ils se familiarisent les uns avec les autres. « Tu verras, ils mettront leur jeu en place plus naturellement. C'est autant de temps de gagné. »

Au bout du quatrième jour, Ferrier trouva qu'il avait eu raison d'écouter son opérateur. De son côté, Karine expliqua à Clémence que les répétitions allaient aussi permettre au réalisateur de discerner les éventuelles tensions entre les acteurs et de les désamorcer.

— Ils ont pourtant l'air de s'entendre.

— Détrompe-toi, sur un plateau, ils sont tous rivaux, et si on les laisse mettre en avant leur ego, ça devient vite la pétaudière.

Le dernier jour, Claude Chabrol fit une brève apparition dans la salle. Il s'assit à califourchon sur une chaise et, l'œil goguenard derrière les verres épais de ses lunettes, il se contenta d'observer. C'était la scène où, les vingt-cinq strophes du *Bateau ivre* en poche pour « épater Paris », Rimbaud annonce son départ à sa mère. Avec une maîtrise parfaite, Agnès Romance exprime, dans un premier mouvement, la colère mêlée d'inquiétude de la « Rimbe ». Elle entrouvre la bouche, on sent qu'elle s'apprête à hurler, à se dresser contre la volonté de son fils, puis son regard se trouble. S'attriste. Elle s'est résignée. Tous ces sentiments contradictoires glissent sur le visage de la comédienne. De sa chaise, Chabrol applaudit discrètement la performance.

Le soir, Chabrol, qui travaillait sur son premier film, *Le Beau Serge*, dîna avec eux. Il eut un mot gentil pour chacun des comédiens, y compris pour Clémence, et un appétit d'ogre pour le chateaubriand que lui servit André, le garçon d'*À la lyre d'Ubu*.

— Votre voix est émouvante tout comme votre visage. À votre succès, dit-il à Clémence en levant son verre.

— Ah, non ! s'écria-t-elle.

Et elle s'empressa de toucher le bois de la table.

— Oh, elle est délicieusement superstitieuse ! remarqua Franz Lanvin.

8

Son retour ne se passa pas tout à fait comme elle l'avait imaginé. Alors qu'elle franchissait le seuil de la porte et qu'elle lançait un bonjour à la cantonade, Julieta s'exclama :

— Je ne reconnais plus ta voix !

Après les répétitions, elle avait travaillé avec un professeur de diction, une petite femme aux cheveux gris qui avait vu passer les hauts et les bas de sa vie sans amertume. Margareta Schulmann avait accompagné des acteurs célèbres et quelques chanteuses d'opéra dans leur recherche obsessionnelle de la perfection. Elle apprenait à Clémence à placer sa voix, à lui donner du volume et à jouer avec les silences. Des indications sommaires qui furent néanmoins suffisantes pour qu'elle modifie ses inflexions et perde l'essentiel de son accent. Il n'en restait plus qu'une trace lointaine et fugace qui n'avait fait qu'approfondir le mystère de sa voix. De ses mains osseuses, il arrivait à Margareta Schulmann d'écraser son diaphragme et de lui dire :

— Si tu veux perdre ton accent de brouette, écoute chanter l'air dans tes poumons.

La réflexion de Julieta lui fit comprendre que sa propre voix lui était devenue en quelque sorte étrangère, ce qui ne manqua pas de la troubler.

L'apercevant, la Franquin se précipita vers elle, la regarda pendant de longues secondes en la tenant à bout de bras, avant de lui dire d'une voix émue :

— Comme tu as changé, en bien, rassure-toi !

Sans doute s'étaient-ils donné le mot, car il y avait un nombre anormalement élevé de patrons de péniche présents à *L'Écluse*, en cette fin de matinée. Certains étaient attablés avec leur épouse et parfois même avec leurs gosses. Fait encore plus rare, on la regardait avec curiosité. Jeff de Voos, le patron de *La Collinière* se montra très chaleureux. Elle se retrouva bientôt cernée par les bavardages et les rires, la rumeur ordinaire des gens qui passent un bon moment dans un café. Elle fit face à un flot de questions qu'elle affronta avec le sourire.

— C'est un film en costumes d'époque ?

— Oui, la couturière a pris mes mesures.

— Comment est Rimbaud ? Aussi séduisant que sur une des rares photos qu'on a de lui ?

— Il s'est montré gentil avec toi ? Tu crois que tu vas en tomber amoureuse ?

— On dit que vous avez eu le privilège de manger avec Agnès Romance. Comment est-elle dans la vie ? demanda la femme du patron du *Southern Moon*.

— Très simple.

Clémence se maudit d'avoir donné autant de détails quand elle avait téléphoné pour savoir comment ça se passait pendant son absence. La femme lui avoua en rougissant qu'elle collectionnait les photos de l'actrice découpées dans des magazines.

L'éclusier fit une entrée tonitruante, casquette rejetée en arrière.

— J'ai un yacht qui réclame le passage, mais j'ai quand même pris le temps de venir saluer notre petite star.

Il lui posa deux baisers sur les joues qui sentaient le tabac noir.

— Dommage que tu sois pressé, père Gontard, j'offre la tournée, dit la Franquin.

— Ça change tout, je reste.

— Et le yacht ?

— Bah, c'est un Anglais, il peut attendre.

Clémence s'aperçut qu'ils ne la traitaient plus comme la serveuse de *L'Écluse* qu'ils pouvaient taquiner chaque fois qu'ils en avaient envie, mais comme quelqu'un qui avait glissé vers cet univers de papier glacé qui les faisait rêver. Alors qu'elle n'avait pas encore impressionné le moindre mètre de pellicule, cela l'inquiéta. Lorsqu'elle voulut enfiler son tablier pour reprendre son service, la Franquin posa sa main sur son bras pour l'arrêter.

— Je t'en prie, pas un jour comme celui-ci.

Dès lors, elle ne sut quoi faire, à part distribuer des sourires comme un distributeur automatique de barres de chocolat.

Il lui parut incongru de voir Julieta quitter sa cuisine et venir servir les premiers mariniers qui souhaitaient déjeuner alors qu'elle restait adossée au comptoir, les bras ballants. Toutefois, Julieta trouva le moyen de venir lui demander à voix basse à l'oreille, le regard brillant :

— Avoue-moi, t'as couché avec le metteur en scène ?

Elle la regarda, incrédule.

— Mais t'es dingue !

— Pourtant, toutes les comédiennes le font, c'est bon pour leur carrière.

— Mais je ne veux pas faire de carrière là-dedans ! Ce n'est rien de plus qu'une distraction agréable.

Le carillon de la porte la tira d'embarras. Jason entra, appareil photo en bandoulière. Elle était loin d'imaginer qu'il venait pour elle. La Franquin les installa à une table à l'écart, leur servit une coupe de champagne et se retira, un sourire ravi sur les lèvres.

— J'ai l'impression que tu es devenue quelqu'un d'important, observa Jason.

— La preuve, tu viens m'interviewer.

— C'est juste. Est-ce que tu en sais plus sur cette mystérieuse jeune fille ? On a seulement la certitude qu'elle a existé, que Rimbaud en est tombé amoureux et que ça s'est mal passé.

— M. Ferrier n'en sait pas davantage. Mais c'est ce qui l'a intéressé dans ce personnage. Il peut laisser libre cours à son imagination, nous a-t-il expliqué.

— Je vois. D'ailleurs, on ne sait même pas si elle s'appelait réellement Isabelle.

— J'ai cru comprendre que c'est un prénom que Marc Ferrier aime beaucoup.

— Comment ça s'est passé avec les autres comédiens ?

— Bien. Aucun d'eux ne m'a fait sentir que je venais de la campagne et que j'avais vu davantage de meules de foin que d'écrans de cinéma. Tu verras, ils sont tous charmants. Tu les rencontreras sur le tournage. C'est un événement considérable pour Attigny, non ?

— Tout à fait. D'ailleurs, ce tournage a éclipsé toutes les autres nouvelles. Sais-tu quand il va débuter, car on dit qu'il a été plusieurs fois repoussé.

— D'après ce que j'ai entendu dire, toute l'équipe arrivera début juin pour profiter d'un temps ensoleillé.

— Côtoyer les gens du cinéma, qu'est-ce que ça a changé pour toi ?

— Ça m'a…

Elle fut tentée de dire « poussée vers les livres » mais se retint. Elle qui n'avait jamais pu aller au-delà de la troisième page d'un roman avait commencé *Madame Bovary*, qu'elle avait trouvé sur la table de nuit. Le plus incroyable, c'est qu'elle y avait trouvé un plaisir infini et une vraie impatience à tourner chaque page. Chaque fois qu'elle mangeait avec l'équipe, on parlait de films, de gens, d'événements dont elle ignorait jusqu'à l'existence. Elle n'avait d'autre choix que de se retrancher dans un silence humiliant. Elle mesurait tout ce qui manquait à sa vie. On lui demandait parfois : « Tu as vu ce qui est arrivé à un tel ou une telle ? » Quand c'était possible, elle répondait : « Oui, bien sûr », sans avoir la moindre idée de qui il s'agissait. Si c'était un écrivain, un scénariste, un comédien ou tout simplement un livreur de charbon. Elle vivait dans la terreur de dire une sottise. Alors qu'elle s'était barricadée dans un silence prudent, en bout de table, Ferrier l'avait interpellée un soir :

— Clem, à quoi penses-tu ?

Elle se raccrocha à la seule bouée de sauvetage qu'elle avait sous la main.

— À Mme Bovary.

— Pourquoi cette femme t'intéresse-t-elle ?

Elle ne réfléchit pas un seul instant avant de dire :

— Parce qu'elle fuit la médiocrité de sa vie en se réfugiant dans des rêves illusoires.

— Tu pourras en discuter avec Chabrol, il nous rend visite à la fin de la semaine. C'est une héroïne qui le fascine. Je ne serais pas étonné qu'un jour il en fasse un film… Mme Bovary, ce sera peut-être toi.

Jason titra son article « La petite fiancée de Rimbaud ». Bientôt, à *L'Écluse*, on ne l'appela plus que « la petite fiancée ». Avant de partir, Jason lui demanda de poser pour la photo qui illustrerait son papier. Il la plaça entre Julieta et la Franquin, derrière le comptoir. Sur la photo, elle était la seule à ne pas sourire.

L'arrivée de la limousine noire de la production devant *L'Écluse* fit sensation. Elle occupait toute la largeur de l'étroit chemin de halage, une de ses roues débordant même sur la rive herbeuse qui surplombait l'eau grise du canal. Le chauffeur s'empara de la valise de Clémence. Son visage resta impassible devant la modestie du bagage qu'il rangea dans le coffre. Il s'inclina devant elle et lui tint la porte ouverte. Elle s'engouffra à l'arrière en rougissant, car plusieurs mariniers étaient montés sur le pont de leur péniche pour assister à cette scène improbable, voir leur petite fée de l'apéro et de la bectance se transformer sous leurs yeux en star de cinéma. Comme tout le monde, ils avaient entendu parler d'un projet de film. Par la grâce d'un carrosse aux chromes rutilants et aux pneus à flancs blancs, il venait de se matérialiser sous leurs yeux. Ils allaient avoir à en raconter aux prochaines écluses. Des histoires qui font étinceler les yeux des midinettes.

Clémence se rencogna dans les sièges confortables de la voiture. Julieta et la Franquin étaient sorties sur le pas de la porte pour assister à son départ.

Quand ils eurent regagné la route, le chauffeur, un garçon d'une trentaine d'années, vêtu d'un costume sombre, remarqua :

— Je suis le chauffeur attitré de Mme Agnès Romance. Comme personne n'était disponible, alors ils m'ont envoyé vous chercher.

C'était une façon polie de souligner son insignifiance. Elle se réfugia dans un silence boudeur.

— C'est une belle journée, dit-il.

En effet, le ciel était d'un bleu limpide et la campagne riante, avec parfois un vol lourd de corneilles qui s'envolaient d'un champ, le bruit du moteur les ayant effrayées. Ils roulaient vers Charleville, où elle devait tourner sa première scène avec Rimbaud. Elle avait appris son texte toute la nuit et l'ânonnait doucement en se laissant bercer par l'agréable roulis de la voiture.

— Si vous permettez, mademoiselle, pensez à autre chose, et vos répliques jailliront spontanément.

Elle pensa : « De quoi il se mêle, celui-là ? », et aussitôt se dit qu'il avait sans doute raison.

— Merci, dit-elle en souriant tandis qu'il la fixait dans le rétroviseur.

Quelqu'un avec un talkie-walkie écarta une barrière pour laisser pénétrer la voiture. La place de la Gare était isolée du reste de la ville pendant le tournage.

Après une discussion assez vive avec le producteur délégué, Ferrier avait finalement renoncé à construire le décor de la gare de Charleville à Attigny pour tourner la scène de la rencontre entre Rimbaud et la mystérieuse jeune fille. « Bien trop coûteuse, ton idée, on va dépasser le budget », avait argumenté le producteur. « Et qu'est-ce que ça apportera au film ? » En son for intérieur, Ferrier avait admis qu'il avait raison.

— Ah, te voilà ! dit Ferrier, qui était assis sur un siège de toile avec son nom inscrit au dos.

Il surveillait d'un œil qui paraissait indifférent l'agitation devant lui, mais en réalité il enregistrait chaque détail. Parfois, il faisait signe de déplacer un accessoire.

Elle pénétra le ventre noué dans cette autre époque en se demandant ce que Greta Garbo aurait fait à sa place. Des gens circulaient en habits bourgeois du XIXe siècle. Les femmes portaient des capelines et avaient la taille prise dans l'étau d'un corset. Un gamin en culottes courtes jouait avec un cerceau. Les figurants qui allaient prendre leur train portaient des bagages. Tout le monde attendait. Jaume finissait de surveiller l'installation des rails de travelling. Ferrier expliqua à Clémence que la caméra allait suivre le mouvement des gens qui traverseraient le square de la Gare et qu'elle s'arrêterait devant le banc où elle lisait un de ces romans populaires, avec un panoramique. C'est alors que Christopher Rips entrerait dans le champ en laissant tomber un de ses poèmes qu'il avait roulé en boule, mécontent de ce qu'il avait écrit.

— Il dégage une séduction naturelle qui ne te laisse pas insensible. Bon, on verra ça tout à l'heure. En attendant, Karine, emmène-la se changer et se faire maquiller.

La scripte, assise dans un autre fauteuil, un cahier sur les genoux, lui sourit. Le monde avait décidé d'être agréable avec elle. Karine l'avait serrée contre elle dans une longue étreinte amicale.

— Ça y est, te voilà plongée dans le grand bain. Tu vas voir, tout va bien se passer.

On lui avait réservé une chambre à l'*Hôtel du Nord* pour ses quatre jours de tournage. Deux grands salons avaient été transformés en loges d'habillage et de maquillage. Les vêtements étaient suspendus à des portants avec le nom de chaque comédienne ou de chaque figurante épinglé sur l'épaule. Quand elle vit le sien, elle éprouva une joie naïve. Plusieurs habilleuses s'affairaient autour des femmes dans une ambiance chahuteuse de poitrines dépenaillées et de jacasseries de basse-cour. Agnès Romance avait une loge particulière. Une jeune femme du nom de Clara s'avança vers Clémence.

— Tu arrives un peu tôt. Patiente quelques instants, je suis à toi dans cinq minutes.

Et elle s'en retourna vers une jeune femme qu'elle transformait en paysanne. Elle lui fit passer un panier au bras pour parachever la transformation.

Un peu plus tard, Clara aida Clémence à se défaire de ses vêtements et à passer une jupe à amples plis qui lui tombait jusqu'aux chevilles. Elle lui tendit un corsage de linon blanc à manches bouffantes.

— Ôte-moi ce soutien-gorge. Il n'était pas encore inventé en 1871. C'est le genre d'oubli qui rend M. Ferrier fou de rage. Marche un peu, que je voie comment tout ça tombe… C'est bien ce que je pensais, elle est un peu longue. Je vais refaire l'ourlet.

Elle s'agenouilla devant Clémence et, à l'aide d'épingles piquées sur un petit coussinet serré à son poignet, elle eut vite fait de marquer la nouvelle longueur.

— Voilà, tu éviteras de ramasser toute la poussière du square de la Gare.

Après être passée entre les mains de la coiffeuse et de la maquilleuse, sa métamorphose en une jeune demoiselle du siècle passé était achevée. Elle se hasarda à contempler son reflet dans un miroir. « Une transformation plutôt réussie », pensa-t-elle en s'adressant un clin d'œil. Elle avait hâte de se retrouver devant l'objectif de la caméra.

En sortant de l'hôtel, elle tomba sur Christopher Rips. Paletot froissé à larges revers, chemise blanche à col cassé, pantalon étroit en accordéon, cheveux tombant sur les épaules, il était Rimbaud. Perdu dans ses pensées, il manqua de la heurter.

— Bonjour, Christopher.

— Ah, salut, toi !

— On se retrouve tout à l'heure pour la scène de notre rencontre.

Il haussa les épaules et poursuivit sa route.

Christopher Rips avait changé. Il était plus sûr de lui, presque imbu de lui-même. Il avait perdu sa nervosité inquiète. Karine avait appris à Clémence qu'ils avaient tourné plusieurs scènes importantes à Paris, notamment la scène où il arrive à Montmartre devant la maison des Mauté, les beaux-parents de Verlaine, avec son jardinet propret aux fleurs bien ordonnées qui lui donne envie de rebrousser chemin. Ils avaient aussi tourné un premier dîner chez les Mauté, auquel avait assisté Charles Cros, à la fois poète et savant. Repas aussi empesé qu'une chemise de lavandière au cours duquel Rimbaud se montra délicatement taciturne et grossier. Avant cette rencontre, avait eu lieu quelques mois auparavant la deuxième fugue de Rimbaud dans la capitale, où il espérait toujours se faire éditer. Caméra à l'épaule, Bertrand Jaume avait suivi son errance glacée dans Paris à travers des rues recouvertes parfois de neige artificielle. Sans argent, il dormait sous les ponts. Quand il trouvait quelques sous, il entrait dans un bistrot pour boire un alcool fort. Jaume l'avait filmé traversant le Jardin des Plantes bombardé par les Prussiens.

— Le moment le plus fort de la séquence, lui expliqua Karine, fut l'entrée dans Paris, à l'aube de ce 1er mars 1871, des troupes de l'empereur Guillaume, précédées de la musique des fifres et des tambours, couverte par le tocsin.

Rimbaud assista à cette mascarade, mains dans les poches, bouillant de colère et d'humiliation.

— Ferrier a parfaitement mis en scène cette colère silencieuse du petit peuple de Paris qui préfigurait celle de la Commune, poursuivit Karine sans chercher à dissimuler son admiration pour son metteur en scène.

« On dirait qu'elle est amoureuse de Ferrier », songea Clémence.

Dehors, elle se retrouva face à une ruche où chacun jouait son rôle avec une conscience aiguë de sa petite importance. Les électriciens faisaient disparaître les câbles, un éclairagiste traînait un lourd projecteur susceptible de fournir un surcroît de lumière à la scène, même si Ferrier préférait l'éclairage naturel. Les décorateurs achevaient de mettre en place une lourde marquise de verre comme la gare de Charleville en possédait une à l'époque de Rimbaud. Les gaffeurs dévidaient leur rouleau d'adhésif pour marquer au sol les différents emplacements de la caméra et l'endroit où Rimbaud devrait se retourner et revenir vers Isabelle, assise sur son banc repeint en vert sombre. Il se fondait sur des buissons disposés en arrière-plan. Des conseillers équestres calmaient les chevaux attelés à deux fiacres censés attendre des voyageurs qui patientaient à l'intérieur de la gare avant qu'on leur ordonne de sortir.

— Un peu plus à gauche, les fiacres ! hurla Jaume. Ils sont trop présents dans le cadre.

Un des conseillers équestres prit un cheval par la bride et fit reculer l'attelage.

— Stop, c'est parfait, ordonna-t-il, le viseur de champ rivé à l'œil, avant de mettre en place avec son assistant un ballet de fracs, de melons et de crinolines, tandis qu'un à un les musiciens de la fanfare installaient leurs instruments et leurs lutrins sur le kiosque à musique.

Ferrier se porta à la hauteur de Jaume.

— Je viens de penser à un plan en plongée depuis le kiosque sur le banc où Clem est assise, avec un musicien en amorce. Ce serait pas mal. C'est pas trop compliqué à mettre en place ?

— On devrait y arriver, dit Jaume, approuvé par son assistant.

Des curieux commençaient à se rassembler derrière les barrières. Soudain, une rumeur parcourut la petite foule. Une femme pointa son doigt dans la direction de Clémence, qui se tenait indécise sur le bord du trottoir.

— Désolée, petite, ce n'est pas encore ton jour de gloire… C'est après moi qu'ils en ont…

Agnès Romance s'était approchée d'elle. L'actrice portait une longue robe noire avec un bustier qui lui enserrait le cou et, jetée par-dessus les épaules, une pèlerine au crochet, noire également. De petites lunettes cerclées de métal la vieillissaient, tout comme un chignon strict noué derrière la nuque.

— Qu'est-ce que tu fais là, petite, plantée comme une potiche ?

— J'attends.

— C'est bien. Le métier commence à rentrer. Le cinéma, c'est d'abord un métier de patience. Tu t'apercevras vite qu'avant de jouer tu devras attendre de longues heures, le derrière posé sur une chaise, avant d'entendre ce mot magique, « moteur ». Rien à voir avec le théâtre. Allez, viens, comme nous avons le temps, je t'emmène boire un verre au *Café de l'Univers*, que tu aperçois là-bas.

— Mais…

— Ne proteste pas, je te dis que nous avons le temps. D'ailleurs, Rimbaud y venait souvent boire un bock et fumer une pipe avec son ami Ernest Delahaye. C'est un jeune comédien du Conservatoire qui joue son rôle. Il arrive demain. Et pendant que mon chenapan de fils sirotait sa bière, Delahaye recopiait de sa belle écriture le dernier poème que venait de lui remettre son ami, qui estimait que la sienne ne pouvait que rebuter le directeur de la revue dans laquelle il espérait être publié.

L'Univers n'avait guère changé depuis l'époque de Rimbaud. La salle était immense, avec des plafonds d'une hauteur vertigineuse. Des lustres ajoutés plus tard diffusaient une lumière chichiteuse. Le patron, d'origine espagnole, tel un sphinx au ventre de bouddha satisfait, était assis dans un fauteuil en osier devant son comptoir. De là, il veillait sur la bonne marche de son affaire d'un œil morne en apparence. Son pantalon, dont le dernier bouton restait défait pour offrir une respiration à son embonpoint, était tenu par une large paire de bretelles dont la couleur variait selon l'humeur du jour. Aujourd'hui, elles étaient d'un vert kaki par-dessus une chemisette dans les mêmes tons. Mains posées sur ses énormes cuisses, il salua Agnès Romance et Clémence d'une inclinaison de crâne chauve, sans exprimer le moindre étonnement devant deux femmes comme échappées d'un tableau de

Fantin-Latour, qui avait peint *Un coin de table*, où figurent Rimbaud et Verlaine.

Une partie de la salle était divisée en boxes dans lesquels s'acoquinaient les joueurs de cartes à partir du milieu de l'après-midi. Elles s'installèrent dans l'un d'eux. Sans doute inspirée par la couleur sang-de-bœuf des banquettes qui se faisaient face, Agnès Romance se mit à réciter :

— *« I, pourpres, sang craché, rire des lèvres belles / Dans la colère ou les ivresses pénitentes »*… *Voyelles* est un magnifique poème ! C'est une quête désespérée de l'âme par un alchimiste du verbe. Et il n'avait que dix-sept ans, ajouta songeuse, l'actrice.

— Qu'est-ce que vous prenez ? demanda le garçon surgi de l'ombre comme un danseur de flamenco.

Il était aussi d'origine espagnole et s'appelait Miguel. Il avait les cheveux d'un noir profond rejetés en arrière.

— Une menthe à l'eau, balbutia Clémence.

— Pour moi, ce sera une vodka.

Le garçon s'éloigna pour prendre sa commande au comptoir. Il portait une veste d'un blanc immaculé et un pantalon noir.

— *« A, noir corset velu des mouches éclatantes / Qui bombinent autour des puanteurs cruelles »*, dit l'actrice avant de tenter d'expliquer : Le noir est une couleur obsessionnelle chez Rimbaud. C'est la vie en train de pourrir avant le retour de la lumière. C'est presque un poème mystique.

Miguel déposa les deux verres devant elles.

— Délicieuse, cette vodka. T'es ridicule avec ta menthe à l'eau.

— Ne vous moquez pas.

— Je ne me moque pas, mais tu es quand même ridicule. Que comptes-tu faire à la fin du tournage ?

— Je n'ai pas encore joué ma première scène, alors je suis loin de me poser cette question.

— Tu devrais. C'est toujours un moment infiniment triste quand on se sépare. Pendant deux ou trois mois, on vit ensemble, en faisant semblant d'être une famille, nouant parfois des liaisons éphémères, et puis chacun repart de son côté, regagne sa solitude comme un chien est renvoyé à sa niche. On m'a dit que tu travaillais dans un café.

— Oui, qui fait aussi restaurant.

— Je n'ai pas de conseil à te donner, mais ne lâche pas ton métier… Celui-ci est un mirage, une illusion, et la vie, *La Grande Illusion*, comme dirait Renoir.

— Je n'ai jamais eu envie de devenir comédienne, ça s'est fait par hasard.

— Tant mieux. Ta lucidité me rassure.

— Et vous, vous avez un autre projet en vue ?

— Pas que je sache. On attend sans doute de me proposer des rôles de grand-mère.

Elle émit un petit ricanement plein d'amertume.

— Tu sais, pour n'importe quelle femme, c'est épouvantable de vieillir, mais pour une actrice, c'est une tragédie. Qui peut-on encore séduire avec une peau qui se transforme en papier crépon ? Et le soir, on rentre seule, on décore sa solitude de larges rasades de Martini-gin et on ressasse ses souvenirs de gloire.

Le regard d'Agnès Romance s'égara dans l'étrange contrée du temps perdu. Clémence perçut sous l'autodérision toute son angoisse de ne plus tourner.

— Garçon, une autre vodka. Et toi, tu restes à la menthe à l'eau ?

— Non, je vais prendre comme vous.

— C'est bien, tu commences à être sage.

— Pouah, tu sens l'alcool ! Heureusement que je n'ai pas à t'embrasser ! s'exclama Christopher Rips, de façon que les techniciens l'entendent.

— Ça commence bien. Crois-tu que moi, j'en ai envie ? J'ai lu quelque part qu'un acteur célèbre mangeait de l'ail avant d'embrasser ses partenaires. Je crois que je vais me mettre à l'ail, répliqua Clémence qui en avait assez de ses grands airs.

Ferrier donnait ses indications sur la scène :

— Clem, tu t'assois sur ton banc et tu gardes ton livre ouvert retourné sur tes genoux pendant que les musiciens jouent. Tu écoutes la musique. À la fin du morceau, quelques applaudissements retentissent… Toi, Rips, tu attends la fin des applaudissements pour te mettre en marche et passer devant Clémence alors que les militaires commencent à ranger leurs instruments… Tu le trouves séduisant et tu le suis des yeux jusqu'à ce que tu l'interpelles quand tu vois qu'il perd un papier. Ça va ?

— Oui.

— Finalement, on va filmer en plongée depuis le kiosque. L'angle me paraît plus intéressant. Ensuite, on fera un contrechamp sur ton visage. Tout le monde est prêt ? Moteur demandé !

Le clapman se présenta devant l'objectif. Le perchman tendit son micro accroché à l'extrémité de sa perche au-dessus des musiciens.

— *L'Arpenteur*, trente-cinq, première !

Les musiciens entamèrent les dernières mesures de *La Polka des fifres*, le morceau que donna le 6e régiment de ligne, place de la Gare à Charleville, le jeudi 2 juin 1870.

— Coupez !

Clémence regarda Ferrier, qui lui fit signe que tout allait bien.

— La prise est excellente. Mais on en fait une autre. Le trombone, déplacez-vous un peu, vous prenez trop d'importance dans le cadre.

Finalement, ils firent six prises. À chaque fois, Ferrier lui adressait un petit sourire d'encouragement. En apparence, il était toujours aussi impassible, mais à la quatrième prise elle comprit qu'il marquait son anxiété en se rongeant les ongles.

Ferrier demanda à Jaume de faire un plan américain sur un couple de bourgeois ventrus et suffisants avec montre à gousset comme aimait les détester Rimbaud. Puis on utilisa le chariot de travelling posé sur ses rails pour suivre Rips de face, qui arrivait à hauteur de Clémence et la dépassait.

— Hé, monsieur, vous avez perdu quelque chose !

Pendant trois jours, Clémence apprit à placer toute l'intensité de sa vie entre ces deux injonctions majeures dans l'univers du cinéma : « Moteur ! » et « Coupez ! »… Le reste du temps, elle attendait. Elle attendait et observait. Elle s'attacha à suivre à la lettre les indications de Ferrier, et celui-ci trouva que, d'une séquence à l'autre, elle faisait de grands progrès, sans toutefois l'affirmer aussi clairement. Peu loquace, Ferrier la déroutait. Elle ne pouvait imaginer qu'il puisse y avoir une complicité quelconque entre elle et lui. Au contraire, elle avait l'impression qu'il la tenait volontairement à distance. Elle fut surprise quand il lui dit entre deux prises :

— Vous êtes très belle et tellement naturelle ! Pas étonnant que Rimbaud soit tombé amoureux de vous.

Pourquoi soudain s'était-il mis à la vouvoyer ?

Le lendemain, Rimbaud devait l'emmener place Ducale boire un verre et, en passant devant le 12 de la rue Napoléon, devenue la Grand-Rue de Charleville, il lui montrerait la fenêtre étroite d'un petit appartement au-dessus de la librairie *Prosper Letellier*, et lui dirait :

— C'est là que je suis né. Je ne sais pas si c'était une bonne idée.

Mais les nuages qui avaient commencé à s'amonceler en milieu de matinée, dans un ciel limpide jusque-là, se transformèrent en une petite pluie tenace et froide. La séquence fut remplacée par une autre. Le visage ruisselant d'une vraie pluie, Vitalie Cuif faisait les cent pas sous l'auvent des Messageries ardennaises. Elle attendait son fils, en retard comme d'habitude. Elle portait un cabas d'où dépassait un reste de pain enveloppé dans un torchon. Surtout, il ne fallait rien gaspiller. Rimbaud et sa mère prenaient la diligence pour Attigny, où le métayer viendrait les chercher avec la carriole pour les emmener à la ferme de Roche. Ferrier, plutôt silencieux pendant les repas, avait expliqué lors de la pause déjeuner que Rimbaud avait toujours aimé Roche.

— Roche, c'était l'évasion, les longues balades dans la campagne aux alentours de leur ferme, la petite musique du ruisseau qui alimentait le lavoir en face de la ferme, la fascination pour le ballet des abeilles autour de la ruche ou pour le chant des mésanges ou des bouvreuils, le meuglement des troupeaux. C'est peut-être difficile à croire, mais Rimbaud est aussi un solide gaillard de la terre.

Par les soirs bleus d'été, j'irai dans les sentiers
Picoté par les blés, fouler l'herbe menue :
Rêveur, j'en sentirai la fraîcheur à mes pieds.
Je laisserai le vent baigner ma tête nue.

Avec *Sensation*, on est loin du Rimbaud de la révolte assassine et du pourfendeur de curé et de bourgeois. Au milieu de ces paysages vallonnés, il cherchait sans doute une sorte de paix intérieure, sans toujours la trouver. C'est pour ça qu'il va vouloir que tu l'accompagnes à Roche, Clem, et plus tard il tentera d'y emmener Verlaine. Ils y feront surtout la noce… La ferme était une vaste bâtisse avec, disposés autour de la grande cour, les écuries, les granges, le fournil et la maison principale. On y entrait par un grand porche surmonté d'un colombier. Elle avait été habitée par Jean-Baptiste Cuif, l'arrière-arrière-grand-père de Vitalie. En trouver une à peu près semblable nous a donné pas mal de fil à retordre. Karine, fais-moi penser à faire graver les initiales de l'aïeul dans la pierre.

La caméra impitoyable cerna le visage d'Agnès Romance. En dépit de la couche de fond de teint, on discernait toujours l'éventail des rides autour de ses yeux. Le col de sa robe noire lui enserrait le cou comme un garrot. À peine un plissement du front, un frémissement des lèvres, un froncement des sourcils, et Agnès Romance, en une demi-seconde, exprima à la fois l'inquiétude d'une mère, son impatience et le soulagement à la vue de son fils.

— Tu as failli nous faire rater la voiture. C'est toujours la même chose avec toi. On sait quand tu pars, mais on ne sait jamais quand tu reviens.

— Je suis là, c'est le principal, non ?

Christopher Rips se montra agressif comme le souhaitait Ferrier. Rimbaud voulut prendre le cabas des mains de sa mère.

— Laisse, petit vaurien ! J'ai encore la force de porter un cabas.

Rimbaud se renfrogna, l'air maussade.

Caméra à l'épaule, Bertrand Jaume suivit la mère et le fils en train de se diriger vers la diligence attelée à quatre puissants chevaux. Stoïque, sous la pluie, le cocher attendait sur son siège. Un homme ôta son chapeau melon pour saluer Vitalie, qui bredouilla une vague réponse. Ferrier se contenta de trois prises. De l'intérieur de la voiture, un passager tendit une main secourable pour aider Vitalie à monter sur le marchepied. Jaume filma le plan en contre-plongée. La diligence était une trouvaille de Clovis Bastiani, le chiffonnier. Quand l'assistante de Ferrier lui avait dit qu'ils recherchaient une diligence d'époque, il s'était souvenu d'une voiture à l'abandon dans une grange du côté de Vouziers. Ils étaient allés la voir ensemble. Il avait suffi de la débarrasser de l'épaisse couche de poussière et des toiles d'araignée qui la recouvraient pour qu'elle soit prête à reprendre du service.

Jaume fit installer deux projecteurs pour éclairer l'intérieur de la diligence. Il adoucit la violence de la lumière en se servant de gélatine. Rimbaud était installé face à sa mère. Le scénario prévoyait qu'il casse le morceau du pain qui dépassait du torchon et qu'il se heurte au visage courroucé de Vitalie. Quoi que son fils fasse, elle donnait toujours l'impression d'être en colère, et Agnès Romance semblait disposer de nuances infinies pour l'exprimer. Les sièges en bois étaient occupés par des figurants, dont une femme âgée coiffée d'un chapeau de paille. À côté d'elle avait pris place un vieux comédien arrivé en début d'après-midi. D'après le plan de travail, la scène devait se tourner le lendemain. Il eut tout juste le temps de se changer et était arrivé essoufflé.

Pour des raisons inexplicables, inhérentes au milieu du cinéma, ce vieux comédien au long visage triste avait été mis sur la touche et n'avait pas tourné depuis plusieurs années. Ferrier avait tenu à lui redonner une nouvelle chance et avait écrit le rôle spécialement pour lui. Il était prévu qu'il donne la réplique à Vitalie Cuif. Il commença par parler de la pluie et du beau temps, mais le ton n'était pas juste. Ferrier ordonna :

— Coupez !

— Je suis mauvais ? demanda-t-il d'une voix où perçait l'angoisse.

— Non, non, c'est Jaume qui perd la main. Reprenons.

La voix du vieux comédien qu'on avait vu à l'affiche de quelques grands films de Duvivier et de Jacques Becker roula, souple et douce. C'était une voix sans aspérités, d'une rondeur feutrée. Il interrogea :

— C'est votre fils, madame ?

Agnès Romance opina de la tête.

— Il semble tellement intelligent.

La gorge de Vitalie, enserrée dans le col d'organdi, se gonfla d'orgueil. Elle avait cru à l'intelligence d'Arthur comme elle croyait en Dieu tant qu'il avait raflé tous les premiers prix à l'institut Rossat. Maintenant, elle ne savait plus. Elle ne comprenait plus ce fils qui lui échappait par ses silences. Par ses colères. Par ses fugues.

— Que fait-il dans la vie ? demanda l'inconnu sur le ton de la plus parfaite bienveillance.

Faute d'autre idée, Vitalie répondit après un instant de panique :

— Poète.

S'adressant à Rips, l'homme dit :

— Vous avez bien de la chance de séduire les Muses, jeune homme. Moi-même, autrefois…

— Vous avez pondu quelques mauvais vers tirés du râtelier universitaire.

— Pardon ?

— Ne l'écoutez pas, monsieur, il n'a pas l'humeur facile en ce moment. Excuse-toi !

Rips se contenta de lever les yeux au ciel.

— Coupez ! Absolument parfait, tu as été parfait, Julien.

La scène illustrait toutes les contradictions de Vitalie envers ce fils rétif, à la fois aimé et effrayant, son envie impérieuse de mater ce caractère de sauvage et son ressentiment face à ses fugues qu'elle ne parvenait pas, en dépit d'efforts bien réels, à pardonner. Son mépris et son incompréhension devant sa volonté de devenir poète, autrement dit saltimbanque. Et sa fierté lorsqu'elle avait vu ses premiers poèmes imprimés dans le *Bulletin de l'académie de Douai*. Plus tard, il y avait eu son effroi et son trouble devant des textes qu'elle avait réussi à lire en cachette et dont elle était bien incapable de saisir le sens.

Pendant le tournage de la séquence, l'assistant fit défiler des branches d'arbres, le nom d'un village, le pignon d'une maisonnette derrière la vitre de la diligence, ce qui donnait l'impression du mouvement.

— Un film est l'art de la mystification perpétuelle, ma petite Clem, lui dit Ferrier en lui caressant les cheveux d'une main qui feignit la plus parfaite innocence.

Seule Karine remarqua le geste. Il était d'une humeur agréable. Pour le moment, il l'avait emporté dans les sempiternelles controverses qui l'opposaient au chargé de production, et le tournage s'était déroulé mieux que prévu. En dépit de la pluie, ils avaient pris un peu d'avance par rapport au plan de travail. D'ailleurs, Clémence s'aperçut dès le milieu de l'après-midi que Ferrier avait cessé de se ronger les ongles.

La veille du quatrième jour de tournage, avant le dîner qu'ils prendraient ensemble, Ferrier réunit ses acteurs dans un petit salon de l'*Hôtel du Nord* pour parler de la journée du lendemain. Il s'adressa d'abord à Clémence :

— Rimbaud est décidé à jouer son va-tout. Avec sa sensibilité, il a deviné tes réticences. Son exaltation amoureuse suivie de moments de profond abattement ont fini par te dérouter, peut-être même par te faire peur. Alors, il veut partager avec toi tous les paysages qu'il aime. C'est sa façon de te déclarer son amour. Vous partez pour Attigny. Tu te trouves en face de lui dans le train. L'habilleuse t'a préparé une tenue, disons, plus rustique.

— Rips lira en voix off une strophe des *Réparties de Nina* pendant que le train roule, intervint Karine, qui tenait à la main un exemplaire du découpage technique. C'est un poème d'une sensualité délicate. Écoute ça :

Ta poitrine sur ma poitrine,
Mêlant nos voix,
Lents, nous gagnerions la ravine
Puis les grands bois...

— C'est évident, il a une idée derrière la tête, observa Ferrier sur le ton de la plaisanterie. Ensuite ?

Karine lut :

— Extérieur jour, rue Napoléon. Isabelle et Arthur descendent la rue. Il a l'air tourmenté. Soudain, son visage s'éclaire quand il aperçoit le fidèle Delahaye remonter la rue. Celui-ci ne les a pas encore vus. Rimbaud s'empresse de laisser Isabelle en plan pour courir au-devant de son ami, comme s'il avait honte que celui-ci le voie en compagnie d'une fille. Bras dessus, bras dessous, les deux amis engagent la conversation. Quand ils passent à la hauteur d'Isabelle, Rimbaud fait celui qui ne la connaît pas, lui infligeant une terrible humiliation. La discussion des deux garçons est animée. Rimbaud prétend avoir participé à la Commune aux côtés des gardes nationaux.

— Ce qui est sans doute un mensonge par idéalisme, observe Ferrier. Après cette séquence, tu pourras rentrer chez toi. On en a encore pour quatre jours de tournage ici. Après, on te rejoint à Attigny avec toute l'équipe. On doit mettre en boîte une vive discussion entre Rimbaud et Georges Izambard sur le rôle du poète. « Il doit se faire voyant par un immense dérèglement de tous les sens »... autour de quelques bocks qui affûtent leur esprit. Puis une autre séquence dans une carrière près de Romery, où il se réfugie avec Delahaye pour fumer des pipes et confronter leurs visions du monde. Parfois, Rimbaud s'y réfugie seul pour écrire. C'est bien ça, Karine ?

— Oui, séquences auxquelles il faut ajouter quelques solides engueulades avec la mère Rimbe, qui voudrait qu'il retourne en classe.

Pour Clémence, le dîner se déroula sur un nuage. Pour se libérer des tensions de la journée, tout le monde parlait dans une ambiance joyeuse de collégiens en vacances, mais sans jamais évoquer le film, « question de superstition » lui expliqua un éclairagiste. Elle était assise à côté d'Agnès Romance, qui lui avait fait signe de venir prendre la place qu'elle lui avait réservée. L'actrice avait repris confiance en elle. Après la tourte aux épinards, Agnès Romance lui confia, comme un secret, qu'elle avait pu, avec un de ses cachets, s'acheter une nature morte de Georges Braque.

— Tu connais Georges Braque ?

— Oui, mentit-elle.

— En cas de mistoufle, je pourrai toujours le revendre. Reprends un peu de vin...

Elle commençait à avoir les yeux brillants. De l'autre côté de la table, Christopher Rips pérorait. Il parlait de son collège, où l'on aimait se suicider. Du moins à essayer avec beaucoup d'obstination, rien que pour emmerder les profs et les psychologues. Il détestait les psychologues et leur ton de bonbon acidulé.

En bout de table, Ferrier se taisait. Il jetait sur les uns et les autres un regard amusé qui s'attardait parfois sur Clémence, plongée dans une allégresse enivrante sans mesurer tout ce qu'elle pouvait avoir de factice. Il était comme un jeune chef de clan de vingt-sept ans. Un clan dont elle avait le sentiment de faire partie. Même Christopher Rips ne réussit pas à lui gâcher son plaisir.

Elle regagnait sa chambre en marchant sur l'épaisse moquette du couloir quand il lui lança avec perfidie :

— Hé, si tu as le temps, révise ton texte pour demain !

C'était injuste. Elle ne s'était trompée que quatre fois, et sur les quatre Ferrier avait accepté une de ses improvisations, la trouvant meilleure que le dialogue écrit.

Elle avait vécu cette journée avec une telle intensité qu'elle avait l'impression d'avoir vieilli de plusieurs années. Elle n'avait pas pensé à sa mère une seule fois, signe évident que tourner lui avait forgé une armure qui protégeait la petite fille écorchée vive. Elle était prête à effacer tout ce qui lui était arrivé de mauvais dans sa vie. Elle savait qu'elle ne trouverait pas le sommeil, alors autant en profiter pour réviser son texte.

Elle était allongée sur le ventre, la tête entre les mains, le scénario posé sur le lit devant elle. Elle fut à peine surprise quand elle entendit frapper à la porte de sa chambre.

Il lut une telle attente dans son regard qu'il renonça à lui lire les quelques changements qu'il avait apportés au dialogue qui expliquerait sa venue.

Les mains de Ferrier furent très douces, très lentes quand elles parcoururent son corps, ses seins, pour découvrir ce continent inconnu. Il lui cloua une main sur la bouche au moment où éclatait son plaisir.

— Chut, princesse.

Plus tard, au milieu de l'écume des draps froissés, il lui fit promettre de ne rien dire aux autres, de faire demain sur le plateau comme s'il ne s'était rien passé.

— Promis.

— Oui.

— Je t'aime.

— Je n'ai jamais été aussi heureuse.

— Vraiment ?

— De toute ma vie.

Elle fut réveillée par le tintamarre du camion des éboueurs. Elle tendit une main vers Ferrier. Sa place était vide et froide. Ainsi donc, lui aussi s'était éclipsé en pleine nuit. Elle l'imagina en train de retourner dans sa chambre, sur la pointe des pieds. Décidément, elle était vouée aux lits désertés du petit matin sans autre explication possible que la terrible jeunesse et l'impatience de ses élans du cœur.

9

LA PLUIE AVAIT CIRÉ le ciment nu des quais de la gare. Clémence arriva en fin de matinée, satisfaite d'avoir refusé la proposition de Ferrier de la faire raccompagner par un des chauffeurs de la production. Ce retour moins glorieux lui permettait de garder la tête froide. Elle passa inaperçue au milieu des gens qui descendaient du train. Peu de monde en réalité. Quelques femmes âgées, la tête couverte d'un fichu. Elle crut reconnaître la vieille Huguet, la mère du clerc de notaire, qui gagnait la sortie à petits pas autoritaires. Un plombier, avec sa caisse à outils qui lui battait les jambes, la dépassa. Tout comme une gamine en ciré rouge à laquelle sa mère donnait la main. De l'autre, elle portait un carton des grands magasins *Jeanteur*, de Charleville. Des gens qu'elle connaissait et qu'elle aurait salués en temps ordinaire mais, sans savoir pourquoi, elle s'en sentit incapable. Elle ne savait pas ce qui lui arrivait. Sa petite valise en carton bouilli alourdie par le poids de ses rêves se balançait doucement au bout de son bras. Au milieu des vêtements, elle avait glissé comme quelque chose de précieux le « je t'aime » prononcé par Ferrier dans l'hébétude attendrie des corps marqués par l'amour, auquel elle refusait de croire mais qui l'émerveillait encore. Pourquoi l'avait-il réexpédiée chez elle ? L'ambiance survoltée du tournage lui manquait déjà.

Au moment où elle franchit la porte de *L'Écluse*, une pluie insolente s'abattit comme un maillet de ferblantier sur les péniches à quai. Elle fit jaillir des gerbes d'étincelles sur l'eau du canal. C'était le genre de pluie à jouer avec le soleil jusqu'à l'apparition d'un arc-en-ciel.

Elle avait retrouvé la terre ferme et des idées plus claires. Quand elle se fut accoutumée à la pénombre de la salle, elle distingua la grosse fille placide aux cheveux filasse qui se tenait derrière le comptoir et qui la regardait d'un œil rond et méfiant.

— Vous désirez ?

— La Franquin n'est pas là ?

— Non, Mme Léonie est en voyage.

— Où ?

La fille répondit du bout des lèvres :

— À Paris, chez sa sœur.

— À Paris ! Elle est bien bonne, celle-là !

Attirée par les voix, Julieta surgit de la cuisine.

— Ah, la vedette est de retour ! Tu dois nous trouver bien ordinaires ! s'écria-t-elle.

Elle contourna le comptoir pour se précipiter dans les bras de Clémence. Une effusion chaleureuse dont la sincérité ne faisait aucun doute. Elle couvrit les joues de Clémence de petits baisers de moineau.

— Ça me fait tout drôle de picorer une star, dit-elle en éclatant de rire.

— Qui c'est ? demanda Clémence à voix basse en désignant du menton la grosse fille qui les observait.

— Carole, ta remplaçante. Viens, je t'aide à monter ta valise, car je suppose que tu n'as pas d'autre endroit où aller.

Dans l'escalier, Julieta lui expliqua que Carole était une gamine qui venait d'un village de l'Aisne et dont les parents ne savaient que faire depuis son échec au certificat d'études. La Franquin l'avait engagée pour lui éviter de mal tourner en traînant dans la rue.

— Elle n'a pas inventé la poudre, mais bon, la Franquin avait besoin de quelqu'un. Elle loge chez un vague parent en attendant…

— En attendant quoi ?

— Que tu libères ta mansarde, je suppose.

— Ah bon ? La Franquin m'a déjà flanquée dehors !

— Je ne pense pas…

— Qu'est-ce qu'elle fiche à Paris ?

— Encore et toujours ce maudit Maurice. Cette fois, elle lui rend visite en prison. Dépêche-toi de descendre, j'ai une surprise.

Clémence déposa sa valise sur le lit étroit. Qu'est-ce qu'un type comme Ferrier pouvait bien faire d'une fille aussi inculte qu'elle ? Elle enfila une robe qui laissait plus de liberté à ses mouvements. Cela ne faisait que cinq jours qu'elle était partie et elle avait l'impression d'avoir été absente plusieurs mois, comme si le temps s'était dilaté.

En bas, Julieta la prit par la main et l'entraîna vers le bûcher. La pluie avait cessé et l'arc-en-ciel enveloppait comme une écharpe une colline lointaine.

— Ça porte bonheur, affirma Julieta.

Clémence se demanda pourquoi elle faisait tant de mystères et ce qu'elle avait à lui montrer.

Une bicyclette ! Une simple bicyclette posée près de la sienne, qu'elle avait oubliée depuis qu'elle voyageait en limousine. D'ailleurs, la rouille commençait à ronger la chaîne. Le pneu avant était dégonflé. Le câble de frein était détendu. Les bicyclettes n'aiment pas qu'on les abandonne.

— Tu ne remarques rien ? demanda Julieta en déposant une caresse sur sa selle.

— Qu'est-ce que je devrais remarquer ?

— Elle est bleue. Exactement du même bleu que tes yeux.

Elle éclata de rire.

— Tes parents t'ont laissé l'acheter ?

— Ça n'a pas été facile. Je m'en suis tirée avec quelques patenôtres et la promesse d'aller cueillir des fleurs la veille de l'Assomption pour jeter les pétales sur la statue de la Vierge qu'on trimballe dans les rues du bourg. Une bicyclette contre une messe, le jeu en valait la chandelle. Évidemment, il a fallu que je jure sur le Saint-Sacrement que jamais je ne prendrai de garçon sur mon porte-bagages. Tu connais mes parents.

Clémence était soulagée qu'elle ne lui demande pas avec son œil pétillant de lubricité si elle avait couché avec le metteur en scène. Elle n'aurait pas su quoi lui répondre et sans doute qu'elle s'en serait tirée avec un mensonge.

— Dis, si on allait au cinéma ? Demain, c'est dimanche. En deux temps, trois mouvements, on serait à Vouziers avec nos vélos, proposa Julieta.

Sa bicyclette avait pris soudain une place démesurée dans sa vie. C'était une promesse enivrante de liberté.

— D'accord, je t'invite. On va voir quoi ?

— *Le train sifflera trois fois.* J'adore Gary Cooper. Quand il me regarde avec ses yeux bleus, je me sens fondre.

— Le film est en noir et blanc.

— N'empêche, il a les yeux bleus et, chaque fois qu'il les pose sur moi, j'ai des frissons qui me chatouillent l'échine.

— Midinette !

Elles rentrèrent. Les premiers mariniers s'installaient pour déjeuner. Le capitaine Van Leyden s'immobilisa sur le seuil, sa silhouette massive se découpant dans le rectangle du jour. Il parcourut la salle en clignant des yeux.

— Salut, la compagnie !

— Qu'est-ce que vous transportez cette fois, capitaine ? demanda un autre patron qui sirotait son bock en attendant qu'on lui serve à manger.

— Du bois pour alimenter des fours à chaux, répondit-il avec son curieux accent flamand qui écrasait les syllabes comme une meule de moulin écrase le blé.

— Fichtre, c'est une sacrée cargaison !

À une table voisine, un homme avec un mince collier de barbe rousse qui lui sertissait le bas du visage donnait l'impression de parler tout seul. Il marmonnait des phrases incompréhensibles dans une langue que Clémence ne reconnut pas. Un agréable fumet s'échappait de la cuisine. Bientôt, Julieta et Carole furent débordées. Elles couraient d'une table à l'autre pour servir ou desservir, pour dresser un nouveau couvert, déboucher une autre bouteille avec le plop du bouchon qui la faisait toujours tressauter. Julieta prenait le temps malgré tout de glisser un mot aimable à chacun des mariniers ou de leur adresser un clin d'œil. Un filet de sueur coula sur son visage, qu'elle essuya d'un geste vif. Au fur et à mesure que le temps passait, que le brouhaha devenait plus assourdissant, Clémence se sentait de plus en plus mal à l'aise. Une intruse dans la ruche ! Elle avait été tentée d'attraper son tablier et de les aider comme si de rien n'était. Qu'est-ce qui l'en avait empêchée ? Elle n'éprouvait pas cette soif de reconnaissance qu'elle avait discernée chez les autres acteurs. Alors pourquoi restait-elle vissée à son siège ? Lorsque Carole laissa échapper un verre qui se brisa sur le sol, elle fut prise d'une peur panique. Elle se leva et sortit. Le capitaine Van Leyden la suivit des yeux. Elle crut l'entendre siffler entre ses dents : « Quel magnifique derrière ! » Mais avec son accent flamand, elle n'était pas certaine d'avoir bien entendu.

Dehors, elle s'assit sur le banc tout neuf que le maire avait fait installer en bordure du chemin de halage. Elle laissa filer le temps et l'eau moirée du canal. Il était un peu plus de 15 heures quand Julieta la rejoignit. Elle prit place à côté d'elle.

— Qu'est-ce qui t'a pris de filer comme une voleuse sans même manger ?

Elle sortit un paquet de cigarettes et un briquet de la poche de son tablier.

— Tu fumes, maintenant ? Tes parents ne disent rien ?

La cigarette lui offrait une diversion pour éviter de répondre à la question, à laquelle elle n'avait aucune réponse.

— Avant de rentrer, j'avale une demi-boîte de cachous, comme ça, ils n'y voient que du feu.

Un marinier arrosait le pont de sa péniche avec une manche à eau. Il s'inclina vers elles et fit mine de les arroser avant de diriger le jet vers l'eau du canal qui depuis la fin de l'averse avait pris des reflets argentés.

— Ah, je ne t'ai pas dit ! L'enquêteur est revenu.

— Qu'est-ce qu'il voulait ?

— Je ne sais pas. Il est resté toute une matinée avec l'éclusier et, lorsqu'une péniche demandait le passage, le père Gontard le laissait seul dans la baraque qui lui sert de bureau.

— Qu'est-ce qu'il y faisait ?

— Il consultait les registres, je suppose.

— Il y a eu une autre tentative d'incendie ?

— Non. Il voulait sans doute vérifier quelques points, effectuer des recoupements, que sais-je.

— Celui-là ne renoncera jamais, dit Clémence, songeuse.

— Il est venu déjeuner à *L'Écluse* et il a demandé après toi.

— Il me soupçonne encore ?

— Qu'est-ce que tu peux être nigaude ! Il a le béguin pour toi. Il m'a dit en partant : « Vous lui souhaiterez bonne chance de ma part pour le film, si jamais vous la revoyez. »

Ainsi, le vaste monde avait poursuivi sa course pendant qu'elle s'offrait une balade en fiacre et en robe faux cul.

C'était dimanche. Elles longeaient un petit étang à truites qui miroitait au creux d'un vallon quand la première question fusa :

— Qu'est-ce que ça fait de se retrouver devant une caméra ?

— Pas grand-chose. On pense surtout à son texte. J'ai fait l'effort de l'apprendre alors que la grande Agnès Romance se contentait de le lire sur un carton qu'un assistant plaçait à hauteur de la caméra, ce qui ne l'empêchait pas d'être sublime.

Au sommet d'une côte qu'elles venaient d'escalader en danseuse, elles décidèrent de faire une courte pause. Elles posèrent leur bicyclette contre un talus et s'assirent dans l'herbe. Bras serrés autour des genoux, Julieta lui demanda :

— Alors, il t'a embrassée ?

— Qui ?

— Rimbaud, pardi !

— Nous n'en sommes pas encore là dans le scénario. D'ailleurs, je crois qu'il ne m'embrassera jamais, il est bien trop timide.

— Dommage.

— Pourquoi ?

— J'aurais aimé savoir quel effet ça faisait de se faire embrasser par quelqu'un qui vous est indifférent et si malgré tout on a envie de coucher avec lui.

— Tu as vraiment de drôles d'idées !

Au moment où elles repartirent, des nuées d'insectes se mirent à grésiller autour d'elles. Elles arrivèrent en retard au *Stella*. L'ouvreuse les guida jusqu'à leurs places avec sa lampe tandis que défilaient sur l'écran des actualités les images d'une patrouille de soldats français dans les Aurès, un fusil-mitrailleur Bar en travers de la poitrine de l'homme en tête de la colonne. Clémence eut la certitude qu'elle occupait le même fauteuil que celui de la fois où elle était venue avec Le Cloarec. Souvenir fugace d'un amour effacé. Comment était-elle parvenue à une telle indifférence ? Ferrier y était-il pour quelque chose ?

L'ouvreuse apparut avec sa corbeille en osier garnie de velours rouge. La même litanie jaillit de ses lèvres trop peintes : « Bonbons, caramels, esquimaux, chocolats. » Clémence éprouva la sensation troublante d'avoir déjà vécu la même scène. Julieta insista pour qu'elles descendent prendre un verre. Clémence se leva à contrecœur. Déjà l'ouvreuse s'éloignait vers d'autres mains levées. Elles arrivèrent en haut de l'escalier avec son mur orné de photographies d'acteurs du studio Harcourt. Un grand nombre de spectateurs noyés dans la fumée des cigarettes se pressait autour du bar. La bière coulait à flots. Un homme s'empara de trois verres et rejoignit un groupe d'amis qui l'attendaient au milieu du hall.

— Vous avez vu ces malheureux troufions crapahuter dans le djebel ? Tout ça pour rien ! L'Algérie, on finira par leur rendre.

L'homme parlait fort pour que tout le monde l'entende.

Qu'est-ce qui interpella d'abord Clémence ? Le Martini-gin que Jules Mérat tenait à la main ou le visage épanoui de sa mère ? Que fichaient ces deux-là ici, un dimanche après-midi ? Elle voulut rebrousser chemin pour aller retrouver la sérénité des fauteuils rouges, mais Julieta mit sa main sur son épaule comme un rappel à l'ordre.

— Viens, on descend.

La rencontre avec sa mère devenait inéluctable. Quand Hélène Fourquet aperçut sa fille, elle leva les sourcils d'étonnement. Jules Mérat s'éloigna pour les laisser seules.

— Que fais-tu là ?

— Et toi ?

— Regarde, je me suis mariée.

Sa mère agita devant ses yeux une alliance ornée de brillants.

— Elle est belle, non ?

— Que veux-tu que ça me fasse ?

— Tu n'as pas perdu l'habitude de monter sur tes grands chevaux.

— Laisse mes chevaux à l'écurie et explique-moi pourquoi tu ne m'as rien dit.

— Tu n'aurais pas approuvé.

— C'est le moins que l'on puisse dire ! Je suppose que c'est la grosseur de ton ventre qui a précipité les choses.

Et Clémence éclata d'un rire sarcastique. Sa mère se méprit.

— Tu vois, mon bonheur te rend jalouse.

Elle venait de se demander combien de vaches Jules Mérat avait envoyées à l'abattoir pour payer les navettes en diamant de la bague. Elle tourna les talons. Cette rencontre inopinée l'avait bouleversée. Elle tremblait. Julieta revint vers elle, un cornet de crème glacée à la main, ignorant tout de la scène qui venait de se dérouler. Clémence trouva impudique et hideuse cette langue rouge qui léchait avec fougue la boule verte de la glace à la pistache.

— Qu'est-ce qui t'arrive ? Tu es toute blanche !

— Ma mère… balbutia-t-elle.

— Je comprends.

La sonnerie annonçant la fin de l'entracte retentit, dominant les conversations.

— Tu viens ?

— Va devant, je te rejoins.

Elle venait de comprendre qu'elle ne pourrait pas regagner sa place en sentant sa mère dans la salle. Elle sortit du cinéma pour prendre sa bicyclette et rentrer. Ce n'est pas sans une certaine déception qu'elle renonçait à confronter l'éclat de ses yeux pervenche avec ceux de Gary Cooper. Elle se demanda aussi quelle serait la réaction des spectateurs quand ils la verraient sur l'écran. Peut-être que la boulangère lui demanderait un autographe. Tandis qu'elle pédalait sur la route du retour, dans l'éclat sonore des chants d'oiseaux, elle retrouva peu à peu son calme. D'autant plus qu'elle venait de décider de tuer sa mère.

Clémence, engourdie dans une sorte d'ennui sans relief, lançait les fléchettes d'une main molle. La plupart du temps, elle manquait la cible. Quand un marinier entrait, il restait un moment à la regarder en hochant la tête avant d'aller s'accouder au comptoir et de commander une bière. La souillon,

Clémence l'avait baptisée ainsi, tirait alors sur le manche de faïence de la pompe à bière pour remplir le verre avant d'égaliser la mousse avec sa spatule en bois, toujours avec cette nonchalance qui avait le don de l'exaspérer. La veille, Julieta ne lui avait fait aucun reproche à son retour du *Stella*. Elle s'était contentée de la fixer droit dans les yeux, comme si elle essayait de pénétrer dans son crâne pour en percer les mystères. La veille également, la Franquin était rentrée de Paris, le visage hermétique, sans un mot adressé à Clémence. Son regard l'avait traversée comme si elle n'existait pas.

— T'en fais pas. Ça n'a pas dû bien se passer à la Santé, lui avait glissé Julieta avant d'ajouter : Je parie que demain elle lui expédiera un mandat ou un colis. Il paraît que la tambouille est tellement dégueulasse en prison qu'il faut bien améliorer l'ordinaire.

Dégoûtée par ses tristes performances, Clémence rassembla les fléchettes pour les ranger. À ce moment-là, Le Cloarec entra, suivi de l'abbé Arnaud. Sans jamais l'avoir rencontré, elle avait entendu parler de ce colosse au large visage hérissé d'une barbe anarchique qui tirait sur le roux. On prétendait qu'il avait fait quelques arrangements de maquignon avec Dieu. Il paraît que Dieu ne s'en était jamais plaint. Un béret posé en travers de son crâne faisait de l'ombre à un nez bulbeux. Été comme hiver, il portait une vieille canadienne au cuir craquelé par-dessus sa soutane. C'était une relique des heures sombres, quand il faisait franchir en barque la ligne noire à des familles entières de Juifs qui fuyaient les nazis. Elle séparait la zone interdite, destinée à être repeuplée de purs Aryens, de la zone occupée. Elle passait juste de l'autre côté du pont du canal. Même si les fugitifs étaient loin d'être tirés d'affaire, au moins c'était un sursis. Ils pouvaient garder l'espoir d'atteindre la zone libre. Une nuit, l'opération avait failli tourner au drame. Un nourrisson s'était mis à brailler en plein clair de lune alors que l'embarcation se trouvait au milieu de l'Aisne. Les aboiements des chiens d'une patrouille allemande avaient répondu à ses cris. L'abbé Arnaud avait eu juste le temps de mettre la barque à l'abri sous les branches d'un saule pleureur tandis que la mère calmait l'enfant en lui présentant un sein lourd et blanc. On avait beaucoup parlé de cette alerte dans la clandestinité et les opérations du réseau avaient été suspendues pendant quelques semaines.

À la Libération, des familles qu'il avait sauvées avaient regroupé leurs témoignages. L'une d'elles habitait même New York. Elle voulait faire de lui un Juste parmi les nations. Très ému, il avait répondu, les larmes aux yeux, qu'il ne pouvait accepter. « Je n'ai fait que mon devoir d'homme », avait-il expliqué, et « faire son devoir d'homme ne mérite aucune distinction ni récompense ».

Il baptisait, mariait ou enterrait avec la même jovialité ironique. On disait de lui qu'il avait la phrase juste. Il avait servi un temps sur une base américaine pour remplacer l'aumônier des GI, rappelé auprès de sa mère quelque part dans le Montana. Il en avait profité pour s'intéresser au cinéma. Il découvrit en même temps le charme voluptueux des cuisses de Marilyn Monroe au-dessus de la bouche de métro dans *Sept ans de réflexion*, de Billy Wilder, et le chewing-gum. Très vite, il réussit à acheter une vieille camionnette et un projecteur Debrie seize millimètres, avec lesquels il parcourait bourgs et villages dans un large rayon autour d'Attigny. Il était devenu cinéaste ambulant. Il projetait ses bobines des *Disparus de Saint-Agil*, de *Quai des brumes* ou de *La Kermesse héroïque* dans les arrière-salles de mairie. Quand un maire rechignait, il installait son fourbi dans une grange. Les prix qu'il réclamait à l'entrée couvraient à peine ses frais. Il prétendait qu'avec le cinéma on retrouvait les émotions que la vie avait perdues en route. Auréolé de ses exploits dans la Résistance et de son amour du cinéma, il était devenu une légende débonnaire qu'on aimait inviter aux repas de communion.

Ses chaussures aux bouts ferrés raclèrent le sol du café. Le Cloarec fit les présentations. L'abbé Arnaud interrogea Clémence sur le déroulement du tournage. Parfois, ses questions étaient d'une naïveté déconcertante, d'autres fois d'une technicité à laquelle elle était incapable d'apporter une réponse.

— Vous allez revenir tourner ici ? demanda-t-il de la grosse voix qu'il prenait en chaire.

— Oui, c'est prévu.

— Il ne t'a pas parlé de notre projet de ciné-club ? intervint Le Cloarec. J'ai l'impression qu'il l'a oublié.

Maladroitement, Clémence se mit à défendre Ferrier :

— Tu sais, le tournage ne lui laisse pas une seconde de répit. Il faut l'excuser.

Au regard noir qu'il lui lança, elle sut qu'il avait deviné ce qui s'était passé entre eux et que l'imbécile en était furieux.

— Heureusement, il a la nuit pour reprendre des forces, dit-il d'un ton hostile.

— Je te promets de lui en parler dès que je le vois. C'est quelqu'un de parole.

Le Cloarec eut un geste vague de la main et se leva.

— Vous venez, l'abbé ?

Il était mortifié d'avoir dû lui demander d'intervenir. Elle fut incapable d'en tirer la moindre satisfaction. Il n'y avait pas une once de méchanceté chez elle, sauf à chaque fois qu'elle décidait de tuer sa mère.

Ils étaient à peine sortis que le téléphone sonna. Julieta répondit. En mettant la main sur l'écouteur, elle cria :

— C'est le cinéma qui te demande !

— Une femme ?

Elle pensait à Karine.

— Non, un homme.

Elle fut étonnée de reconnaître la voix de Ferrier. Il lui expliqua qu'avec son scénariste ils avaient ajouté une scène de bal champêtre dans laquelle elle jouerait avec Rimbaud. Tout se passerait mal entre eux.

— On a bouleversé le plan de tournage. Tu joues demain dans un petit village qui s'appelle Saint-Laurent, tout proche de Charleville. Prépare tes affaires, je t'envoie la voiture de la production.

Il ajouta à voix plus basse :

— Tu me manques.

Elle arriva alors que l'équipe bloquait les rues d'accès à la gare. Un assistant cria :

— Pas d'humains dans le champ !

À quai, la locomotive était noyée dans un nuage fantomatique de vapeur. Jaume filma de dos des voyageurs qui s'éloignaient vers la sortie.

Karine avait eu beaucoup de chance de trouver la locomotive, une antique Crampton qui rouillait sur une voie de garage au dépôt d'Amagne-Lucquy avec quelques wagons en bois. Une mince couche de peinture avait suffi pour rendre à la locomotive sa fringance des années 1870. La production avait obtenu une autorisation spéciale pour faire venir le convoi jusqu'en gare de Charleville. Rien ne semblait impossible au monde du cinéma, ce qui avait impressionné Clémence.

En l'apercevant, Ferrier lui fit un petit signe de tête, mais n'interrompit pas ses explications. Autour de lui, il y avait Agnès Romance, Christopher Rips et Bertrand Jaume. Il leur expliquait en le mimant avec les mains le plan-séquence qu'il avait en tête. C'était un plan difficile à tourner dans la continuité, puisqu'on suivait l'arrivée de Vitalie devant la gare au milieu de figurants qui venaient tout comme elle attendre des proches. Un léger sourire éclairait pour une fois son visage si sévère d'habitude. Elle était heureuse de retrouver son fils, de retour de Paris. Puis la caméra découvrait le train qui entrait en gare avant de revenir sur son visage exprimant l'effroi en découvrant cette espèce de clochard qu'était devenu son fils, descendant d'un wagon de troisième classe.

Ferrier avait encore compliqué les choses en imaginant que la séquence se déroulait sous la pluie. Deux camions de pompiers avaient été appelés à la rescousse. Les hommes se tenaient lance en main, prêts à ouvrir les vannes du ciel.

— Tu comprends, le plan-séquence, c'est l'aristocratie du cinéma, disait Ferrier à Jaume. Te sens-tu capable de porter la caméra sur l'épaule aussi longtemps ?

— Il faudra bien.

— Installer des travellings aurait été trop compliqué. Je suis persuadé que cela aurait donné un côté trop guindé, presque artificiel, à ces retrouvailles entre la mère et le fils. Je préfère que l'image bouge pour saisir toute la détresse de cette femme après son moment d'espérance. Tu te contenteras de plans rapprochés.

Et s'adressant à Agnès Romance :

— Désolé pour vos gros plans. Il faut comprendre que c'est un moment terrible dans la vie de Rimbaud. Les beaux-parents de Verlaine ont eu sa peau. Si à jeun Verlaine était le plus doux des hommes, l'absinthe le rendait fou. Une nuit, en rentrant complètement ivre en compagnie de Rimbaud, il avait failli étrangler sa femme et tuer le petit Georges en le jetant contre un mur. Heureusement, les langes avaient sauvé son fils. C'en était trop pour les Mauté. Mathilde était allée se réfugier dans le Périgord. Les Mauté avaient mis comme condition au retour de Mathilde le renvoi de Rimbaud. Verlaine avait cédé. Crevant de faim et de soif, le banni avait dormi sous les ponts. C'était un clochard qui n'avait plus rien de céleste que sa mère venait d'accueillir à sa descente du train.

Pendant ce temps, Karine organisait le mouvement des figurants, habillés comme en plein hiver puisque la scène était censée se dérouler en mars 1872. Clémence se demanda pourquoi l'assistante de Ferrier lui décocha un regard d'une hostilité qui la surprit.

Après un faux départ dû à un retard dans l'arrivée de la pluie sur le parvis de la gare, le tournage du plan-séquence, longuement répété, se déroula à la perfection. Le mouvement que le chef opérateur, aidé de son assistant qui faisait la mise au point au fur et à mesure, fut d'une fluidité parfaite. Ferrier se contenta de deux prises. Plus tard, à la projection des rushes au cinéma *Omnia* de Charleville, il y eut bien quelques flous sur le visage de Vitalie, mais la scène était bouleversante de vérité. Une fois de plus, Clémence fut fascinée par la performance d'actrice d'Agnès Romance. Ses compliments furent accueillis d'un sourire dubitatif. Était-il possible qu'une aussi grande actrice doutât de son talent ?

Pendant que les techniciens transportaient le matériel devant le *Café de l'Univers* pour filmer la rencontre entre Ernest Delahaye, l'ami fidèle de Rimbaud, et Verlaine qui s'arrêtait à Charleville avant de se rendre à Paliseul, en Belgique, pour toucher un petit héritage qui lui permettrait d'entretenir un temps son amant, Clémence demanda à Ferrier :

— Qu'est-ce qu'elle a, Karine ? On dirait qu'elle m'en veut. Elle ne m'a même pas dit bonjour.

Ferrier détourna les yeux pour répondre, embarrassé :

— Ah, les femmes, on ne sait jamais ce qui leur passe par la tête !

— Patron, cinq mètres de rails de travelling pour arriver jusqu'à la table de Verlaine, c'est suffisant ?

— Qu'en pense Jaume ?

— Il a dit que c'était à vous de trancher.

— Oui, je pense que ça ira. Ils n'ont pas tant de choses à se dire. Et que Karine n'oublie pas de demander au garçon de servir un bock à Delahaye et une absinthe à Verlaine.

Pour le moment, le jeune comédien qui interprétait Delahaye marchait de long en large, un découpage écorné en mains. Il lisait à voix haute ses répliques et celles de Verlaine.

Delahaye s'inquiétait de savoir si Rimbaud écrivait encore.

— Pas beaucoup, pas beaucoup ! On court surtout les théâtres.

— Et les bistrots…

— Les bistrots, si vous voulez.

Le découpage stipulait que Delahaye poussait un long soupir.

— C'est une légende. On ne trouve jamais l'inspiration dans l'alcool.

— Qu'est-ce que vous en savez, vous, avec votre âme tirée à quatre épingles ?

Le comédien relut les notes manuscrites de Ferrier. À ce moment-là, Verlaine compare ses deux vies : avec Mathilde, sa femme, la tranquillité, la médiocrité du quotidien, l'ennui. Avec Arthur, les emballements de la création, les transgressions sauvages, les caresses somptueuses des corps. Ferrier avait souligné : les questions trop précises de Delahaye embarrassent Verlaine.

Clémence avança vers Karine, qui relisait ses notes de préparation pour la scène. L'assistante se détourna ostensiblement, la laissant désemparée.

Quand Ferrier l'avait fait entrer dans sa chambre sous un prétexte tellement inepte qu'elle en avait souri, Karine ne s'était pas méfiée. En se retrouvant à gémir sous ses caresses, elle avait cru, l'imbécile, qu'elle avait reconquis sa place dans son lit. Elle avait été heureuse pendant quatre nuits, les quatre nuits où Clémence était absente.

Connaissant le souci de Ferrier de sauver les apparences, elle n'avait rien trouvé de suspect ce matin, quand il lui avait demandé de regagner sa chambre. Lorsqu'elle le vit inspecter la pièce et la salle de bains, à la recherche du moindre indice pouvant trahir une présence féminine, elle comprit sa méprise. La rage l'avait emporté.

— Espèce de mufle, elle revient, c'est ça ? avait-elle hurlé.

Toute la scène du bal de village, qu'elle trouvait d'ailleurs très réussie, n'avait donc été écrite que pour ramener Clémence au plus vite entre des draps encore tièdes de sa présence. Elle avait fondu en larmes. Avec sa dureté inconsciente, Ferrier lui avait dit :

— Arrête d'étaler tes sentiments comme une paire de chaussures dans une vitrine.

Dès la reprise du tournage, Karine avait mis en application une des règles d'or de Ferrier : « Ne jamais laisser ses histoires personnelles interférer avec la réalisation du film, sinon, c'est la catastrophe assurée et... le suicide du producteur. » Elle fit donc comme s'il ne s'était rien passé. Elle s'était réfugiée dans son travail. Mais à la vue de Clémence qui revenait avec toute sa fraîcheur et son innocence, elle avait été incapable de se maîtriser. Incapable d'en vouloir longtemps à Ferrier, elle avait reporté sa colère contre Clémence. À présent, elle le regrettait.

Après la mise en place de la scène de la rencontre entre Verlaine et Delahaye, Ferrier demanda le moteur. Clémence remarqua qu'il avait recommencé à se ronger les ongles. Il se contenta de trois prises. Ils terminèrent le tournage en milieu d'après-midi et rendirent les rues à la circulation. Le groupe électrogène et un camion de matériels prirent alors le chemin du petit village de Saint-Laurent, situé à quelques kilomètres de Charleville. Les décorateurs avaient déjà préparé le chariot à blé orné de branches de noisetier qui servirait d'estrade aux trois musiciens, deux violonistes et un accordéoniste. Karine s'approcha de Clémence, qui regardait deux électriciens en train de démonter les projecteurs. Karine lui dit :

— Excuse-moi pour tout à l'heure. Je ne sais pas ce qui m'a pris. J'ai reçu de mauvaises nouvelles de chez moi et, depuis, je ne suis plus tout à fait dans mon assiette.

Avec sa sollicitude habituelle, Clémence s'empressa de lui demander :

— Ce n'est pas grave ?

— Non, je crois que c'est déjà arrangé.

Elle s'en voulut de mentir.

— Qu'est-ce que je dois faire demain ? demanda Clémence.

Personne ne lui avait remis de texte et elle ne pouvait dissimuler son inquiétude.

— C'est une scène magnifique, une de celles qui marqueront sans doute le film, mais Ferrier ne tient pas à ce qu'on vous en dise plus. Il veut jouir de votre surprise. Il vous donnera ses indications au fur et à mesure du tournage.

— Je devrai danser ?

— Oui. Une valse lente. Un morceau que Ferrier a emprunté au folklore slave. C'est une danse, donc en principe c'est gai. En même temps, il en émane une douce mélancolie.

— Euh… Je n'ai jamais dansé de ma vie.

— Ce n'est pas grave, même si tu es à contretemps. Tu sais, parfois, c'est la vie qui est à contretemps, alors…

Le repas se déroula dans la bonne humeur. Le producteur, qui avait fait le voyage depuis Paris pour vérifier que son argent était bien employé, félicita quelques techniciens. La nuit, Ferrier et Clémence firent l'amour *mezza voce*.

Dans la plus pure tradition du vaudeville, elle regagnait sa chambre entièrement nue, ses vêtements roulés en boule contre sa poitrine, quand elle se retrouva nez à nez avec Agnès Romance, qui prenait le premier train pour Paris.

Elle avait expliqué à Karine, qui s'était occupée de son billet de train, qu'elle faisait une brève apparition dans *En cas de malheur*, d'Autant-Lara. « Trois jours de tournage très bien payés, ça ne se refuse pas. Et puis je ne suis pas mécontente de retrouver le glacis des beaux yeux de Gabin. Allez savoir pourquoi, il m'appelle sa "petite belette" et continue de me faire du gringue. Je suis curieuse aussi de savoir ce que vaut comme actrice la petite Bardot. Tourner avec ce vieux sadique d'Autant-Lara, ce ne sera pas une partie de plaisir pour elle. Ne t'inquiète pas, je serai de retour à temps pour la suite du tournage. »

— Tiens, Don Juan a encore frappé, dit-elle à Clémence en détaillant d'un œil narquois ce corps qu'elle trouvait très beau.

— Je vous en prie, ne dites rien, bredouilla celle-ci en rougissant jusqu'à la racine des cheveux.

— Pourquoi serait-ce un crime de vivre ?

— Je vous en prie…

— Je te le promets.

Il fallut deux journées pour tourner la scène du bal champêtre sur la place de l'Église à Saint-Laurent. Au cours de la première journée, les décorateurs durent renouveler à plusieurs reprises les branches de noisetier afin de conserver leur fraîcheur à l'image. Ferrier fit ralentir jusqu'à l'extrême le tempo de la valse. Il dut refaire une prise à cause d'un micro dans le champ. Il réclama plus d'attention, sans élever la voix. Karine le regardait avec un sourire triste sur les lèvres. Pour Clémence, la scène n'était pas facile. Ferrier la fit danser avec un commis de ferme en sabots. Elle devait à la fois feindre l'insouciance et, du coin de l'œil, surveiller Rimbaud qui fulminait au bord de la piste.

— Ton éclat attire les cavaliers comme le miel les guêpes, et par coquetterie tu suscites sa jalousie, lui avait-il expliqué.

Il sanctionna d'un « coupez » sans indulgence ses premiers pas de danse maladroits. Mais bientôt, son corps souple et ondoyant se livra à la musique sans retenue, révélant une sensualité animale qui l'éblouit. Il réclama aussi de nombreux gros plans de Rimbaud, dont on voyait le visage peu à peu envahi par la colère. Il avait revêtu ses plus beaux habits – melon sur ses cheveux qui descendaient jusqu'aux épaules, faux col à coins cassés, cravate de soie mordorée – pour accompagner cette fille dont il était éperdument amoureux, et voilà que cette roulure le trahissait en dansant avec tous ces rustres ! Malgré son insistance, il avait refusé de la suivre sur la piste. Il avait trop peur d'être ridicule.

— Tu fends le cercle des danseurs et tu viens l'arracher à son cavalier. Et tu l'injuries : « Viens avec moi, espèce de pou malfaisant ! » Toi, Clémence, tu te rebiffes et tu parviens à t'enfuir. Il te laisse en plan et disparaît, furieux. Tout laisse à penser que jamais vous ne vous reverrez.

Le lendemain, ils tournèrent une scène qui mettait en présence Rimbaud et Verlaine. Après avoir quitté Paris, ils étaient arrivés à Charleville, où ils avaient passé la nuit chez leur ami commun Charles Bretagne. À l'aube, ils prirent la direction de Pussemange, à la frontière belge, où Rimbaud avait l'habitude de se rendre à pied pour acheter son tabac des manufactures Thomas-Philippe.

— On les filme quand ils sautent dans la carriole que leur a dénichée Bretagne. Leur ami leur donne deux francs, une montre en argent et une guitare qui émet une drôle de plainte quand Rimbaud la balance sur le plancher de la voiture.

Le chef opérateur avait fait installer une plate-forme à l'avant d'une 203 Peugeot afin de suivre les deux amis. Le scénario précisait : « Ils sont gais, espiègles. C'est une fugue joyeuse. »

— N'hésitez pas à chahuter à l'arrière de la carriole, vous êtes si heureux de vous retrouver ensemble.

Le lourd cheval avançait au pas et l'embrayage de la Peugeot sentit bientôt le chaud. Rimbaud fumait sa longue pipe en terre. De temps en temps, avec le tuyau de sa pipe, il montrait à Verlaine un grand hêtre, un chêne plus que centenaire, un grand pin dont la cime se balançait doucement, ce qui émerveillait Verlaine, qui ne connaissait rien aux arbres. L'attelage traversait une partie de la sombre forêt ardennaise. Le conducteur, comme prévu dans le script, les déposa sur la place de Gespunsart, un gros village juste avant la frontière. Il fit boire son cheval dans la fontaine. Profitant d'un moment d'inattention du paysan, Rimbaud, qui à l'occasion savait être farceur, enfuma les naseaux du cheval avec sa pipe. Le cheval fit un bond en arrière en hennissant. Le paysan lâcha les rênes et faillit tomber. Ferrier se contenta d'une prise qu'il n'était pas sûr de conserver au montage. En contrechamp, Jaume filma les deux garçons hilares.

— Alors que Verlaine se dirige vers la grand-route, Christopher, tu l'interpelles : « Pas question de se faire pincer par les gabelous, on emprunte les sentiers de contrebande ! » En chemin, tu lui raconteras que les douaniers belges, qui redoutaient que tu portes le virus de la peste bovine, qui sévissait alors en France, t'avaient fait mettre à poil pour te désinfecter dans une cabane en bois qui ressemblait aux cabines de bain sur les plages normandes.

Jaume, caméra à l'épaule, suivit les deux comédiens qui, après avoir contourné une brasserie, empruntèrent un chemin escarpé qui surplombait la Goutelle, une riante petite rivière. Bientôt, la sueur se mit à couler sur son front et il commença à grogner. Ils firent une pause. La maquilleuse en profita pour repoudrer le visage des comédiens.

— La frontière passée, vous éprouvez un sentiment inouï de liberté, de délivrance.

Nous allions [...]

Filant légers dans l'air subtil.

Deux spectres joyeux on eût cru ! écrira plus tard Verlaine.

De là, vous partez pour Namur avant de rejoindre Bruxelles.

En se retrouvant à Gespunsart, l'équipe se précipita *Chez Théo*, le café de la place du village, pour étancher une soif qui leur paraissait inextinguible. Ferrier était de bonne humeur. Il avait demandé à Clémence de rester avec l'équipe, c'est-à-dire avec lui, bien qu'elle n'ait aucune scène à tourner.

Est-ce une idée qu'elle se faisait ? Mais Clémence trouva qu'à l'intérieur de la limousine l'air était irrespirable. Ils roulaient vers Attigny. Le chauffeur de la production restait silencieux. Karine était installée à côté de lui. Ferrier et Clémence à l'arrière. Un paquet de livres les séparait. Trois romans que Ferrier aimait et qu'il avait tenu à lui offrir. « À moi, il n'a même jamais songé à m'offrir ne serait-ce qu'un livre de poche », songea Karine en se laissant envahir par une tristesse résignée. Le premier de ces romans était une édition luxueuse du *Grand Meaulnes*, le deuxième, *Les Faux-Monnayeurs*, de Gide, et le troisième, *Tendre jeudi*, qu'il considérait comme le chef-d'œuvre de Steinbeck. Trois livres qu'il avait toujours rêvé de porter à l'écran. Il venait de se rendre compte que, dans chacun de ces romans, il y avait un rôle pour Clémence. Il l'observa en silence dans la pénombre de la limousine éclaboussée par instants de taches de soleil, il ne voyait d'elle que son profil. Il eut la certitude qu'elle ferait une parfaite Suzy, l'héroïne du roman de Steinbeck qui débarque un jour de Monterey, en Californie, avec sa valise et son envie de s'en sortir. Il n'avait pas vraiment décelé une telle ambition chez sa toute jeune maîtresse, et pourtant ces deux filles se ressemblaient. Comme Suzy, Clémence ne manquait pas de cran. Son visage se superposa avec une évidence saisissante à celui de Suzy tel qu'il l'imaginait. Il venait de faire jaillir de mots couchés sur le papier un être de chair et de sang. Dès qu'il le pourrait, il ferait acheter les droits du livre par sa société de production et proposerait le rôle à Clémence.

Ils arrivaient à Attigny, où trois semaines de tournage étaient prévues.

— Mais qu'est-ce qui se passe ici ? demanda Karine, interrompant sa rêverie.

Le gros bourg, d'ordinaire si tranquille, était en pleine effervescence.

10

À LA VUE DE L'ANIMATION qui régnait sur la place, une certaine inquiétude s'empara de Ferrier. À travers la vitre de la limousine, il observait les petits groupes qui poursuivaient leurs conversations animées. Adossé au muret du kiosque à musique, un individu brandit un poing rageur.

— On dirait qu'il s'est passé quelque chose qui nous dépasse, dit Karine.

Clémence crut reconnaître Mathias au milieu d'un de ces groupes et son cœur se mit à battre plus vite, comme si elle avait commis une faute impardonnable. Toute la place semblait baigner dans ce halo de colère. Au moment où la limousine se rangeait devant l'*Hôtel de Lorraine*, une voiture de gendarmerie passa, toutes sirènes hurlantes, avant de disparaître dans un nuage de poussière en direction de Rethel.

— Ces messieurs sont à cran, constata Ferrier. Tu veux qu'on te dépose à *L'Écluse* ? demanda-t-il à Clémence.

— À peine trois cents mètres, je peux les faire à pied. Le tournage n'a pas été si éprouvant que ça.

C'était une journée chaude et sèche. Le ciel était limpide, à part quelques nuages floconneux qui par instants grimaient le soleil.

— Un temps idéal pour tourner en extérieur, observa Karine en se retournant vers Ferrier.

Avec l'acharnement qu'elle mettait parfois à se faire souffrir, elle se demanda comment ces deux-là allaient faire pour se retrouver la nuit. Il lui arrivait souvent de penser qu'elle s'égarait dans cette rivalité amoureuse. Il lui était impossible de concilier son admiration pour le jeu de la jeune fille, avec parfois des éclairs de génie qui éblouissaient l'équipe, et sa jalousie qu'elle devait masquer. Clémence avait construit son interprétation du personnage d'Isabelle par petites touches successives lui donnant à la fin une cohérence bouleversante.

Clémence descendit la première. Le chauffeur lui tendit sa valise, qui dénotait à côté des bagages plus luxueux de Ferrier et de Karine rangés sur le trottoir.

— On commence à quelle heure demain ? demanda-t-elle à Karine.

— Je ne pense pas qu'ils auront installé leur matériel avant 10 heures. Disons 10 h 30, ça te convient ?

— Ça me laisse en tout cas le temps de faire une superbe grasse matinée.

— Cela aurait été plus pratique qu'on te prenne une chambre à l'*Hôtel de Lorraine*. On aurait pu travailler tard, regretta Ferrier.

Karine détourna la tête et songea : « Il n'aurait plus manqué que ça ! »

En prenant le chemin de *L'Écluse* avec sa valise, Clémence ignorait toujours ce qui s'était passé. Un bref instant, elle eut l'illusion de revenir en arrière, lorsque, quelques mois auparavant, elle était arrivée au café pour la première fois. À cette nuance près qu'elle avait dû affronter une giboulée de neige. Elle en avait fait du chemin depuis. Dans le bief, une péniche s'élevait lentement. Par habitude, elle frotta ses chaussures sur le gratte-pieds de l'entrée. La Franquin, Julieta et la grosse Carole, dont elle voyait le visage si placide d'habitude s'animer pour la première fois, étaient en pleine discussion. Elle fut surprise de découvrir aussi Rebecca, sa camarade de classe, que la moindre plainte d'un chat plongeait dans des abîmes de souffrance :

— Heureusement, ils ont ouvert les boxes des chevaux pour leur permettre de s'échapper à temps. On ne les a pas encore tous retrouvés. Celui qu'ils ont rattrapé ce matin avait parcouru en plein bois plus d'une quinzaine de kilomètres, se rassurait Rebecca.

Devant l'air effaré de Clémence, Julieta dit :

— Je vois que tu n'es pas au courant.

— Au courant de quoi ?

— La ferme Thuilier a brûlé.

— Un accident ? demanda-t-elle en espérant que ce soit le cas pour les libérer une fois pour toutes de ce climat de soupçon et de peur.

— Désolée de te décevoir, mais ils ont retrouvé des chiffons imbibés d'essence abandonnés sur place, comme si on avait voulu signer le forfait. Et ton ami l'enquêteur est de retour. Tu pourras le voir, il a réservé pour le dîner.

Ferrier avait à peine poussé la porte de l'hôtel que la propriétaire se précipitait pour lui tendre une lettre à en-tête de la mairie. Il décacheta la lettre en fronçant les sourcils.

— Mauvaise nouvelle ? intervint Karine en essayant de lire par-dessus son épaule.

— Non, au contraire.

L'élu écrivait qu'étant donné les circonstances exceptionnelles il préférait reporter la réception qu'il avait prévue à l'hôtel de ville en l'honneur des cinéastes.

— Ce monsieur ne sait pas combien il me fait plaisir. Les manifestations officielles où l'on doit subir des discours interminables et creux m'ont toujours barbé.

— C'était tout de même sympa de sa part d'organiser ce vin d'honneur.

— Oui, je suis d'accord. Au fait, de quelles circonstances exceptionnelles parle-t-il ? demanda-t-il à l'hôtelière.

Elle était vêtue d'un tailleur strict de couleur anthracite qu'on ne s'attendait pas à voir porter dans un établissement somme toute plutôt campagnard. La masse de ses cheveux auburn était rassemblée en un chignon posé au-dessus de sa nuque. La raideur du personnage intrigua Ferrier.

— Le feu a complètement ravagé une ferme.

— Un orage ?

— Non, un incendie volontaire. C'est le troisième en quelques mois. Vous comprenez qu'on soit exaspérés. Cette fois, ils ont vraiment dépassé les bornes. Il ne reste plus de la ferme Thuilier que des murs calcinés.

— Vous avez dit la ferme Thuilier ?

Et, se tournant vers Karine, il l'interrogea :

— Ce n'est pas la ferme qu'on...

— Oui, la ferme qu'on a eu toutes les peines du monde à trouver pour figurer celle de Roche. Les décorateurs devaient y travailler pour faire quelques aménagements qui achèveraient de la faire ressembler à celle des Rimbaud.

— C'est une tuile, une vraie tuile !

— Il ne faut rien exagérer. On va battre la campagne pour en trouver une autre.

— Par moments, j'admire ton optimisme.

— Ah, j'ai oublié de vous donner ceci, dit l'hôtelière en lui tendant une enveloppe qu'elle venait de prendre sur son comptoir.

Elle n'était pas cachetée et le mot était écrit au crayon mine sur du papier quadrillé d'écolier. L'instituteur demandait quand il pourrait assister au tournage. Il avait ajouté un post-scriptum, dans lequel il lui rappelait sa promesse de l'aider pour le démarrage de son ciné-club.

— Ah, je l'avais complètement oublié. On peut dire qu'il tombe à pic, celui-là.

— Clémence t'en a parlé à Charleville.

— Ça m'était sorti de l'esprit.

Il porta une main à sa bouche et commença à se ronger les ongles.

La chambre avec son papier peint fleuri et sa baignoire sabot était adorablement désuète. Ferrier s'y sentit tout de suite à l'aise. Dans l'angle de la pièce, il y avait même un secrétaire en bois blond sur lequel il pourrait travailler. La première chose à faire était de revoir le plan de tournage. Pour leur souhaiter la bienvenue, l'hôtelière avait fait déposer dans chaque chambre un exemplaire d'*Une saison en enfer.* Il accrochait un de ses costumes sur un cintre quand le téléphone sonna.

C'était une voix froide, un ton qui ne permettait pas de se défiler.

— Monsieur Ferrier, est-ce que vous pouvez descendre, s'il vous plaît ?

Lorsqu'il arriva dans le hall de l'hôtel, l'idée qu'il se faisait de l'acteur américain de série B s'avança vers lui. Dents éclatantes accrochées à un sourire convenu. Un grand type brun pétri d'assurance, la mâchoire carrée, le nez droit, le menton fort, lui tendit une main ferme.

— Paul Lang, officier de police. J'enquête sur l'incendie criminel de la ferme Thuilier.

— En quoi cela me concerne-t-il ? Je me contente de tourner un film, et mon équipe et moi n'avons nullement l'intention de mettre le bourg, où on nous accueille très bien d'ailleurs, à feu et à sang, si ça peut vous rassurer.

L'officier de police eut un geste de la main, histoire de balayer l'objection.

— Je sais, je sais. Mais la femme qui ne dort jamais a aperçu vos deux collaborateurs qui revenaient de la ferme Thuilier cette nuit.

— C'est fou ! Vous ne les soupçonnez tout de même pas ! Je suppose qu'ils ont terminé leur travail très tard.

— Je pourrais vous répondre que, dans mon métier, on doit soupçonner tout le monde. Nous voulons juste les interroger pour savoir s'ils ont remarqué quelque chose, un bruit, un détail qui pourrait nous aider.

— Et alors ?

— Ils ont cru entendre une cavalcade de chevaux sur la route, mais cela leur a paru si incongru qu'ils ont pensé à un coup de tonnerre.

— Vous les retenez ?

— Non, pas du tout. Ils terminent leur déposition et on vous les renvoie.

Le film était devenu l'otage d'un passé qui ne les concernait pas. C'est ce que Ferrier tenta d'expliquer à l'enquêteur.

L'hôtelière mit à leur disposition le petit salon où les clients prenaient d'habitude leur petit déjeuner. Au mur, au-dessus des boiseries, étaient accrochées des gravures représentant des scènes de chasse. Ils rapprochèrent deux tables afin de pouvoir tenir tous autour. Il y avait là Karine, la scripte, Jaume, l'assistant-opérateur, Frantz Lanvin et Christopher Rips. Tous avaient un exemplaire plus ou moins défraîchi du scénario. La couverture de celui de Ferrier était couverte d'annotations tracées dans le plus grand désordre. Parfois, entre deux lignes, il avait dessiné une scène telle qu'il l'imaginait. Karine classait les fiches de tournage entassées devant elle.

— Clémence n'est pas encore arrivée ? demanda Ferrier.

— Non, pas encore, mais elle ne saurait tarder, répondit Karine de ce ton faussement détaché qu'elle adoptait chaque fois que Ferrier lui parlait de Clémence.

— On l'attend ?

— Ce n'est pas nécessaire. Qu'est-ce qu'elle nous apportera de plus ?

— Bon… Bon. Et la Romance qui arrive ce soir pour tourner demain les retrouvailles entre la mère et son fils à Roche ? C'est du moins ce qui était prévu.

— Le retour de l'enfant prodigue, murmura Lanvin entre ses dents.

— Cette histoire d'incendie chamboule tout mon plan. Et merde, merde !

Karine, qui n'avait pas l'habitude d'entendre jurer Ferrier, sursauta.

— Karine, je te charge de prévenir le producteur. Tous ces contretemps risquent de lui coûter pas mal d'argent. On va prendre du retard, alors qu'on était en avance sur notre planning.

— J'aimerais mieux pas.

— Pourquoi donc ?

— Ce salaud a voulu coucher avec moi, lors de son passage à Charleville. Il avait insisté pour que je lui porte un exemplaire du scénario modifié dans sa chambre à l'*Hôtel du Nord*. Alors que je repartais, il m'a saisi le poignet et a insisté pour que je reste bavarder avec lui.

— Tu ne l'as pas vu venir ? questionna Jaume, qui paraissait intéressé au plus haut point. Pourtant, sa réputation le précède comme le bourrin la charrue.

— S'il fallait croire toutes les rumeurs qui circulent dans ce milieu, autant rentrer tout de suite au couvent.

— Et ensuite ? fit Jaume.

— Il a commandé du champagne et nous avons bu une coupe, enfin deux. Peut-être trois.

— Il voulait te soûler, ma cocotte, observa la scripte.

— Puis il a voulu m'embrasser. Je l'ai repoussé. Alors il s'est agenouillé et m'a dit : « Karine, ma petite Karine, vous sentez tellement bon ! »

Imaginant cet homme si puissant se transformer en une sorte de poupée de chiffon devant Karine, ils ne purent s'empêcher d'éclater de rire.

— Pendant ce temps, je fixais son crâne chauve en me disant que c'était impossible qu'il n'ait que quarante-sept ans.

— Il frise plutôt la soixantaine, précisa Ferrier, que l'histoire amusait.

— Voyant qu'il n'arrivait pas à ses fins, il a abattu sa dernière carte. Il m'a juré qu'il était prêt à financer mon premier film si je lui apportais un bon script. « Vous n'allez tout de même pas passer le reste de votre vie dans l'ombre de Ferrier, vous méritez mieux ! » Il a posé sa main sur ma cuisse. Je l'ai envoyé bouler sur la moquette.

— Pitoyable ! fit Ferrier.

— Je n'en crois pas mes oreilles ! s'exclama Lanvin. Et tu as refusé la splendide carrière de réalisatrice qu'il t'offrait sur un dessus-de-lit ? Tu aurais pu me donner de petits rôles dans tes films, on s'entend bien, nous deux.

— Elle n'avait pas bu assez de champagne, ironisa Jaume.

Le récit picaresque fut interrompu par la serveuse qui leur apportait des boissons.

— Revenons aux choses sérieuses. Peut-on être prêts à tourner demain ? Et quelle scène ?

— Peut-être la scène du pique-nique, proposa l'assistant de Jaume, un gros garçon joufflu qui semblait toujours essoufflé à courir derrière le chef opérateur.

— À condition que les uniformes des soldats prussiens soient prêts. Par ailleurs, la météo ne s'annonce pas très bonne, dit Karine.

Ferrier se rongeait l'ongle du petit doigt. Autant il aimait improviser, autant il détestait ce flottement imposé par les éléments extérieurs sur lesquels il n'avait aucune prise.

— De quelle scène parlez-vous ? interrogea Lanvin.

— Tu n'as pas lu le scénario ? répondit Ferrier, agacé.

Il lui arrivait parfois de ne pas supporter la désinvolture de cet acteur, par ailleurs très doué. Il surprit un sourire fugace sur le visage de Christopher Rips, qui l'agaça également. Malgré tout, il prit le temps de répondre :

— D'habitude, les soldats prussiens aimaient parader dans le centre de Charleville afin d'affirmer leur présence et rappeler qu'ils étaient les maîtres. Par prudence, les habitants s'effaçaient pour les laisser passer lorsqu'il leur arrivait de les croiser. Une partie de la garnison était détachée à Vouziers, et ce sont quatre de ces hommes qui profitaient d'une permission sous une belle journée de soleil et décidèrent d'aller se baigner sur les bords de l'Aisne. Après avoir surmonté sa déception du bal, Rimbaud avait demandé à Isabelle de venir à

Attigny et d'apporter un panier de pique-nique. Il l'attendrait à la gare avant d'emprunter le chemin de halage sur les bords de l'Aisne. Rieur, espiègle au début, il devient sombre en apercevant les premiers torses nus des soldats, bretelles sur le pantalon, riant aux éclats en se passant une bouteille de gnôle. Devant la jeune fille terrifiée, il ne peut s'empêcher de les abreuver d'injures entre ses dents. Les autres, qui ne comprennent pas un mot de français, lui répondent par un sourire, ce qui achève de le mettre en fureur. Tous ses souvenirs de l'occupation de Paris lui reviennent d'un coup. La tentative de réconciliation avec Isabelle va tourner court. Ils ne se reverront plus jamais. Karine, tu t'occupes de savoir où en sont les uniformes.

— Il faut aussi que je passe chez le maréchal-ferrant pour le prévenir du report du tournage à la ferme. C'est sa fille de quatorze ans qui joue la petite sœur de Rimbaud, Isabelle. Elle tient de sa mère sa blondeur diaphane et son visage très doux. Le maréchal-ferrant prétend qu'elle est hollandaise. Moi, je dirais plutôt qu'elle est allemande. Je ne vois pas pourquoi il ment, enfin, ça le regarde.

Chaque fois qu'elle proposait aux habitants du bourg un rôle de figurant, on la regardait avec des yeux brillants. Elle modifiait la trajectoire monotone de leur vie pour un moment de rêve. En échange, elle recevait leur gratitude émue. Une vieille femme qui devait interpréter le rôle d'une marchande qui essayait de tenter la mère Rimbe avec un caraco neuf lui offrit même un poulet qu'elle donna à Julieta.

— Quel bonheur quand mon petit-fils me verra sur l'écran ! C'est pour bientôt ?

— Laissez au moins le temps au film de se tourner. Il est où, votre petit-fils ?

— En garnison dans une ville allemande. À Stuttgart, je crois.

La joie naïve de la vieille femme avait touché Karine. Tous recevaient comme un cadeau du ciel ce fragment d'éternité qu'elle leur promettait par la grâce de leur apparition, fût-elle des plus fugaces, sur un morceau de pellicule.

Une fois encore, ce fut Clovis Bastiani qui les tira d'embarras. Il rôdait autour des camions de production alignés le long de la place. Depuis la terrasse d'un café, les techniciens désœuvrés les surveillaient d'un œil morne. Karine savait qu'il n'y avait rien de pire que le désœuvrement pour désintégrer une équipe de tournage. Les petits bobos d'amour-propre ressurgissaient, un mot de travers pouvait prendre des proportions inattendues. Le perchman plaisantait avec deux filles du bourg qui pouffaient. Bastiani s'avança vers eux :

— J'ai entendu parler de vos ennuis à la suite de l'incendie de la ferme Thuilier. Je suis désolé, dit-il avec son air rusé.

Il venait de se souvenir qu'il avait fait une adresse, comme on dit dans l'argot des biffins, dans une ferme qui pouvait bien ressembler à celle des Rimbaud.

— À l'époque, toutes les vieilles bâtisses étaient plus ou moins construites sur le même modèle. Celle que j'ai vidée à la mort du grand-père devrait vous convenir. Elle ne présente qu'un seul inconvénient, elle est située à une bonne vingtaine de kilomètres d'ici.

— On s'en accommodera, dit Karine, qui soudain reprenait espoir. Est-ce qu'on pourrait y faire un saut ?

— Tout de suite, si vous voulez.

— Et votre barda ?

Elle parlait du landau, l'exacte copie de celui qui dévale le grand escalier d'Odessa dans *Le Cuirassé Potemkine*, avec ses roues arrière bien plus hautes que celles de devant. Il était rempli de sacs de jute, de vieux moulins à café, d'une petite meule en pierre servant à aiguiser les couteaux.

— Soyez sans crainte, personne ne va me le piquer.

Le chauffeur fronça les sourcils quand il vit ce clochard s'installer sur la banquette arrière de la limousine. Pour Karine, c'était aussi une heureuse diversion. Elle ne savait pas comment Clémence s'y était prise pour entrer dans l'*Hôtel de Lorraine* sans qu'on la remarque, mais c'était bien elle qu'elle avait vu sortir quelques instants auparavant par une porte de service située à l'arrière du bâtiment. Et Ferrier qui avait prétendu vouloir rester seul pour modifier une séquence. Elle devait être très érotique, la séquence !

Bastiani guidait le chauffeur. Ils empruntèrent au-delà de Suippes un chemin défoncé sur plus d'un kilomètre avant que le chiffonnier ne s'aperçoive qu'il s'était trompé. Le chauffeur ne put dissimuler sa mauvaise humeur quand il dut refaire le chemin en marche arrière. Enfin, ils arrivèrent devant un bâtiment qui avait dû être construit à la même époque que la ferme de Roche. À condition d'ajouter quelques éléments de décor comme la construction d'un colombier au-dessus de la plus grande des granges, la bâtisse conviendrait parfaitement. Le colombier jouait un rôle capital. C'était la pièce dans laquelle Rimbaud s'était enfermé pendant un mois pour écrire *Une saison en enfer*, « cette traque désespérée de l'inconnu dans une langue neuve où chaque image a une force dévastatrice », avait expliqué Ferrier pendant les répétitions à Montmartre. Plus d'une fois, sa petite sœur Isabelle avait entendu Rimbaud sangloter à travers le plancher du colombier.

Au retour, Karine proposa à Bastiani le petit rôle du métayer de Vitalie. Il accepta d'abord avec un enthousiasme enfantin, puis il réfléchit :

— Est-ce que M. Ferrier sera d'accord ?

— Ne vous en faites pas. « Ils n'y sont pour rien, mais il y a des visages qui racontent toute l'histoire du monde, celui de Bastiani en fait partie », m'a-t-il dit. Il pensait déjà à vous confier un rôle.

Elle était satisfaite. Les retards seraient limités au maximum. Elle avait oublié sa colère contre Ferrier.

Agnès, arrivée en fin d'après-midi, se résigna à ce contretemps avec philosophie.

— Ça va me faire des vacances, répondit-elle à Karine, qui venait de lui expliquer la situation.

À son âge, elle n'allait tout de même pas se mettre à jouer les divas, à faire des caprices de star. Elle les avait suffisamment critiquées, ces emmerdeuses, pour ne pas s'y mettre à son tour. Une fois installée dans sa chambre, qui n'avait rien d'une suite royale, elle redescendit. Karine l'attendait dans le hall de l'hôtel.

— La chambre vous convient ?

— Parfaite. Elle est parfaite. Je n'ai pas croisé de cafard. Sais-tu où est Clémence ?

— Sans doute à *L'Écluse*.

— Tu m'y emmènes ?

— Excusez-moi, mais il faut que je remette de l'ordre dans le plan de tournage. *L'Écluse* n'est pas difficile à trouver.

Après les explications de Karine, Agnès Romance se dirigea vers *L'Écluse* d'un pas ferme. Personne ne semblait la connaître. Personne ne fit attention à elle. Personne ne se précipita pour lui demander l'autographe qui enluminerait son ego comme un livre d'heures. Elle faisait l'expérience de l'anonymat, ce qui n'était pas sans charme, à condition qu'il ne se prolonge pas trop longtemps. Elle avait toujours entretenu une relation ambivalente avec la célébrité, ce délicieux enfer.

Elle commanda un Martini-gin à la grosse fille molle qui se tenait derrière le comptoir. Une minute plus tard, cet avatar du tableau de Dali *Les Montres molles ou la Persistance de la mémoire* vint se camper devant sa table :

— Nous n'avons pas de gin.

— Alors, donnez-moi quelque chose de fort.

— Je ne sais pas trop quoi.

— Un double armagnac par exemple. Tu n'as pas vu Clémence Fourquet ?

— Je l'entends qui descend.

Lorsqu'elle apparut, Agnès lui fit un signe de la main.

— Il me semblait bien que j'avais entendu votre voix. Il y a du retard…

— Je sais, la coupa Agnès. Quelques jours de vacances dans ces belles Ardennes ne me feront pas de mal.

— Vous ne rentrez pas à Paris ?

— Le train m'épuise.

Elle balaya la salle d'un regard circulaire avant d'ajouter :

— Alors, c'est là que tu travailles. Que tu travaillais, je voulais dire.

— Oui.

— L'endroit est joli.

Puis, soudain, elle plissa le front et examina, perspicace, Clémence avant de lui saisir le menton.

— Regarde-moi un peu. Toi, tu as les yeux qui pétillent d'amour.

— On ne peut rien vous cacher, admit Clémence en devenant écarlate.

— Au moins, c'était bon ?

Clémence s'abstint de répondre, au comble de la confusion. Contente d'elle, Agnès se leva pour aller s'emparer avec autorité de la piste de 421 qui patientait sur le comptoir.

— Je te joue l'apéritif, proposa-t-elle. Qu'est-ce que tu bois ?

Elle faillit répondre « une menthe à l'eau » mais se reprit à temps :

— Un Martini.

Un groupe de mariniers entra. Ils parlaient avec animation en flamand. Les éclats de rire de ces deux femmes qui jouaient aux dés et juraient comme des hommes les intriguèrent. Agnès Romance constata avec plaisir qu'ils lui jetaient de temps à autre des regards sans ambiguïté. Elle pouvait encore séduire. Elle demanda :

— On se connaît suffisamment toutes les deux pour que j'ose une question plus personnelle…

— Si vous voulez.

— Qu'est-ce que t'a promis Ferrier ?

— Rien.

— J'aime mieux ça. Parce que c'est le genre d'homme à ne jamais tenir ses promesses. Il ne le fait pas exprès, simplement il les oublie en route. Ça me ferait de la peine que tu sois déçue par sa faute, car je l'aime bien, Ferrier.

— Il ne m'a rien promis.

Le son d'une trompe retentit dans le lointain. Clémence reconnut le timbre de *La Collinière* qui réclamait le passage.

— La vie te réserve beaucoup d'autres plaisirs, à toi de les saisir.

Clémence commençait à connaître assez Agnès Romance pour savoir qu'elle était femme à secouer les dés comme un homme, tout en assenant une vérité essentielle à vous plonger dans un abîme de réflexion.

— Comme Rimbaud, continua-t-elle, le pire danger est de ne pas s'apercevoir à temps que les rêves ne sont jamais que des mirages trompeurs dans le désert de l'existence. Quand il s'en apercevra, Rimbaud n'écrira plus une ligne. Il se réfugiera dans ce silence énigmatique et orgueilleux que personne n'a encore compris à ce jour. Il n'avait que dix-huit ans.

Le Cloarec entra, l'abbé Pierre Arnaud sur les talons, avec sa grosse bouille joviale, plus habitué aux plaisirs terrestres qu'aux ascèses divines. L'instituteur marqua un temps d'hésitation en découvrant Clémence avec une femme qu'il reconnut aussitôt. Il se dirigea vers leur table.

— Agnès Romance, présenta Clémence tout en fuyant son regard.

— Je sais, je vous ai reconnue. Impossible de vous oublier quand on vous a vu jouer dans *L'Amer Silence des étoiles*.

— Merci, vous êtes bien aimable.

Elle aurait été une chatte qu'elle se serait mise à ronronner sous le compliment, même si elle avait oublié ce film, qu'elle considérait comme un navet prétentieux.

— Que fais-tu ici ? demanda Clémence.

— Nous attendons M. Ferrier. Je vais lui présenter notre projet de ciné-club. Tout est prêt cette fois. L'abbé Arnaud assurera les projections. Il a déjà une expérience dans ce domaine.

— Alors, tout est pour le mieux !

— On peut le dire. Je voulais te remercier. C'est un peu grâce à toi si tout cela arrive.

Le timbre aigrelet du tiroir-caisse sonna. Celle qu'Agnès Romance avait estampillée « montre molle » y glissa l'argent des mariniers qui sortirent après avoir réglé leurs consommations.

Ferrier adressa un petit signe amical aux deux femmes avant de rejoindre Le Cloarec et l'abbé Arnaud. L'affaire semblait bien engagée. Le Cloarec avait constitué un épais dossier qu'il avait ouvert devant lui. Un certain nombre de thèmes avaient été définis en fonction des copies que Ferrier pourrait leur obtenir, un budget établi d'après les recettes et les subventions qui couvraient la moindre des dépenses. Ferrier approuvait d'un signe de tête. Il prenait des notes et avait oublié tous les soucis du tournage. Mais le ciné-club ne vit jamais le jour. Le Cloarec obtint à la rentrée de septembre une mutation inespérée qui scellait son retour en Bretagne.

Ferrier avait eu l'idée d'installer la caméra sur une péniche. En glissant sur l'eau, elle imprimerait une douceur idyllique à ce long plan-séquence qui marquait les retrouvailles entre Rimbaud et Isabelle. Le jeune couple croisait sur le chemin de halage des promeneurs, un pêcheur, une femme avec un bébé endormi contre sa poitrine, un homme en bras de chemise assis sur une souche qui sortait un casse-croûte de sa musette. Tous étaient des habitants du bourg qui avaient enfilé leurs habits du siècle dernier. Ils prenaient leur rôle très au sérieux tout en s'amusant.

— Regarde-les, ils sont fiers comme des paons, murmura Ferrier à Karine.

— Tu ne vas pas le leur reprocher, ils savent qu'ils participent à un grand film.

— Ne te fiche pas de moi !

La maquilleuse termina les raccords de maquillage sur Christopher Rips. Ferrier donna ses explications pour le tournage de la séquence.

À un certain moment, Rimbaud se met à lancer des pierres dans l'eau. Isabelle lui demande alors :

— Pourquoi êtes-vous comme ça ? Vous avez toujours l'air de vous ennuyer avec moi.

— C'est la vie qui m'ennuie. Ici, je pourris d'ennui, lui répond Rimbaud.

La péniche continue de glisser sur l'eau comme pour marquer la distance qui s'agrandit irrémédiablement entre ces deux êtres incapables de se comprendre. La scène précède celle de la rencontre avec les Prussiens.

Ferrier les fit répéter plusieurs fois jusqu'à ce que les mouvements des acteurs et des figurants soient parfaitement coordonnés. Il les avait informés qu'il n'y aurait qu'une seule prise, car il ne pouvait pas demander au marinier de faire des allers-retours avec une péniche de trois cents tonnes, même si elle naviguait à vide. Il aimait jouer avec cette tension de la prise unique. Elle apportait aux acteurs et à l'équipe un surcroît d'énergie.

— Les figurants, en place ! ordonna Karine. Christopher, Clémence aussi.

— Moteur demandé !

— *L'Arpenteur de rêves*, 112, première !

Le tournage se déroula au mieux. Il n'y eut qu'un incident mineur, un chien qui entra dans le champ pour venir lécher la main de l'homme à la musette, qui réagit avec un grand naturel. Il détacha un morceau de son casse-croûte pour le tendre au chien.

Ils enchaînèrent avec la séquence du jeune couple face aux Prussiens, « les Prussmars » comme les appelait Rimbaud. Une fois de plus, Christopher Rips les étonna. L'expression de sa colère fut d'autant plus impressionnante qu'il la joua toute en retenue.

— Ce garçon ne joue pas, il vit, remarqua Ferrier.

Il mêla à son jeu une pointe de désespoir qui bouleversa tout le monde. Ferrier fit plusieurs prises de la scène. Clémence eut l'impression qu'elle en était responsable, et plus elle se le répétait, moins elle jouait juste. Lorsqu'elle vit Le Cloarec franchir les barrières qui tenaient un public clairsemé à distance, elle se mit à bredouiller son texte et fut incapable d'y insuffler le moindre sentiment.

— Coupez !

— Qu'est-ce qui lui arrive ? demanda Ferrier à Karine.

— Je suppose que l'arrivée de son ex-amant la paralyse.

— Tu sais ça, toi ?

— Les femmes finissent toujours par deviner ce genre de chose.

Ferrier se leva de son siège et se dirigea vers l'instituteur. Il lui demanda courtoisement de quitter le lieu de tournage, à son profond regret. Sa présence avait déstabilisé sa jeune actrice. Tout alla beaucoup mieux par la suite. Ferrier multiplia les gros plans sur les visages de ces deux acteurs jusqu'à l'explosion finale. Rendu fou furieux à la fois par la présence des soldats prussiens et par les reproches d'Isabelle, Rimbaud arrachait le panier de pique-nique des mains de la jeune fille et le balançait dans un grand geste rageur dans l'eau du canal.

La tension les avait épuisés. Christopher se plaignit d'une terrible migraine.

— Ça ira pour demain ? lui demanda Karine, inquiète.

Elle avait failli se laisser prendre. Elle comprit l'origine de la migraine quand elle vit une jeune fille qu'elle avait retenue comme figurante s'engouffrer dans le hall de l'*Hôtel de France*, où le chargé de production avait réservé une chambre pour Christopher.

Ferrier insista pour qu'elle aille jusqu'à la ferme de Rimbaud pour surveiller la construction des éléments de décor. Il avait obtenu une équipe supplémentaire de menuisiers et il pensait que tout allait bien. Au retour de Karine, il dut déchanter.

— Ils n'auront pas terminé avant trois jours, l'informa-t-elle. Ils ont rencontré quelques problèmes, paraît-il.

— Bon, demain, on tourne à Bouillon. Lanvin et Rips sont au planning. Tu demanderas aussi à Clémence de venir.

Elle ne manifesta aucun étonnement et acquiesça, la mort dans l'âme. Le lendemain, elle se retrouva à la même place, à côté du chauffeur, Clémence et Ferrier à l'arrière de la limousine. En traversant Gespunsart, Ferrier dit, songeur :

— On prétend que nos premières sensations nous marquent à jamais. Pour Rimbaud, l'expression est à prendre au pied de la lettre. C'est dans ce village de cloutiers que sa mère l'a placé en nourrice à deux mois. Déchirement de l'abandon. Après le père, la mère... Puis l'odeur âcre et tenace du fer brûlant de la forge. D'ailleurs, c'est la femme d'un cloutier qui lui donna le sein. Odeur de lait aigre que portent les nourrices sur elles. À Gespunsart, elle se mêle à celle plus épaisse, presque écœurante, de la forêt de feuillus et de la terre spongieuse qui borde la rivière. Il y a aussi le grincement continu de la roue à chien qui active le soufflet de cuir, et par-dessus tout le martèlement obsédant de la forge qui déchire le métal et sans doute aussi son âme. Sa vie commençait sous le signe du fer rouge.

Karine eut l'impression que Ferrier se parlait à lui-même. La voiture s'arrêta. Ils étaient à la frontière.

Ils arrivèrent à Bouillon sous un ciel de traîne. Karine devança l'inquiétude de Ferrier.

— Je me suis renseignée, il ne devrait pas pleuvoir.

Les figurants en costume attendaient. Une fois de plus, les costumières avaient puisé dans les stocks de vieilles fripes de Clovis Bastiani pour remonter le temps. Les techniciens, éparpillés un peu partout, avaient suivi à la lettre les instructions du réalisateur. Les rails de travelling étaient posés. La caméra était prête à accompagner sur une trentaine de mètres la malle brinquebalante tirée par deux chevaux qui arrivait de Sedan avec Rimbaud à son bord. Il devait en descendre au milieu de quelques voyageurs, d'après le script.

Depuis leur retour de Londres, Rimbaud et Verlaine avaient pris l'habitude de se retrouver à l'*Hôtel de la Poste* à Bouillon. Ils y déjeunaient souvent en compagnie de Delahaye. Verlaine avait trouvé refuge à Jehonville, dans les Ardennes belges, chez sa tante Julie, tandis qu'à Roche Rimbaud s'épuisait à écrire dans une sorte de transe mystique « quelques petites histoires en prose » qui allaient devenir *Une saison en enfer.* Une prose très travaillée. Mots biffés. Raturés. Surchargés. Car rien de moins spontané que cette poésie-là. « La main à plume vaut la main à charrue », écrit-il. Épuisante quête du bonheur perdu de l'enfance qui frôle parfois les rives de la folie. Pour poursuivre l'écriture, il a un besoin vital de ces échappées en Belgique. La mère Rimbe s'en est bien aperçue car, malgré son hostilité, c'est elle qui paye le voyage d'Attigny à Sedan et lui donne les quarante sous de la malle-poste et l'argent des repas.

À table, Ferrier obtint de Frantz Lanvin un Verlaine larmoyant qui, dès qu'il avait trop bu, s'apitoyait sur lui-même.

— Je suis qu'un vieux con au bois dormant, disait-il à Rimbaud, qui se mettait à rigoler.

Ou bien :

— Je suis ton *old cunt ever open*, ce qui se traduisait par « ton vieux vagin toujours ouvert ».

— Voilà de la vraie poésie de corps de garde, dit Rips.

— Cela lève les derniers doutes sur la nature de leur relation, si quelqu'un pouvait encore en avoir, ajouta Ferrier.

Puis la caméra suivit les trois compagnons en train d'écumer les brasseries le long de la Semois pour y goûter toutes les bières d'abbaye. L'équipée était joyeuse, alcoolisée et émaillée d'engueulades entre les deux poètes. Il suffisait d'un rien. Une remarque acerbe de Verlaine, l'ironie de l'autre, pour qu'ils se dressent sur leurs ergots et s'injurient.

Le tournage dura deux jours. Le lendemain, on filma une promenade des trois compagnons le long de la Semois, teintée de nostalgie devant le bouillonnement rageur de l'eau qui éclatait sur les rochers. Puis, à la tombée du jour, le départ de la malle-poste. Delahaye repartait avec Rimbaud. Verlaine restait seul. Il cria au moment où les chevaux s'ébranlaient :

— Tu salueras la *mother* de ma part !

Clémence meublait les longs temps d'attente en ouvrant *Tendre jeudi*. À son grand étonnement, elle prenait de plus en plus de plaisir au fur et à mesure qu'elle entrait dans l'histoire. Surtout, elle s'identifia très vite à Suzy, la jolie putain au grand cœur de la *Rue de la sardine*. Elle se persuada que c'était un rôle pour elle.

Toute l'équipe dormit à l'*Hôtel de la Poste*. L'idylle entre le réalisateur et sa comédienne n'était plus qu'un secret de polichinelle. Mais personne ne se serait permis d'y faire allusion devant Ferrier. Au cours de la journée, lorsqu'un homme réussit à s'approcher de Ferrier pour lui parler de son fils qui avait un talent immense… Qui rêvait de… Qui était prêt à tous les sacrifices pour… Clémence leva les yeux de son livre pour admirer la douceur polie mais ferme avec laquelle Ferrier éloigna le raseur. Ces deux jours devaient rester dans sa mémoire comme les plus heureux, les plus lumineux de sa vie.

Avec le recul, Ferrier se demanda si cette pluie cafardeuse tombée sur Deauville sans discontinuer, pendant qu'enfermé dans sa chambre d'hôtel il mettait la dernière main à l'écriture du scénario, ne l'avait pas influencé. Car il trouvait sacrément sombre cette scène du *Bardo*, le café situé entre Coulommes et Attigny où Rimbaud venait s'enivrer après avoir écrit toute la journée, prisonnier de son colombier et de ses idées noires. C'est d'abord l'ennui, l'épouvantable ennui, qu'il fuyait au *Bardo*. Rimbaud avait écrit à Delahaye : « Le soir, je dois faire deux lieues pour boire un peu. » Boire mais aussi ressasser ses doutes dans les vapeurs d'absinthe. Chez lui, pas de cérémonial, pas d'eau versée goutte à goutte qui flétrissait le morceau de sucre posé sur la cuillère pendant que le liquide devenait doucement opalescent. Il n'avait pas le temps. Il la buvait presque pure comme un charretier. « Maintenant, je puis écrire que l'art est une sottise. » Sur le moment, la phrase avait bouleversé Ferrier. C'était la première fois que Rimbaud s'interrogeait sur les pouvoirs de la poésie à lutter contre le chaos du monde. Non, en fin de compte, la séquence n'avait rien de trop sombre. Il avait prévu d'installer Rimbaud dans le coin le plus reculé du café, loin des autres buveurs, qui ne pouvaient s'empêcher de lui décocher des regards sournois, hostiles. Ou, quand il était bien ivre, de l'inviter à leur table pour se moquer de lui en espérant qu'il allait s'étaler de tout son long dans la sciure que la propriétaire du café avait commencé à répandre sur les dalles du sol, car il commençait à se faire tard.

La Franquin serait la propriétaire et Julieta sa serveuse. *L'Écluse*, le café du *Bardo* qui avait disparu.

— Qu'en penses-tu ? demanda Ferrier à Clémence. Cette séquence n'est-elle pas trop sombre ?

Elle était allongée à côté de lui, tête posée sur son épaule, cheveux dénoués qui faisaient comme une blessure ensoleillée.

— À faire du mal aux autres, on finit par s'en faire à soi-même, répondit-elle sans hésitation, comme si elle avait mûri sa réponse depuis longtemps.

La Franquin et Julieta étaient ravies de jouer leur propre rôle. Elles partirent d'un grand éclat de rire lorsque Jaume vint leur mettre sa cellule sous le nez pour régler la lumière. Pour rester dans le ton de la séquence, Ferrier dut réfréner leur enthousiasme. D'ailleurs, l'atmosphère du tournage fut de bout en bout joyeuse, contrastant avec le caractère très noir de la scène. La Franquin, félicitée par Agnès Romance, était aux anges. Elle envoya Julieta réveiller Jason pour qu'il vienne faire une photo et offrit le champagne à toute l'équipe. Lorsque Clémence regagna sa chambre, sa tête tournait. Frantz Lanvin proposa de raccompagner Julieta, qui minauda un court instant avant d'accepter. Elle était de l'argile dont on fait le bonheur.

Le lendemain, l'équipe tournait à la ferme que les décorateurs avaient réussi à faire ressembler à celle de Roche. L'aventure touchait à sa fin. Bientôt, elle appartiendrait au passé. Elle n'existerait plus que dans les mémoires. Cette nuit-là, Clémence dormit très mal. Elle se demandait ce qu'elle allait devenir. L'idée de retrouver le cours normal de sa vie lui était insupportable.

Ferrier avait prévu un long travelling pour suivre Rimbaud lorsqu'il pénétrait dans la vaste cour de la ferme après avoir franchi le porche d'entrée. Ce jour-là, Rimbaud avait l'humeur facétieuse. Il portait le curieux haut-de-forme qu'il avait acheté à Londres et une sorte de houppelande de cocher.

Depuis des lustres, la famille n'avait pas été réunie au grand complet. Il y avait la « *mother* », visage fermé mais l'œil mouillé, Frédéric, le frère de Rimbaud qui n'allait pas tarder à gagner sa caserne. Puis ses deux sœurs, Vitalie, à laquelle on avait donné le même prénom que sa mère, qui se précipita pour lui montrer son dernier dessin alors qu'il se tenait sur le seuil de la maison. Arthur baragouina quelques mots d'*english* pour faire rire Isabelle, la petite dernière. À ce moment-là, la famille Cuif-Rimbaud ressemblait à n'importe quelle famille heureuse de se retrouver. Cette apparence de bonheur ne dura guère…

Ces trois jours de tournage passèrent très vite. Ce fut le seul moment où Ferrier multiplia les prises. À la fin du dernier jour, la production organisa une petite fête avec buffet somptueux, extras en pantalon noir et veste blanche. Des bouteilles de vin blanc rafraîchissaient dans de grands récipients en métal argenté. Au début, les figurants ainsi que ceux qui avaient eu un petit rôle, comme Clovis Bastiani ou la fille du maréchal-ferrant, furent intimidés. Puis, le vin aidant, tout le monde se sentit parfaitement à l'aise. Seule absente de marque, Agnès Romance, qui avait attrapé le dernier train pour Paris. Le lendemain soir, elle jouait à *L'Odéon*. Karine profita du moment où la fête battait son plein pour venir annoncer à Clémence, non sans une certaine jubilation, qu'elle ne pourrait pas les accompagner à Bruxelles.

— On n'a pas trouvé de solution. Rips, Lanvin et Ferrier partiront dans la limousine, Jaume et moi dans la petite Panhard.

Clémence se demanda si elle était à jamais condamnée à vivre avec ce curieux sentiment d'être toujours de trop. Alors que Ferrier s'apprêtait à monter sur l'estrade pour répondre au discours du maire et que Jason multipliait les photos, il vint vers elle et constata :

— Tu en fais une drôle de tête. Dès qu'on en aura fini à Bruxelles, je commence le montage à Paris. Tu me rejoindras à Paris, comme prévu.

Bruxelles, c'était le drame. Et aussi la fin de *L'Arpenteur de rêves.* À l'*Hôtel de Courtrai*, proche de la Grand-Place, Verlaine, à moitié ivre, avait sorti son revolver à six coups pour tirer sur Rimbaud deux balles dont une s'était fichée dans le mur, afin de l'empêcher de regagner Paris. Ferrier avait écrit dans la marge du script : « La blessure au bras de l'amant était insignifiante mais, sans le savoir, il avait tué le poète. » À Bruxelles, ils tourneraient avec des équipes belges. Les camions de la production roulaient déjà vers Paris, où ils arriveraient au milieu de la nuit.

Clémence ne prit conscience que ce qui venait de bouleverser sa vie était vraiment fini que lorsqu'elle se retrouva sur la place vide près du kiosque à musique. On avait balayé les dernières traces du tournage. Démonté la banderole de bienvenue qui avait claqué au vent pendant trois semaines. C'est alors qu'elle vit s'avancer l'enquêteur.

— Toujours à fouiner, je vois.

— Un cadavre enlisé dans des sables mouvants finit toujours par réapparaître à la surface, un jour ou l'autre. C'est une question de patience. Alors, j'attends.

11

LE MATIN, CLÉMENCE aimait se prélasser dans les draps froissés de sa chambre à l'*Hôtel des Arts*, rue Tholozé, en plein cœur de Montmartre. Elle aimait flâner dans le souvenir de ces heures douces dans lequel elle continuait de vivre. Elle se faisait monter son petit déjeuner, qu'elle prenait au lit. Elle avait découvert les plaisirs des toasts grillés qu'elle faisait craquer sous la dent et de la marmelade. Elle s'étirait. Rêvait. S'assoupissait à nouveau quelques instants, puis elle finissait par se lever. Elle prenait le métro à la station Caulaincourt pour retrouver Ferrier à l'heure du déjeuner. Il était en compagnie de Suzanne Hoffman, sa monteuse, une femme brune plutôt ronde qu'elle trouvait autoritaire et résignée à sa présence. Parfois, le jeune compositeur Pierre Barbaud se joignait à eux à la cantine du studio. Le matin, il avait analysé une séquence à la table de montage. Il avait pris des notes pour proposer plusieurs thèmes musicaux. C'était un homme affable, courtois, qui ne semblait jamais pouvoir s'échapper de la musique qui résonnait dans sa tête. Elle passait ensuite l'après-midi dans l'obscurité de la salle de montage et voyait naître le film sous ses yeux. Elle s'abstint de tout commentaire lorsqu'elle se vit en train de danser entre les bras d'un type en sabots.

— Comment tu te trouves ? demanda Ferrier en se rongeant les ongles.

— Bah...

— C'est normal, on ne se trouve jamais bonne la première fois qu'on se voit sur un écran.

Elle ne comprenait pas que Ferrier préfère lui louer une chambre d'hôtel plutôt que de l'accueillir dans son appartement, pourtant guère éloigné de la rue Tholozé. Cela faisait partie de ces énigmes qui lui déchiraient le cœur. Ferrier mit presque trois mois à monter son film. Parfois, il reprenait complètement le montage d'une séquence. Pendant ce temps, elle fit une courte apparition dans un film de Chabrol qui lui fit beaucoup de compliments sur sa prestation d'institutrice hystérique. Puis elle rencontra Godard, qui lui proposa « le rôle de sa vie » en lui caressant les genoux. Mais en écoutant Godard, le personnage lui échappait comme il semblait aussi échapper au cinéaste. À chaque fois, c'est elle qui payait les bières, elle finit par se lasser.

C'était un moment intense de la vie de Rimbaud qui se déroulait sur l'écran scintillant de la table de montage. Elle allait crescendo jusqu'au drame et au silence. Au fil de son travail, Ferrier commençait à être plus sûr de lui. Il cessa de se ronger les ongles et son humeur s'améliora. Clémence aimait beaucoup le film. Pas seulement parce qu'elle y jouait. Lorsque Ferrier envoya la pellicule au laboratoire, il invita le soir Clémence au restaurant. Durant le repas, elle crut qu'il allait lui parler du rôle de Suzy, mais il n'en fit rien. Quand ils sortirent du restaurant, la nuit était encore tiède, même si on entrait dans l'automne. Il la raccompagna à son hôtel, mais cette fois il ne la quitta pas sur les marches, comme il en avait pris l'habitude ces derniers temps. Il la suivit dans sa chambre. Mais lorsqu'elle s'éveilla le lendemain, elle était seule.

Clémence se sentait fébrile. Elle avait porté davantage d'attention à sa toilette. Une jupe en tweed beige clair, un chemisier en soie et une petite veste assortie. L'ensemble la vieillissait, mais les couleurs allaient bien ensemble. L'harmonie qu'elle n'arrivait pas à trouver dans sa vie, elle la recherchait dans ses vêtements. Elle se mit une touche de maquillage, un peu de rouge, et voilà, elle était prête. Elle descendit retrouver Karine, qui l'attendait dans la petite Panhard. Le moment qu'elle vivait avait quelque chose de solennel et de troublant. Karine aussi était tendue et, durant le trajet qui les menait jusqu'à Vouziers, elles ne dirent pas un mot. Elles se contentèrent de manger un morceau dans un routier, au grand étonnement des chauffeurs qui ne s'attendaient pas à voir deux filles aussi élégantes venir bouleverser leurs habitudes. Lorsqu'elles arrivèrent devant le *Stella*, à la fin du jour, il tombait une petite bruine et la queue était impressionnante. En apercevant Clémence, Julieta se précipita dans ses bras avec toujours la même émotion généreuse et exaltée.

— Comme je suis heureuse de te revoir ! Comment ça va ta vie à Paris ?

— Elle va…

Elle avait envie de lui dire « c'est une impasse », mais elle avait hésité à gâcher la fête.

Ferrier avait promis d'organiser une projection en avant-première de *L'Arpenteur de rêves* à Vouziers et, pour une fois, il avait été fidèle à sa promesse. La banderole qui barrait le fronton du cinéma annonçait la projection en présence des vedettes du film. Clémence avait refusé de prendre la parole, malgré l'insistance de la production. La salle était bondée. Il y avait du monde assis sur les marches et les ouvreuses devaient se frayer un chemin au milieu d'une foule bruyante. Ferrier fut à l'aise en présentant son film, Rips se permit quelques facéties. Il avait confié à Clémence qu'il ne comptait pas retourner dans son bahut. Agnès Romance fit un discours chaleureux pour remercier tous les habitants d'Attigny. Il y eut pas mal d'exclamations quand quelqu'un se reconnaissait sur l'écran. Les spectateurs firent, comme on pouvait s'y attendre, un triomphe au film.

Clémence n'avait cherché qu'un seul visage dans la salle, celui de sa mère. Celle-ci ne s'était même pas donné la peine de se déplacer.

— Qu'est-ce que tu as ? lui demanda Ferrier, inquiet, en la retrouvant à l'issue de la projection.

— Rien, ça passera.

Les premières critiques du film furent élogieuses et *L'Arpenteur de rêves* trouva son public dans les salles d'art et d'essai.

Ce dimanche, Agnès Romance et Clémence déjeunaient dans la modeste brasserie du quartier

Saint-Germain où elles avaient pris leurs habitudes. Vers le milieu du repas, Agnès Romance tira du vaste cabas de toile qui semblait contenir tous les vestiges de sa vie un exemplaire des *Cahiers du cinéma.*

— Ah, tiens ! Tu te demandais pourquoi tu n'avais pas de nouvelles du projet *Tendre jeudi.* Eh bien, voilà l'explication.

Dans une interview, Ferrier expliquait qu'il avait presque terminé l'adaptation du roman de Steinbeck et qu'il avait trouvé son interprète idéale dans un conservatoire de province. On le voyait aux côtés d'une belle jeune fille blonde, le front bombé, un petit nez court et un regard rieur qui se tournait vers lui avec un air d'adoration.

Clémence était devenue livide. La nouvelle lui fit l'effet d'un glaçon posé sur une peau dorée par le soleil.

— Comment a-t-il pu me faire ça ? Jamais je ne le reverrai !

Et elle éclata en sanglots.

Quand elle sut que Clémence ignorait où aller après avoir quitté l'*Hôtel des Arts,* elle lui proposa de l'héberger quelques jours dans son appartement du boulevard Suchet. Clémence y resta plus de trois mois. L'actrice y organisait souvent des dîners. Quand elle invitait des peintres, Clémence s'intéressait à la peinture. À la musique quand Agnès recevait un pianiste ou un violoniste célèbre. Par petites touches, à la manière de celles que les impressionnistes couchaient sur leur toile, elle se cultivait. Même si c'était de façon chaotique. Elle s'était mise également à lire beaucoup. Si ce n'était le regard de désapprobation qu'Agnès surprenait parfois dans le regard de Clémence lorsqu'elle se servait un troisième Martini-gin, les deux femmes s'entendaient bien.

— Tu as rafraîchi ces vieux murs, dit-elle à Clémence.

Agnès se démenait aussi pour lui trouver des rôles. Ses efforts n'étaient pas toujours couronnés de succès. Un jour ou deux de tournage pour une brève apparition dans un film d'auteur. Huit jours à Deauville, où elle tenta en vain de chasser l'ombre de Ferrier. Elle rapportait les scénarios boulevard Suchet pour discuter du rôle ensemble, et Agnès lui donnait d'excellents conseils. Elle commençait toujours par : « Si j'étais à ta place… »

Peu de temps après Deauville, Agnès lui annonça qu'elle partait pour une longue tournée en province.

— On commence par trois semaines aux *Célestins*, à Lyon, un ravissant théâtre à l'italienne. Puis on enchaîne dans une dizaine de grandes salles. C'est une pièce de Strinberg, le dramaturge suédois. Elle est rasante au possible, mais tous les snobs vont se précipiter pour la voir et s'y ennuyer avec délice pour pouvoir dire un jour à leurs petits-enfants : « J'y étais. »

Elle marqua une hésitation et ajouta :

— Tu peux rester, si tu veux, je te laisse la clé.

Mais au ton qu'elle employa, Clémence comprit que le moment était venu pour elle de partir. Le jour même, elle prenait le train qui la déposa à Rethel, et de là à Attigny. Dans son compartiment, elle tomba sur la mère Huguet, la mère du clerc de notaire.

— Tu sais ce que mon fils vient de m'apprendre ? Le Jules Mérat a tout vendu. La ferme, le verger, la terre, la grange brûlée, et ils sont partis avec ta mère on ne sait pas où. L'Afrique du Sud ? La Tanzanie ? L'Éthiopie comme ton Rimbaud ?

La mère Huguet eut un gloussement qui prétendait ressembler à un rire. À cette nouvelle, Clémence fut comme aspirée par un immense vide. Une sensation désespérée de vertige. Quelque chose venait de se briser en elle.

Il y avait peu de monde à l'intérieur lorsqu'elle poussa la porte de *L'Écluse*. Trois joueurs de cartes qu'elle reconnut et un quatrième, dont le visage lui était étranger. Un visage émacié avec des yeux mobiles et perçants qui la mirent mal à l'aise quand ils se posèrent sur elle. Il avait une voix haut perchée dont les stridulations étaient désagréables. Il arborait une moustache courte, démodée. Il avait surtout ce teint hâve de ceux qui sortent de prison.

— Maurice, dit la Franquin, qu'elle n'avait pas entendu venir dans son dos.

Puis elle s'empressa d'ajouter :

— Tu te doutes bien qu'on a récupéré ta chambre depuis tout ce temps. Mais on peut te dépanner pour cette nuit, si tu veux.

— Non. Non… Ça va, je vais me débrouiller.

Elle sortit et remonta le chemin de halage, ruminant les pensées les plus sombres. Elle ne savait plus où était sa place. Et c'est un choc terrible de découvrir que le monde ne veut plus de vous. Elle s'arrêta à hauteur de *La Collinière.* Elle se mit à contempler l'eau sombre du canal. Une voix sans visage, comme jaillie de la nuit, ordonna :

— Ne fais pas de connerie !

Une femme apparut sur le pont de la péniche. La femme dont il lui était arrivé de deviner la présence mystérieuse ?

— Allez, monte !

Avec le poids de sa valise, Clémence eut du mal à garder son équilibre sur l'étroite passerelle. L'inconnue se présenta en lui attrapant le bras :

— Hermione Desflandre.

Jeff de Voos surgit derrière elle.

— Toi, je te reconnais, t'es la petite de *L'Écluse* qui m'apportait du vin.

— Viens, je te conduis à une cabine. On a de la place pour toi. On part demain matin à l'aube. Si tu veux…

La femme laissa sa phrase en suspens. Mais est-ce que Clémence voulait encore quelque chose ?

Elles s'installèrent autour de la table éclairée par la lueur vacillante d'une lampe à pétrole qui faisait briller les yeux. Le marinier sortit une bouteille de genièvre et trois verres. Un foulard recouvrait la tête d'Hermione Desflandre.

— Ah, ça t'intrigue, dit-elle en le défaisant.

Une lèpre de mèches brunes apparut sur la peau du crâne.

— Tu vois, ils recommencent à pousser, dit-elle avec un accent de fierté, comme si elle avait réussi à vaincre une maladie incurable. Je m'étais juré de continuer à les raser tant que… tant que, répéta-t-elle, la voix nouée par l'émotion. Enfin, maintenant, je suis en paix avec moi-même, le monde va s'apercevoir que j'ai de très beaux cheveux. Je le dois à cet imbécile qui m'a tirée de la flotte, car moi, je suis allée jusqu'au bout…

En l'écoutant, Jeff de Voos rayonnait d'une belle tendresse à poil roux. Elle se mit à raconter son histoire d'une voix lointaine. La meute haineuse qui l'entraînait dans la cour de la ferme Thuilier. Les crachats. Les injures. Et pour finir, la chaise de paille sur laquelle on l'avait forcée à s'asseoir avant de lui peindre deux croix gammées sur les seins. Puis ses cheveux, qui commencèrent à tomber dans la poussière. Elle ne se rendait même pas compte qu'elle pleurait. Elle avait comme tiré au sort trois visages hystériques dans la meute. Ceux-là, elle ne les oublierait jamais.

— L'artiste de la tondeuse, c'était Jules Mérat. Chaque fois que nous empruntions le canal des Ardennes, je me cachais. De honte ? Par prudence ? Surtout, je ne voulais pas leur donner le plaisir de me savoir toujours à moitié morte. Alors, durant toutes ces années, l'idée de la vengeance m'obsédait. Celui-là a voulu m'en dissuader ? J'y ai mis du temps, mais aujourd'hui, mission accomplie.

— Les incendies, c'était vous !

— Oui.

Lorsque Clémence se réveilla, légèrement nauséeuse, elle eut un instant de panique. Elle ne savait plus où elle était. Mais le ronronnement régulier et apaisant du moteur diesel la rassura très vite. La péniche glissait doucement sur le fleuve pour l'emporter vers… Elle ne savait trop quelle escale. Qu'importe ! Elle avait vingt ans. Elle pouvait commencer à vivre.

Bibliographie

Ma principale source pour écrire ce roman fut la remarquable biographie de Rimbaud par Claude Jeancolas, un des meilleurs connaisseurs de l'œuvre et de la vie du poète, parue aux éditions Flammarion (décembre 2000).

M'ont également apporté leur éclairage :

La Vie de Rimbaud, André Dhôtel, Albin Michel, 1965.

Les Ardennes de Rimbaud, Yanny Hureaux, Didier Hatier, 1991.

Remerciements

MA PLUS TENDRE GRATITUDE à Muriel Lemaire qui, bien que détestant les orages, a toujours répondu présente pour m'aider à redresser la barre de ce bateau ivre qu'est parfois un roman.

Mes plus vifs remerciements à Jacqueline et Philippe Duplaye, qui m'ont guidé avec patience et disponibilité à travers le passé d'Attigny. Un immense merci aussi à Jean Lemaire, qui n'ignore rien de l'histoire de Gespunsart. Bruno Raussin a également répondu à mes nombreuses demandes. Qu'il en soit remercié. Merci aussi à Claude Carton, à Gilbert Arbonville, à Emmanuelle Lemaire, Robert Maestrelli.

Dans la même collection

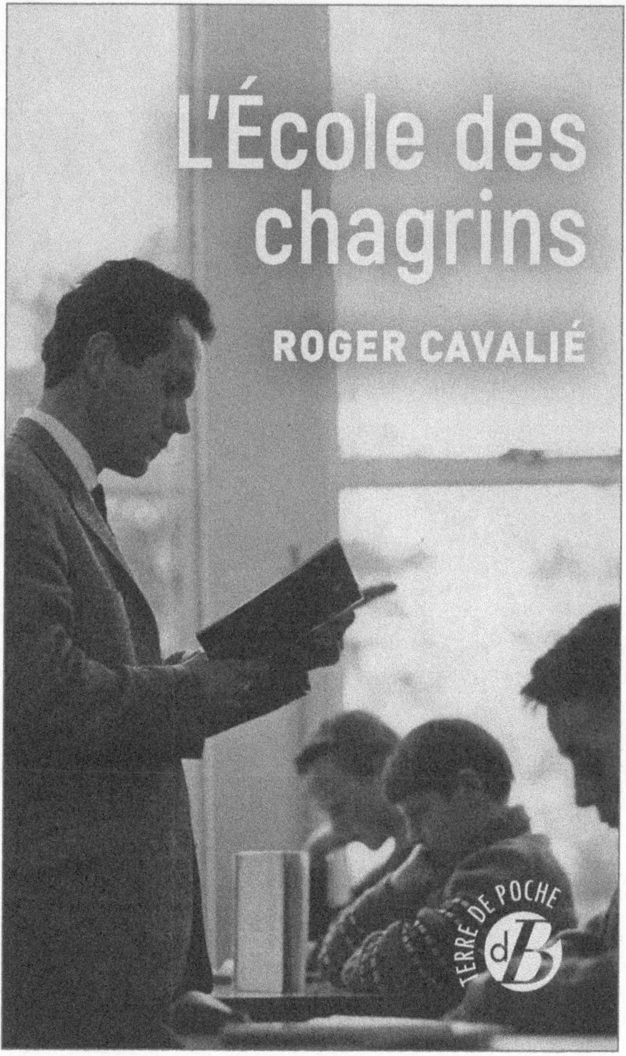

www.deboree.com
livres@centrefrance.com

Imprimé en France par CPI
en octobre 2022
N° d'impression : 2068150
Dépôt légal : décembre 2022
ISBN : 978-2-8129-2969-4
ISSN : 1627-6779